光文社文庫

クローバーナイト

辻村深月

光　文　社

contents

chapter_01
イケダン、見つけた？

子どもを保育園に預ける親にとって、〝お迎えを忘れる〟ことほど怖いものはない。

鶴峯裕《つるみねゆう》は、クライアントとの会食に応じている。

春の決算期がひとまず落ち着いたお礼に、と勤め先の会計事務所の所長とともに、銀座《ぎんざ》で中華料理をご馳走《ちそう》になっている。

「この店はミシュランで何年も連続して星をもらっているんですよ」

相手からの言葉に、「知ってます。この間、テレビの『ごちレース』の舞台がここでしたよね」と答えると、クライアントと親しそうな支配人が「よくご存じで。ありがとうございます」と頭を下げてくれた。

食前の果実酒から紹興酒、その後、「いまさらビールに戻ってもいいですか」と聞く所長とともにおいしいご飯を堪能《たんのう》しながら、裕も「こんなお店、とても自分だけでは来られませんでした」と礼を述べる。

三月の年度末に合わせた決算を迎える会社は多く、そのせいで、先月はいつもより持ち帰る仕事も多くて大変だったけれど、ビールの一杯でその労が報われていくようだった。

ああ、幸せだ――と思ったその瞬間、場面が一部と二部のように切り替わる。

店を出たところで、裕は自分が保育園のお迎えを忘れていることに気づく。

時間はもう、夜の十時すぎ。

普段のお迎え時間は十八時十五分。延長保育をお願いするときも、子どもらを預かってもらえるのは、十九時十五分までだ。

遅刻なんて言葉では済まされないほどの大遅刻に、携帯の着信を確認するのももどかしく、クライアントに「すいません！」と頭を下げてタクシーに乗り込む。というか、妻の志保《しほ》からの着信が山のようにあることを考えると、怖くて携帯が見られない。

「目黒《めぐろ》にある、ゆりの木保育園まで！　急いでください」

年中さんの莉枝未《りえみ》と弟の琉大《りゅうだい》の顔を思い浮かべ、全世界に向けて懺悔《ざんげ》したい気持ちになる。

まだ我が子はきちんと預かってもらっているだろうか。園の外に出されていないだろうか、と泣きそうになってくる。やがて、「すいません！」と息せき切って玄関に飛び込むと、琉大は、クラス担任の中で一番年配の嶋野《しまの》先生に抱っこされ、保育園の中で待っていた。この段階で、腕時計は十一時を回っている。

先生に申し訳なくて、どう謝ればいいかわからず、「ごめんなさい、本当にごめんなさい」と早口で繰り返す。

先生は怒らない。

おや、そういえば、琉大はいるけど、莉枝未はどうしたんだろう。

そのことが気になるものの、とりあえず先生に怒られないことにほっとしたのも束《つか》の間、嶋野先生が腕に抱いたうちの子の顔を覗《のぞ》き込んでこう言う。

「ねぇ。誕生日だったのに」


そこで、夢が終わった。

分厚い遮光カーテンの合間から注ぐ朝日が、寝室のベッドに降り注いでいる。夫婦用のキングサイズのベッドに、子ども用の小さめのベッドをくっつけた寝室は、壁の端から端までがベッドに占領されている。鶴峯家は、家族四人がこの部屋で並んで眠る。

心臓が、大きく、大きく打っていた。動悸《どうき》が収まらない。

横を見ると、琉大の寝ていた〝はたらくくるま柄〟の布団が盛大にまくれて、莉枝未のピンク色のうさぎ毛布もベッドの足元で丸まっていた。子どもたちの姿はない。

リビングの方からは、「きゃははは」と笑う莉枝未と、琉大が「ぎゅうにゅうー！」と叫ぶ声。志保の「ごはんの時テレビつけるのやめなさい！」という声がした。鼻腔《びこう》にコーヒーの匂いが薫《かお》る。

夢の余韻を引きずりながら、どうにか、起き上がる。

まだ胸がドキドキしている。そもそも琉大は夏生まれで、誕生日はまだ先なのに、なぜこんな夢を見たのか。言いようのない罪悪感みたいなものが胸を支配して抜けていかない。

リビングからまた声がした。

「莉枝未、琉大、パパ起こしてきて！」

「はあーい」

「はーい」

二つの声がすると同時に、バタバタと足音が近づいてくる。速度の違うその音にせかされるように、裕はあわてて、とりあえず一度、体をベッドに横たえて布団をかぶる。起きてはいたけれど、使命感に駆られた子どもらの邪魔をしたくない。

「パパー、起きろー！」

勇ましい莉枝未の声とともに、布団越しに四歳児の体の重み。半ば本気で「ぐえ」と声を出すと、それから少し遅れて、もうすぐ二歳になる琉大がよじよじと体に上ってくる重みが、そこに加わる。

「降参、降参！」

答えて、次の瞬間にがばっと布団を出ると、二人が「きゃー」と悲鳴を上げて一目散にリビングに逃げていく。

「何それ、こわっ」

すでに朝食を食べ終えた子どもらがたどたどしい手つきで着替えるのを横目に、エプロン姿の志保と向き合って、用意してもらったハムトーストを齧《かじ》る。

一度ダイニングで食事を始めてしまうと、新聞や雑誌を読んだり、ゆっくりしてしまうからダメ、と洗顔や着替えをすませ、身支度を整えてからつくように言われている食卓での朝の三十分は、平日では貴重な家族全員が揃《そろ》う時間だ。

今朝の夢の話を聞いた志保が、化粧をすでに終えた薄茶色の眉を引き上げて顔をしかめる。「誕生日だったのに」のくだりを聞いた途端、「ぎゃー」と叫ばれた。

怖すぎる、というのである。

「私も似たような夢は見たことがあるけど、何、そのオチ」

「そうだよなぁ」

「それ言ったのが嶋野先生だっていうことまでリアルすぎるよー。想像できるもん」

言いながら、身震いする動作で腕を抱く。

今年三十五になる同い年の妻、志保とは、大学時代、同じサークルで知り合った。志保、子どもたち、裕の順で時間差で起きる鶴峯家の朝の、まだ誰も起きてこない時間を活用して巻いた髪を束ね、仕事の取り引き先からもらったという豆で淹《い》れたコーヒーを一口呑む。

「嶋野先生？　パパ、怒られたの？」

聞いていないと思っていたが聞こえていたらしい。

まだ大人の話についていけるところと完全には理解できない部分とが入り交じる莉枝未が半笑いの表情で、シャツを半分頭に引っかけたまま首をひねってこっちを見ている。

「なんでもないよ。リエ、早く着替えて」

昨夜寝る前に一度きれいにしたはずのリビングは、見る影もなく朝のたった数十分の間に琉大のミニカーと莉枝未の着せ替えカードで散らかっていた。ダイニングテーブルの二人分のプレートにも、パンくずやヨーグルト、バナナの皮が盛大に散らばる。

子どものいる家庭のどこもそうだと思うが、鶴峯家の朝も戦場状態だ。二人の子どもの身支度をあわただしくしつつ、自分たちも出勤の準備をする。今日はまだ二人の機嫌がいいからよいが、どちらかの機嫌が悪かったり喧嘩《けんか》が始まると、本当に阿鼻叫喚《あびきょうかん》の図と化す。

「リエ、着替え終わったら、琉大の顔拭《ふ》いてくれる？」

「えー、やだぁ」

見れば、姉がつけた教育テレビの朝の子ども番組をぽかんと座って見上げる琉大の口元に、牛乳で白く輪ができている。

渋々といった様子で莉枝未がウェットティッシュを取りに行くのを二人で見守りつつ、「で？　夢の中の高級中華はおいしかったの？」と志保に尋ねられて、「味なんて覚えてないよ」と答える。

「いいなぁ、パパだけ先に食べられて」と志保が言う。少し前に放映されたテレビ番組でその店を観たからこそ、憧れもあって夢に出てきたのかもしれない。

「本当に食べたみたいに言うなよ。志保は実際にあの店、行ったことあるんだろ。そっちの方がズルイよ」

「だってランチだもん。琉大産んだばっかりの頃の打ち合わせだったし、全然落ち着いて食べられなかった」

それでもいいじゃないか――と思っていると、ふいに志保が「でもさ」と裕を見た。

「だけど、本当、感謝してるよ」

「何が」

「普通、そういう夢って、見るなら母親の方でしょ？　子どものお迎えに行かなきゃっていう強迫観念。それを私じゃなくて裕が見るなんて、相当、子どものことやってもらってる証拠だよ。感謝しなくちゃ」

保育園の送り迎えは、朝の送りが裕担当。夕方のお迎えは、半々というところだ。お互いの仕事の状況で決まるが、最近では裕の方が確かに多いかもしれない。

「あ、それと今日、ラスティさんのお掃除が入る日だからよろしくね。明日、家に撮影入るから」

「あれ、何かあるんだっけ」

ラスティさん、は、全国チェーンの家事代行の会社だ。子どもができてから、うちでもお願いすることが増えた。正式名はラスティクリア。ラスティ（錆《さび》）をクリアに、という社名の業界最大手だ。入ってもらった日にはきれいになったトイレの蓋やペーパーに「清掃済」の花柄の紙テープとシールが貼られ、帰ってくると気分がいい。「この紙は水に流せます」と書いてあるところまで含め、なんていう気遣いだろうと最初感嘆した。

志保が答える。

「光栄なことに雑誌でミセスCEOの取材を受けることになったの。BS民放の番組で声かけてもらった収録も、ついでだから同じ日の午後にここで受けることにした」

ミセスCEO、というのは、志保が取材を受けるその雑誌が使っている呼称で、女性で既婚の起業家のことだ。今、女性たちが元気がいい、というのはどの業界でもよく言われることだけど、志保も雑誌等の取材を受けることが増えた。

志保は、オーガニックコットンの専門ブランド〝merci《メルシー》〟を、長女を出産した翌年、三十一歳で立ち上げた。

それまで勤めていた大手の子ども服メーカーから独立して起業し、ネットを通じて細く堅実に取り引きを増やし、三年前には正式に法人化して会社になった。取材が多いというのは、それだけ軌道に乗ったということの表れでもあるのだろう。二年前には、老舗《しにせ》デパートの売り場に商品を置いてもらえるかどうかの瀬戸際で、乳飲み子の琉大を抱えて、毎夜遅くまで、あちこちに電話をし、眉間《みけん》に皺《しわ》を寄せてパソコン画面を睨んでいた。

対して、裕は公認会計士。

大学を卒業して最初に入った大手の会計事務所では、昼も夜もないような多忙な日々を送っていたが、志保と結婚し、その後、長女の莉枝未が誕生したこと、志保が独立したことなど、様々な理由から、妻と相談の上、事務所を移った。今の勤め先は、裕の大学時代の親友であり、同業者でもある荒木《あらき》が父親とともにやっている小さな事務所で、裕が転職を考えていることを知った荒木が誘ってくれた。荒木会計事務所は確かに小規模の事務所だが、手広くない分、ひとつひとつのクライアントと長く丁寧につきあえる。勤務時間もだいぶ自由が利いて、確定申告や会社の決算が集中する時期でなければ、基本的には、所謂《いわゆる》九時五時で勤務できる。

自営業経営者の妻と、会社勤めの夫。

望んでそうしたわけではないけれど、そんなわけで必然的に裕が育児に関わる時間が増えた格好だ。それこそ、保育園のお迎えの悪夢を見るくらいに。

妻が出ている雑誌を目にすると、不思議な気持ちになる。

見栄っ張りの志保が業者を入れて掃除してもらった日当たりのいいリビングは、確かにここと同じ場所のはずなのに、随分広く開放感に溢《あふ》れたまったく違う場所のように見えて、さすがプロ、と思う。掃除をしてくれる業者も、撮影するカメラマンも、そこに記事を書くライターも、全部がプロだ。

『長女を出産してすぐ、知り合いに出産祝いでもらった輸入物のオーガニックコットンの風合いと肌触りに一目惚れ。世の中の子どもやお母さん、贈り物をする相手に真に喜んでもらえるものを届けるお手伝いがしたいと、その時に強く思いました。』

起業した理由について、志保がよく語る言葉だ。会社にして取材を受けるようになったこの数年で、髪を巻くのも、ナチュラルに見えるメイクも本当にうまくなった。優美に微《ほほ》笑《え》む立ち姿は実年齢より若く見えるし、生活感も薄い。雑誌でも浮いていない。

――けれど、今。

「あー！　莉枝未、琉大に着せるその肌着のいいやつは、保育園には着せていかないで！　あっという間に汚れちゃうから、そっちの無地の白いやつにして！」

「えー」

弟の面倒を見る戦力として、あてにされたりされなかったりの莉枝未が、不満そうに口を尖《とが》らせる。まだ口周りを白く汚した琉大が、上半身裸のまま、それをけらけら笑って見ている。

ロゴデザインした自社の〝merci〟のタグがついた生成《きな》りの肌着を娘の手から受け取って、いそいそと棚に戻す志保が、同じ棚から、首回りがだいぶだるっとしてきた無地のシャツを出す。家族でハワイに行った時、大型スーパーで大量買いしてきた五枚9・8ドルのノーブランドのTシャツだ。

「……自分の子にはそれでいいんだから、不思議だよなぁ」

思わず声に出すと、敏感にこちらをくるっと振り向いた志保が「何か問題でも？」と尋ねる。「いや」と言う裕に、「仕事は仕事。うちはうち」と胸を張って答える。

「日常的にうちの肌着を使いたいって言ってくれるお母さんたちもいるんだから、その人たちの気持ちには全力で誠心誠意応《こた》えるよ。それでいいじゃない。琉大にだって、ここぞって時には着せる」

「何も言ってないじゃないか」

「そう？」

だいたい、琉大のここぞっていう時って何だ。思ったけど、それ以上は口に出さずに「ごちそうさま」と手を合わせて席を立つ。時間を見ると、もう八時半を回っていて、裕はあわてて、「いそげ、莉枝未、琉大！」と声をかける。

家を出ていく時、ちょうど、お掃除代行のラスティの人たちがお揃いのエプロン姿で家の前にやってきたところとすれ違った。全部で三人。みんなでにこやかに「おはようございます。よろしくお願いします」と挨拶《あいさつ》してくれる声に、裕も「おはようございます」と頭を下げた。

「妻が中にいるので、どうぞよろしくお願いします。お世話になります」

「はい。いってらっしゃいませ」

丁寧な言い方で送り出してもらう。莉枝未たちも彼女たちに向け、楽しそうに「うん。バイバーイ！」と手を振る。


保育園への、お迎え時間は、基本的には十八時十五分。

子どもが勝手に出て行かないように、というのと、不審者が入ることができないように、という理由とで、何重にも錠が下りた入り口を抜けて、まずは琉大のイチゴ組、次に莉枝未のメロン組に急ぐ。イチゴ組に行くと、今日は二人ともホールで遊んでいると教えられた。夕方になると、子どもたちはみんなで一緒にホールや園庭にいることもよくある。

子どもに姿が見つかると、彼らがはしゃいで親のところに来てしまって帰りの支度ができなくなるので、その前に、二人の持ち帰る用のオムツや着替えを急いでバッグに詰める。ホールに向かおうとすると、後ろから「あー、鶴峯さん」と声をかけられた。

琉大と同じクラスの萌香《もえか》ちゃんのお母さんだ。この家も普段はお父さんのお迎えであることが多く、ママの方とこの時間に会うのは珍しい。

「あ、どうも」

「聞いたよー。あの夢の話」

一瞬、何のことを言われたのかわからなかったが、少しして「ああ」と思い当たる。志保に聞いたのだろう。萌香ちゃんのお母さんは代官山《だいかんやま》のショップ店員をしていて、同じアパレル業界のせいか、志保とも仲がいい。

「聞いた私の方が気になっちゃって、今日はできるだけ早めにお迎えに行こうって思った。さっき、たっくんママにも会ったから話しといたけど、みんな怖すぎるって悲鳴上げてた」

「なんだか、都市伝説みたいに広まっていきますね」

「いいんじゃない？　響く人と響かない人がいるかもしれないけど、何かの戒めみたいだよね、その怖い夢。確かに、子ども預けてる間って、何か忘れ物をしてるみたいな緊張感あるもんねー。人によって、後ろめたさの度合いは違うだろうけど」

明るく染めたショートボブの髪に、存在感のある花柄のヘアバンド。赤一色に塗られたネイルの手で、裕の横に立ち、大きな保育園バッグに、ぽいぽい、と自分の子の汚れ物を放り込んでいく。知らなければ、とても〝お母さん〟には見えないかもしれないが、園で会う同年代のお父さんお母さんは皆若々しく、自分が幼い頃に見ていた両親の親然とした雰囲気とはだいぶ時代が変わったように感じる。

萌香ママが微笑んだ。

「でもま、琉大ママはきっと大丈夫だよ。自分が行かなくてもイケダンの旦那が行ってくれるっていう安心感あるから強迫観念も薄そう。羨《うらや》ましい」

「いやー、うちはイケダンなんかじゃないですよ」

そこは本当に否定したくて全力で首を振るが、萌香ママは「いやいや、ご謙遜」とどうだっていいような軽い口調で言う。「うちにもほしいもん、琉大パパみたいなイクメン」と言われたら、むず痒《がゆ》すぎて真剣にそれ以上反論する気も失せた。

志保に代わって他の母親たちと接していると、彼女たちの条件反射のように口を衝《つ》いて出てくる言葉の、そのそつのなさに驚く。軽やかに褒《ほ》め、軽やかに謙遜し合う。男の自分にはついていけない、と思うこともしばしばだ。

イケダン、は〝イケてる旦那さま〟の略だ。

志保があちこちで取材を受ける関係で、先方の編集者が「今のお仕事をされている上で旦那さまの協力も必須だと思うのですが」という切り口から話が進み、いつの間にか、志保が「頼まれちゃった」と、裕への取材を取りつけてきた。

『イケダン、見つけた』というコーナーだ。

ムリムリムリ、と何度も攻防を重ねた後、「だいたい、俺の職場にも怒られるよ」と無駄な抵抗を試みるも、「荒木くんもオッケーだって」と志保が所長の了解を取ったことが最後の後押しとなって、写真つきで「奥様を支えるイケダン」として、裕は雑誌に載ることになった。

「旦那さま、とてもおしゃれですね」

当日ついてくれたライターさんにそう言われ、ただただ苦笑した。

裕の服は、小物にいたるまで、ほとんどが妻の志保が選んだものだ。自分のこだわりはなきに等しく、家族で買い物に行き、与えられるままに服を着た結果そうなっているだけだし、何より育児だって、妻を労《ねぎら》うというより必要に駆られてやっているに過ぎない。

それでも、さすがプロの人たちの仕事は確かで、何枚か撮られた写真と、見出しの入ったレイアウトを見ると、記事はまるで自分じゃないみたいな、素敵なイケダンとして裕を紹介してくれていた。

見出しはこうだ。

『妻は多忙だけど、その分、自分が子どもといられる時間を彼女からもらったって思っているんです。』

確かに、言った。自分が口にした言葉だけれど、活字にされると、もう、消え入りたいくらい恥ずかしかった。

毎日の送り迎えとお風呂、時には夕飯だって作る。正直、世に「イクメン」と紹介される男性たちが、週末に子どもを風呂に入れるくらいのことをそう話しているのを見て、怒りに駆られそうになることもある。

園でよく顔を合わせる萌香パパからも、雑誌に載ったせいで「よお、イケダンの鶴峯さん！」と声をかけられた際に一度その話になって、「あー、わかるわかる」と盛り上がった。

「こっちにとったら日常生きてくためにやってることを、『こんな変わった趣味があるんですよ』程度のアクセサリーみたいに言われるのは心外だよね」

そう、そうなんですよ！　と裕も激しく頷《うなず》いたが、とはいえ、自分がやっていることを総合すると、条件だけは、イクメンや——僭越《せんえつ》ながらイケダンと呼ばれる要素を満たしているように見えなくもなく、そのこともまた不本意というか、申し訳ないような気持ちになる。

それにしても、今朝話したばかりの夢の話を、志保はいつの間に友達のお母さんたちに伝えたのだろうか。こういうところも、ママ友界隈《かいわい》は自分には理解不能で、本当に不思議だ。

「こら、たっくん。余計なものを流さないの！」

帰り支度を終えた萌香ママと一緒に子どもたちの待つホールに向かう途中、トイレの方からあわただしく声がした。年中さんのいたずらっ子がパンツも穿《は》かずに廊下に転がり出てくる。工作用のシールを手にしていて、先生が呆《あき》れたように「そんなもの、トイレに持ってきません！」と叱っている。「あと、パンツ穿いて！」と声を荒らげるのを聞くと、自分の子ではないけれど、毎日本当にお疲れさまです、ありがとうございます、という気持ちになる。

下半身丸出しの園児から、すれ違いざまに「あ、リエパパ」と言われ、裕も「どうも」と手を上げる。いくら雑誌でおしゃれにイケダン扱いしてもらおうと、現実はまあこんなもんだよな、と思う。

莉枝未と同い年の女の子がそれを「もー、男子ってこれだから」と肩をすくめて言っていて、笑ってしまう。四歳にして、女子は早くも男子より語彙《ごい》が豊富だ。目が合うと、その子（確か、莉枝未の友達の美來《みらい》ちゃん）から、「トイレには余計なものは流しちゃいけないんだよ」と言われ、「そうだね」と裕も頷いた。こんなにしっかりしつけまでしてもらえて、裕も志保も保育園には足を向けて寝られない。

「お先にどうぞ」

萌香ママが、子どもたちのいるホールに繋《つな》がるドアの前をそっと一人分の隙間《すきま》を空けて示してくれる。

「ありがとうございます」と答えつつ、ドアを開ける時、ふと、志保がお迎えに向かう時のことを「毎日、デートの待ち合わせをしてるよう」と喩《たと》えていたことがあったな、と思い出した。

自分のお迎えの日、保育室のドアを開け、琉大や莉枝未と目が合った瞬間、ぱっと顔を輝かせてこっちに来るのを見ると、仕事の疲れが一気に吹き飛ぶのだそうだ。

そして、裕もこの時間が好きだ。

ホールの扉を開けて、「莉枝未！　琉大！」と声をかける。友達と遊んでいた二人が、途端、動きを止めて、こっちを振り返る。

イケダンの記事取材を受けるのはもうごめんだけど、あの時の言葉に嘘はない。子どもたちといられる時間をもらえて、感謝している。

この時間をもらって悪いね、と心の中で、志保に向け呟《つぶや》く。


「不倫の噂があるんだって」

という話を、志保から聞かされたのは、週末だった。

自分自身にやましいところがあるわけでは断じて――、本当に断じてないのだが、不穏な言葉を聞いて、条件反射でドキリとしてしまう。

「フリン？　誰が」と咄嗟《とっさ》に声が出た。

その日の昼は、莉枝未のクラスの、仲がいい子数人の家族がうちに集まってホームパーティーを開いていた。

定期的に誰かの家でホームパーティーをしている、というと、よく同僚や友人からは「優雅で羨ましい」と言われたりするが、とんでもない。

子どもがいるとどうしても外食の回数が減る。大人数で、しかも、走り回る子どもたちを受け入れてくれる店は、貸し切りか個室でもない限り、なかなか難しい。たとえそんな店が見つかっても、備品や照明を倒して壊してしまうのではないか、床や壁に落書きするんじゃないかと、店側に対しての気遣いに追われ、ゆっくり食事に集中できない。

そんなわけで、必然的に子連れの家族はホームパーティー率が上がるのだ。本当だったら、裕だって焼き鳥とビールで一杯やれるような店の方がいい。

基本的には五、六組の親が誰かの家に集まって、料理を持ち寄る。場所を提供する家主は他の家庭より多めに料理を作るが、それも持ち回りの順番みたいなものだから負担は特に気にならない。

今回の会場が、わが家、鶴峯家だった。

理由は、先日のインタビューの際に頼んだラスティさんのお掃除が入ってまだ三日目だから。

「きれいなうちに、ついでにみんなに来てもらってパーティーしよう」と志保が言い出した。

せっかくきれいにしてあるのに、子どもらが集まるパーティーの一回でまた散らかるのでは……と思ったが、志保はそこは別に気にならないようで、「去年クラスに入った、あの子のうちも呼んでみよう。美來ちゃんのママ」と、うきうきとスマホのＬＩＮＥやメールで親しいお母さんたちに連絡を取っている。どうやら、きれいなわが家を自分の手柄にするつもりだ。

やってくる他の家族を待って、普段、保育園に着せていけない洋服を莉枝未と琉大に着せる。保育園に着せていけない服、というのは主に、フードを引っ張ると危ないと言われているパーカや、着替えに時間のかかるつなぎのワンピースなどだ。裕たちが子どもを通わせている区立の保育園では、衣類は、上下どちらを汚してもすぐに着替えられるシャツとズボン、という組み合わせが基本だ。

そんなわけで、琉大も莉枝未も、パーティーの日はノーブランドの下着ではなく、志保のブランド〝merci〟の肌着を着た。

やってきたママ友の一人――、映像制作会社でプロデューサーをしている杉田《すぎた》さんが、琉大のお腹周りにぺろんと出た下着のタグに目を留めて、「あ、やっぱ琉大くん、

〝merci〟着てるんだー。いいよね、柔らかそうで」と言う。

それに志保が微笑みながら「今日だけだよ。普段は五枚千円のノーブランドだよー」と答えるのを見て、我が妻ながらなんとうまいんだろう、と呆れつつ感心してしまう。事実だけど、こんなふうに言うとまるで謙遜してそう言っているみたいだ。

実際、他のお母さんたちが「ええー、またまたー。莉枝未ちゃん、いつもおしゃれだし」と言うのを、志保も「そんなことないって」と言いつつも、遠慮なく賛辞を受け取る顔で聞く。

「いいなぁ、志保ちゃんに言ったら、社割きく？」

「あ、そういう相談ならどんどんして。それか、展示会においでよ。新しいラインを先行予約してくれるなら、四割引きだから」

ママ友、という言葉がメディアなどで普通に取り上げられるようになって久しい。自分のそれまでの人間関係で知り合った友人などとは明らかに違う、子どもという共通項で集まった友人関係は、多くの場合、「つきあいが大変そう」「気遣いが必要」といった側面で語られることが多い。週刊誌みたいなメディアでよく目にするのは「ママ友トラブル」の文字だ。

けれど、ママ友は何も悪いことばかりではない。

医者、弁護士、教師、製造業、食品メーカー、アパレル、映像・マスコミ関係、芸能事務所、税理士……。

　子どもが同じ習い事だったり、同じ保育園に通っていたりしなければ絶対に接点がなかったであろう人たちと知り合えるというのは、なかなか貴重な体験だ。

　裕たちが子どもをお願いしている保育園は公立の園だが、都心に位置しているせいか親たちの職種は本当に様々だし、多忙な家庭が多いからか、飛び込む前までは裕も不安に思っていた〝ママ友ルール〟みたいなものも薄そうだった。

「○○ちゃんママ」「○○くんパパ」みたいな名前で呼ばれて、自分の名前で呼んでもらえないんでしょ？　と独身の友人からは聞かれることもあるが、そうでもない。苗字同士で呼び合う人もいるし、志保だって、親しいお母さんたちからは「志保ちゃん」とか、その時々の呼び名で呼ばれている。それに、「○○ちゃんママ」「○○くんパパ」という呼ばれ方が、裕も志保もそんなに嫌ではなかった。子ども中心の生活になっても、それはそれで、「ええ、自分は子どもの附属物でも構いません」という考え方に自然と染まって、慣れてしまったのだ。他のお母さんたちの多くもそうだと思う。

　――とはいえ、ママ友はやはり女子社会だ。

　集まると誰かの噂話や、辛辣《しんらつ》な女子トークの場になる。聞きたくないような本音の話も出まくりなので、数組集まったホームパーティーやバーベキューのような場では、やはり、ママチーム、パパチーム、子どもチームと、大きく三つの輪に分かれる。ママチームの女子トークの間、子どもを遊ばせるのもだいたいがパパチームの役割だ。

そして、パパ、と呼ばれる立場になって、実際、楽になってる男性は結構いるんじゃないかなぁ、と裕は思う。女性陣の社交性に比べて、男の社交性のなさはおそらく彼女たちから見れば異常なほどだ。裕からしてみると、初対面でもその日のうちから旧知の友人同士みたいなノリで話せる志保たちの方が驚異だが、ただ会うだけで何時間もトークで盛り上がれる女性陣に比べて、男性は裕の経験上、麻雀《マージャン》とかゴルフとか、何か共通の〝やること〟がないと新しい友人関係は間がもたないし続かない。ママ会に比べて、パパ会は自分たちから挨拶を始めるまでだって倍以上の時間がかかる。

しかしそんな男性たちでも、子育てという共通項があると、不思議とどうにかなる。バーベキューやパーティーの支度など、女性陣から役割を振られたら、その仕事を通じてそれなりに打ち解ける。

子ども数人がバタバタ駆け回り、「おしっこ!」の声にトイレに案内し、喧嘩をしたら仲裁し、ということを繰り返しているうちに、あっという間にパーティーの時間が過ぎていく。

莉枝未たちの今の流行は、「ひらがな」だ。年中さんで字が読めるようになってきた子が何人かいて、それに触発されたように子どもたちみんなが家の中にある様々な文章を、漢字を除いた状態で「……の、……を、にくらべて…、ました」と平仮名だけ読み合うことに夢中だ。とはいえ、文章の内容も気になるから、その場にいるパパの誰かを捕まえては、「これ、なんて読むの！」と漢字を読んでもらえるようにせがむ。

そんなやりとりが至るところである中、志保が、女子トークの傍《かたわ》ら、「あ、ディズニーの映画観る？」とテレビをつけると、子どもたちが吸い寄せられるように再びリビングに集合し、パパたちもそれに合わせてようやく一息つけた。

「おうち、提供してくれてありがとう！　本当にいつもきれいにしてるね」

と、他のママたちからも感謝されつつ、穏便に別れたはずだったのだが……。


不倫の噂がある、と不穏な話を聞かせた志保が、遊び疲れてソファで寝てしまった琉大と莉枝末に毛布をかける。

空のグラスや食べかけのケーキが載ったお皿が散らかる、パーティー後のテーブルに戻ってきて、ふう、と息を洩らした。

「美來ちゃんママにそういう噂があるんだって。今日、旦那さん連れずに一人で来てたお母さん。わかる？」

「わかるよ、もちろん。園でもよく会うし」

苗字は確か、佐藤《さとう》さん。

これまで幼稚園に通っていた美來ちゃんが、それまで在宅と出勤半々くらいだったお母さんが、本格的に仕事復帰することになったから、と去年、うちの保育園に転園してきた。ホームパーティーに呼んだのは今回が初めてだ。

顔を思い出しつつ、「美來ちゃんて、あのちょっとロマンティックな子だよね」と裕が言うと、志保が「ロマンティック？」と首を傾《かし》げた。

記憶をたぐりながら、裕は頷く。

「大人びてるっていうか、素敵な物言いをする子。前にお迎えに行ったら、桜の花びらをくれたことがあってさ」

園庭にある桜の前で、お母さんと一緒に足を止めていた美來ちゃんが、裕を見つけて「あ、リエパパだー！」と寄ってきた。二枚繋がった桜の花びらをこっちに見せて言ったのだ。「見て、お花のちょうちょだよ」と。

随分詩的な物言いをするんだなぁと感心したから、よく覚えている。それに、この間莉枝未と琉大のお迎えに行った際、下半身丸出しでトイレから飛び出してきた男子を「男子ってこれだから」と言っていたのも確か美來ちゃんだった。言葉が達者な女の子だ。

話すと、志保が「へぇ〜」と目を丸くした。

「かわいいこと言うね」

「あと、今日もトイレにつれてった時になんか言ってたな。『うちのリボンとお花はピンクだけど、リエちゃんちのは水色なんだね』って」

リボン？　と不思議に思ったけれど、その時は深く気に留めなかった。騒ぎ回る子どもたちが、ひっきりなしに「○○が叩いた！」とか「ボクもケーキ！」とかいろいろ叫ぶせいで、その対応に追われていたし、それに、子どもが不思議で詩的な物言いをすることは珍しいことではない。うちの莉枝未だって、歩いていて強い風に吹かれた時に「ねえ！　風が『さよなら』って挨拶してくれたね」と言ってきて、あまりの素敵さに度胆を抜かれたことがある。

「リボン？　何それ。どっちのトイレ連れてったの？」

「二階の方。下はちょうど圭杜《けいと》くんがママと使ってたから。美來ちゃんはもうトイレ、一人で大丈夫だっていうし、上まで、案内だけしたんだけど」

裕の家は、二階建ての一軒家で、トイレも一階、二階、両方にある。

しかし、子どもがいるとどうしても生活スペースはリビング周辺に固まり、最近はほぼ一階だけで生活しているような感じだ。それをいいことに、志保も雑誌などの取材の際には普段あまり使わない二階を中心に写真を撮ってもらっている。

「リボン、リボンねぇ……。カーテン留めてるタッセルのことかなぁ」

志保が首を傾げる。「そんなことよりさ」と裕は続きが気になってたまらなかった。

「どういうことだよ？　あのお母さんが不倫なんて」

桜の花びらを裕のところに持ってくる娘を目を細めながら見ていたあのお母さんには、

似つかわしくない単語に思えた。今日だって、娘と一緒に楽しそうに輪の中にいた。

「私が言ったんじゃないよー。だけど、そういう噂があるんだって」

顔をしかめながら、志保が教えてくれる。

噂の発端は、美來ちゃんのママから、同じクラスのお母さんに届いた間違いメールだったそうだ。

去年、美來ちゃんが転園してきたばかりの頃、駅前のマンションに住むという彼女の家に遊びに行こうという計画が持ち上がり、そのお母さんは美來ちゃんのママと連絡を取り合っていた。

「なかなか日が決まらなくて、美來ちゃんのお母さんも仕事に復帰したばっかりだし、忙しいのかな？　と思ってたところにメールが来たんだって。『その日なら、昼間は誰もいないから大丈夫。待ってるね』って」

「うん」

今、志保たちママ友のやり取りはすべてLINE中心だろうから、美來ちゃんのママがメールだというのはちょっと意外だ。そんなところにも彼女と周りの間の距離を感じるのは考えすぎだろうか。

今はLINEをしていないと、クラスの連絡のやり取りに置いていかれることもあるし、それこそ、子どもが園に入ったことをきっかけに、それまでやっていなかったLINEを観念して始めたというお母さんもいる。――もっとも、そうしたやりとりがわずらわしいから、あえてやらないままでいる、というお母さんもいるにはいるが。

裕の心中を察したように、志保が「美來ちゃんママはＬＩＮＥ、やってないんだよね」と呟く。

「メールもらったお母さんは、読んでからちょっと疑問に思ったんだって。ママ会なんだから平日の昼間を指定するのは変だし、どういうことだろうって思ってたら、すぐに『ごめんなさい！　今の間違って送ったメールです』って電話があった」

美來ちゃんのママは、確かデザイン事務所に勤めている、と聞いていた。自宅でできる仕事も多いから、会社に出る日と出ない日を作っているそうだ。美來ちゃんが保育園に転園してきたのは、本格的に仕事復帰したからだという話だったけれど、平日に家にいられる場合もあるということだろう。

「それでね」

志保の口調が若干、重くなる。

「メールもらったママは、その時はそこまで気にしなかったんだって。ああ、間違いメールなんてよくありますよね、おうちに遊びに行っていい日は別途また決めましょうね――くらいで電話を切ったんだけど、その後で、だんだん、ちょっとおかしいなって思い始めた。美來ちゃんママは『送り先の名前と似てたので』って言ってたけど、一体、誰に送ろうとしたんだろうって。『その日なら誰もいない』っていう書き方が、ちょっと気になったって」

「その間違いメールをもらったママは誰なの？」

「杉田さん。圭杜くんママ」

今日、琉大の肌着を褒めちぎって帰っていった、映像プロデューサーのママだ。それを聞いて、なるほど、と思う。ちょっと穿《うが》ちすぎじゃないか、と思わないでもないけれど、あのママならそういうことにも目敏《めざと》く気づきそうだ。

「圭杜くんママは鋭いからさ」

志保が裕の思考をそのまま読んだように続ける。

「それとやっぱり、間違いメールを謝る時の態度がちょっと必死っていうか、普通より強い感じがしたんだって。『ごめん、間違えた』って、軽くメールのひとつでもくれればいいところを、わざわざ電話だし」

「〝ちょっと必死〟っていうのは、言葉として矛盾してない？」

「うるさいなー。それは今はいいでしょ」

ふてくされたように志保が足元のクッションを軽く投げてくる。それを受け止めながら、

「で、根拠はそれだけ？」と尋ねる。

確かに、ちょっと気になる話ではあるが、それだけなら何も不倫を疑うというところま

で行かない気がする。タメ口で話すママが大半なわが家の今日のホームパーティーでも、美來ちゃんのママはずっと丁寧語を崩さずにいるような真面目《まじめ》な人だ。間違いメールの非礼を詫《わ》びる様子も無理なく想像できる。

尋ねると、志保がそれにも頷いた。

「美來ちゃんが、『スガイさん』って呼んでる人がいるんだって」

「え？　……うん」

「近いでしょ、スギタとスガイ。間違いメールをするとしたら」

「ああ……」

志保が説明する。

「美來ちゃんのバッグに、チイボーのぬいぐるみキーホルダーがついてて、『これかわいいね』って話しかけたママがいてさ。そしたら、美來ちゃんが『スガイさんにもらった』って答えてて、それを、美來ちゃんママも聞いてたんだけど」

美來ちゃんママの顔がその時、微《かす》かに強張《こわば》ったように見えた——のだそうだ。

「そうだね、もらったね」と、あわてたような口調で言って、そのまま園を早々に立ち去ろうとする。「お友達ですか？」と問いかけたお母さんにも、「ええ、まぁ」と歯切れの悪い答えを返した。

チイボーは、最近流行《はや》りのどこだかの地域商店会のゆるキャラだ。何かの会社のＣＭに出たことを機に人気に火がついたそうだが、人気を予想していなかったその商店会が出遅れたため、グッズの生産がほとんどない状態で、まだレア扱いになっている。——というようなことをＹａｈｏｏ！ニュースのトップで見た。おかげで今年のゆるキャラグランプリでは優勝候補だとか。こんなことがトップニュースになるのだから、日本は平和だ。

その翌日、美來ちゃんのバッグからチイボーが消えた。

朝、そのことで美來ちゃんとママとが言い合いしているところは、他ならぬ、裕が見ていた。

「美來ちゃんが泣いてた日があったね。朝、園に来てから『ない！』って泣いてて、なかなか部屋に入ろうとしなくて、先生たちと揉《も》めてるの、オレも見た」

「そっかぁ〜。私は他のお母さんたちから聞いただけだったけど、裕も見てたんだ」

自分の着替えをロッカーにしまった莉枝未が「美來ちゃん、行こうよ」と誘っても、脇目もふらずに泣く美來ちゃんを、美來ちゃんのママは「あれは家で遊ぶだけにしなさい！」と強い口調で叱っていた。保育園には個人がおもちゃを持ってくることが禁止されているから、いかにキーホルダーとはいえ、園から注意されたのかな、くらいにしか、裕は考えていなかったのだが……。

駄々をこねた美來ちゃんの鞄には、その翌日もそのまた翌日も、もう、チイボーが戻ることはなかった。隠すように、消えてしまった。

「最近、あのおうち、パパを見ないんだよね」

志保がぽつりと、呟くように言った。

「前はよくお迎えとかでも見てた気がするんだけど、忙しいのかな。今日もパーティー、都合が悪くて来られなかったし」

「いや、志保はお迎え、最近ほとんど行けてないじゃないか。美來ちゃんのお父さんなら、オレ、一緒に帰ってるところ、たまに見るよ」

「え、そうなの？」

志保が目を瞬《しばた》いた。その後で、「なぁんだ」と安堵《あんど》したように呟く。

「そっかぁ。ならいいけど、みんなが全然見ないって言うから、別居でもしてたらどうしようって思ってた。それならいいや」

「お父さんは何してる人なんだっけ？」

「確かママと同じだよ。会社違うけど、グラフィックデザイナー。自分の名前で事務所を持ってて、結構有名な人だって話だったけど。老舗和菓子の雪蜜屋《ゆきみつや》とかのパッケージも、あのパパの仕事なんだって」

「ふぅん」

美來ちゃんのパパは、ラフだけどおしゃれにシャツを着崩した、裕よりもだいぶ年配のお父さんだ。ちょっと近寄りがたい雰囲気だったけど、目が合えば挨拶もしてくれるし、何より、美來ちゃんもよく懐《なつ》いている。あの家庭にそんな不穏な噂があるんだとしたら、なんだか裕までいたたまれない。

「――そんな噂話を、ママたちはみんな、いつの間にしてるわけ？　本人に直接聞けばいいのに」

「それができないから、噂が一人歩きしちゃうんだよー。裕から聞いてほっとしたけど、きちんと園にも来てる美來ちゃんパパのことだって、誰かが『最近見ない』って言ったらその通りになっちゃう」

志保が深々とため息をついた。

「実際、雰囲気よくなかったんだよ。ひとつを怪しいと思えば、他のこともみんな怪しく思えてきちゃうから。美來ちゃんのママも、だから最近はどことなく居心地悪そうだった」

「今日のパーティー、よく来てくれたね」

送り迎えだけとはいえ、毎日顔を合わせる間柄の中で、そんなおかしな雰囲気があれば、当人だって気づくだろう。裕が言うと、志保が「うん」と頷いた。

「最初、美來ちゃんママも呼ぶって言ったら、他のメンバー驚いた顔してたけど……。私が、個別に誘ったの。最近、こういう集まり来てないから、来なよ、卒園まで一緒に過ごすことになるんだし、いろいろ話そうって。――集まれば、とりあえず、バタバタしてるうちに気まずさはなくなるでしょ？　自分一人がクラスで孤立してるって感じでもなくなる」

「ああ――」

ようやく、納得できた。

そこまで深い話をしていたようには見えなかったし、子どもたちへの対応にバタバタ追われるパーティーだったけど、ママチームも料理の支度などを通じて、今日は一日、楽しそうにしていた。美來ちゃんのママも、特別居心地が悪いということもなさそうだった。

子育てという共通のイベントを通じて壁を崩していくのは、パパでもママでも、事情は多少違っても、本質的には変わらないのだ。

「実際、不倫してるかどうかはこの際、どうでもいいんだよ。大人なんだから」

志保が、夫の前で言うにはどうかな――と思うようなことを、堂々と胸を張って言う。

「だけど、毎日生活する中で、陰口みたいな雰囲気が蔓延《まんえん》して、それが本人にも伝わっちゃうようなのは絶対、嫌。気分が悪いよ」

「ふぅん」

「何？」

「見直した」

裕が言うと、志保が一瞬、びっくりしたように目を見開く。それからすぐ、満足そうに、

「でしょう?」と微笑む。


翌週の水曜日、美來ちゃんのママとお迎えの時間が一緒になった。

莉枝未のいる、メロン組の前に到着すると、美來ちゃんママは、娘の着替えを入れたバッグを持ち、自分の前で別のお母さんが子どもを引き取るのを待っていた。お迎えの時、子どもはいつも一人ずつ、先生から今日あったことなどを話してもらってから送り出される。

ホームパーティー以来、美來ちゃんのママに会うのは初めてで、裕は目が合ったら挨拶しようと思いながら、莉枝未の着替えをバッグに詰める。

その時、別のお母さんたちの一団がちょうど現れた。

この間のホームパーティーのメンバーにはいなかった人たちだ。特に仲が悪いとか、派閥があるというわけではないのだが、何しろクラスには三十人近い園児がいるので、全員は呼べない。集まりの顔ぶれはその時々によって誰を誘うのかが自然と決まり、別の時にはこの人たちと一緒になることもある、というような感じだ。

学生時代までの「誰を呼ぶ、呼ばない」の子どもっぽい強制や仲間はずれとは少し違って、「大人になると楽でいいね」と志保に言ったことがあるのだが、その時、志保はふーっと深く息を吐き出して、「男子は気楽でいいね」と言った。「平気そうに見せてても、女目線だと、それはそれで気になることが山積みなんだな、これが」と言ってきて、微かにイラッとした。

そうは言われても、ではそんなものには極力気づきたくない、と思ってしまう裕は志保の言う通り、確かに気楽な身分なのだろう。ホームパーティーにいなかったそのお母さんたちが、屈託ない口調で「あ、リエちゃんパパ、お疲れさま」と挨拶してくる。

「先週末、家で集まったんでしょ。いいなぁ、今度私も行きたいって志保ちゃんに言っといて」

「ああ、ぜひ」

「あ、いいな。私も行きたい。うちの子、兄弟いないから、琉大くん見るとかわいくて仕方ないみたいなんだよね。弟欲しいって言われる」

ママたち二人とそんな会話をしている最中、気づくと、先生から娘を引き取った美來ちゃんママが、荷物を抱えて、ふっと裕の前を横切った。

挨拶しようと思っていた裕が、「あ」と声をあげた時には遅かった。美來ちゃん親子が、そのままそそくさと玄関の方に向かってしまう。裕にまったく気づかなかったというわけでもなさそうで、去り際にそっとこっちを振り返った美來ちゃんママが、申し訳程度にこちらに会釈をしてきた。

裕もそれに倣《なら》って、あわてて頷く。「週末はどうも！」と彼女の方にも届く声で返すが、美來ちゃんママはそれにも微笑んで頷いただけで、結局声を出さなかった。美來ちゃんだけが快活に「あー！　リエパパ、バイバイ！」と裕に手を振ってくる。

「へえ。佐藤さんも来たの？」

美來ちゃん親子が行ってしまってから、別のお母さんに言われて、「ええ」と頷きながら、裕はまた、この間の噂を聞いた時のような、いたたまれない気持ちになっていた。

彼女の今の立ち去り方は、まるで逃げるような感じだと思ったからだ。急いでいるようでもあったけど、それとも少し違う。

「あ、それと、役員会の会費のことだけどさ」

「え、あれって今日までだっけ？」

もう別の話題にうつったお母さんたちには、今の美來ちゃんママの様子を気にするそぶりはなかったし、彼女たちが噂を知っているかどうかもわからなかった。けれど、美來ちゃんママが噂のせいで肩身の狭い思いをしているんだとしたら。

誰からも何も聞かれない以上、否定のしようだってないだろうし、噂を立てられていることで周囲に疑心暗鬼になっているんだとしたら、気の毒だ。

ふと、もう一度玄関の方を見る。すぐにいなくなってしまったからわからないけど、今日もきっと、美來ちゃんのバッグに噂のもとになったチイボーのキーホルダーはついていなかったろう。想像すると、キーホルダーがないと大泣きしていた美來ちゃんの顔を思い出し、胸が痛んだ。

そんなことを思いながら帰宅する途中、莉枝未にねだられてコーヒー牛乳を買いに近所のコンビニに寄る。

コーヒー牛乳も牛乳も、ストローで飲むものは、莉枝未にとって一律に「ジュース」と呼ばれる。

「ジュース！　ジュース！」とコールされる声に「はいはい」と答えて、自転車を走らせる。自転車から順番に二人を降ろしていると、先に降りた莉枝未がふいに「ママ！」と叫んで駆けだした。

「え？」と顔を上げると、コンビニの前に、ちょうど帰宅しようとしていたらしい志保が立っていた。

「わー、リエ、リュウ、おかえり」と二人に呼びかける。自転車から降りた二人が志保に駆け寄って淡い色の春コートの裾《すそ》をつかむ。彼女が目線を上げ、裕にも言った。

「お帰り。今日、思ってたより早く仕事が片づいたから、一緒にごはん食べられるよ。ありがとう」

志保は、一人ではなかった。品の良さそうな年配のご婦人と一緒で、どうやらコンビニの前で彼女と立ち話をしていたようだった。

「あら、莉枝未ちゃん、琉大くん。今日も元気ね」とその人が言う。

裕は、見覚えがない人だったので、ただ曖昧《あいまい》に「どうも」と頭を下げた。ご婦人が「すいません、呼び止めて長話しちゃって」と志保に言い、志保がにこやかに「とんでもない。またよろしくお願いします。待ってますね」と挨拶している。

買い物袋を下げた、ラフなサマーニット姿のご婦人は、このあたりに住んでいる人なのだろうか。子ども二人が去りゆく彼女に向け、「バイバーイ！　三上《みかみ》さーん！」と手を振り、彼女もそれににこにこ手を振り返しながら、駅の方に歩いて行く。志保とも子どもたちとも随分親しげだ。

「今の誰？」

尋ねると、志保が「へ？」と驚いた顔をする。それからまじまじ、裕の顔を見た。

「まさかわかんないの？　あんなにお世話になってるのに？」

「お世話になってるって……。あ、ひょっとして保育園の先生？　あんな先生いたっけ？　オレ、会ったことないのかな」

「違うよ。やだなぁ、本当にわかんないのか」

「ねー、ジュース！」

自分の頭上で話す両親に痺《しび》れを切らした莉枝未が声を上げる。その声にせかされて、志保が「ああ、ごめんごめん」と、コンビニの中に一緒に入っていこうとする。

「じゃあ、クイズね」

コンビニの重たいガラス扉を押して、子どもたちを中に入れながら、志保が裕を振り返った。顔が笑っている。

「裕も会ったことある人だから、自分で思い出して。忘れるなんて失礼な話だよ」

「ええっ!?　本当に？」

戸惑う裕を置いて、子どもたちと志保がコンビニの中にさっさと入ってしまう。さっきのご婦人が歩いていった駅の方を見ると、彼女の姿はすでになかった。

気になったものの、子どもたちから「パパー、早く！」と呼ばれてしまうと、それきりしばらく、子どもたちの呼んだ「三上さん」というそのご婦人のことを忘れた。


翌日、出社した事務所で所長のデスクに近づいてすぐ、裕は思わず「あっ」と声を上げた。

「チイボー」

咄嗟に出してしまった声に、所長である荒木が「あ？」と顔を上げる。

裕の勤める会計事務所は、大先生《おおせんせい》、と呼ばれる荒木の父と、若先生である荒木、その大学同期である裕と、あとは事務員の女性社員、という四人だけの小さな事務所だ。窓を背にした位置にある荒木のデスクの上に、ゆるキャラ・チイボーのぬいぐるみが、ちょこんと置かれている。

仕事は優秀だが、整理整頓ができない荒木が重ねた乱雑な書類の山の上で、チイボーはビニールの袋に包《くる》まれた新品の状態で横たわっていた。オレンジ色で耳の長い、犬なのかうさぎなのかわからない、その中間のような姿が愛らしい。

「なんだ、好きなのか？」

学生時代から親と同居する荒木はまだ独身で、見合いを薦めてもなかなか乗ってこない、と大先生からいつも渋い顔をされている。学生時代は、裕よりよほど女性関係も派手に見えたのにわからないものだ。

若い頃はラグビーをやっていて、今もジム通いが趣味というだけあって、年のわりに鍛えられているし、顔だって悪くないのにもったいない、というのは志保の言葉だ。「私の独身の友達に紹介したい」という志保の誘いを、「同僚の妻からの紹介じゃ何かあった時に気まずい」とずっとかわし続けている。

子どももいない荒木のデスクにチイボーの姿は違和感があった。

「好きっていうか、最近、周りで人気があって」

答える裕に、荒木が興味なさげに「らしいな」とぬいぐるみをつまみ上げる。おなかを押すと、『チイボーだチー！』と声が聞こえた。どうやら音が出る仕組みだ。

「莉枝未ちゃんにあげたいけど、悪いな。これ、今日打ち合わせする丸山《まるやま》さん用なんだ。お嬢さんが好きだって聞いて、だから持ってきた」

「へえ。よく手に入ったな。これ、相当人気でなかなか手に入らないってネットでニュースになってるの見たよ。ＣＭで急に人気になっちゃったから、グッズの用意がないって」

「ああ。あのＣＭな。クリーンケイクスの」

何気なく企業名を口にした荒木を、裕は黙ったまま見た。それから、彼の手の中のチイボーを見る。

「クリーンケイクス？」

「ああ、うち、お袋が家に入れててさ。だから持ってけって。丸山さんならお得意さんだし、うちは欲しがるような子どももいないからな」

そのことで、また大先生たちから独身であることを何かつつかれたのかもしれない、荒木がうんざりしたようにチイボーのぬいぐるみを机に下ろす。

ただ、その時。

裕の頭の中で、小さな衝撃が弾けた。

気まずそうに、みんなから逃げるようにしていた美來ちゃんのママ。

払拭《ふっしょく》できない、不倫の噂。

——それから、連鎖のように、志保と子どもたちとともにコンビニで出会ったご婦人のことが、ふっと頭に蘇《よみがえ》る。志保たちが親しげにやり取りしていたあの人が、一体誰だったのか。

クイズね、と言われた志保に向けて、その時、心の中で「ああ」と吐息が出た。

クイズの正解が、わかった。

たぶん、そういうことだった。


美來ちゃんのママとお迎えがまた一緒になればいいな、と、裕はそれからしばらく、心待ちにしていた。

ある日、メロン組に莉枝未を迎えに行くと、中にはまだ席に座ってお絵描きをしている美來ちゃんの姿があり、じゃあお迎えは今からなんだな——と思っていると、果たしてそこに、美來ちゃんママが現れた。

他のお母さんやお父さんは、今の時間、誰もお迎えに来ていなかった。正面から目が合うと、この間よりはしっかりと裕の顔を見た美來ちゃんママが、「あ——、先日は」と小さく頭を下げた。

「いえ、こちらこそ」と裕も会釈する。

「ぜひまた来てくださいね。莉枝未たちも、美來ちゃんが来てくれると嬉しそうですから」

話しながら、莉枝未を先に引き取って、次に琉大の部屋へ。まだまだ遊びたい、帰りたくない、と駄々をこねる琉大を追いかけて捕まえると、玄関を出るタイミングが娘を引き取った美來ちゃんママとちょうど一緒になった。

美來ちゃんだー、一緒にかえろー、と語尾を伸ばした言い方で莉枝未が誘って、琉大がお姉ちゃんたち二人の後ろにとことことついていく。

外に出て、頭上を見上げると、花から青葉になり始めた桜の枝がさわさわと微かに揺れていた。これから夏に向け、どんどん日が高くなる。スーツ姿でのお迎えがきつい季節がまたやってくるな、と思いながら、美來ちゃんママたちと一緒に門を出る。

子どもたちがともすれば走って先に行ってしまいそうになるのを、「ストップ！　気をつけろよ！」と呼びかけると、「はあーい」と元気よく答えた子どもらが、足を止めて、けたけた笑った。

その姿を見て、美來ちゃんのママも微かに口元を綻《ほころ》ばせ、ふふっと笑う。

横で、裕は小さく深呼吸をする。そして言った。話題がどうか、あのことに及びますように、と祈りながら。

「いやー、しかし、この間は本当に楽しかったですね」

美來ちゃんママがこちらを向いた。

「志保もすごく張り切って準備してましたから、嬉しかったと思います」

「ああ。本当にごちそうさまでした。おいしかったです。志保さんのサラダもパイも。おうちも、ものすごくきれいにされてて」

来た、と思った。意を決して、裕が告げる。

「あ、それはたいしたことじゃないですよ。うち、お掃除はラスティさんにお願いしてるんで」

「え」

その時――美來ちゃんのママの顔に、はっきりとした驚きが刻まれた。一瞬だけ確認して、裕はすぐ、その顔を見ないようにする。努めて、なんということもないように続ける。

「三ヵ月に一度くらいかな？　雑誌の取材を受けることもあるとかっていろいろ言い訳してますけど、プロが入ってお掃除をしてくれるのを自分の手柄みたいにしてるんだから、困っちゃいますよね」

志保、すまん。

心の中で謝るけど、次に美來ちゃんママに会ったらこの話をさせてもらうことは、すでに志保も了解済みだった。

あまり器用ではないから、声に空々しいところがないかどうか自信がない。

「まぁ、本当にきれいにしてもらえるので、僕も子どもたちも大歓迎ですけど」

そこまで言ったところで、ようやく、元通り美來ちゃんのママの顔を見る。美來ちゃんママはしばらく言葉少なに頷いていたが、聞き終えてから小さな声で「そうですか」と頷いた。

それを見届けて、「あ、じゃあ、また」と裕は早々に引き上げる。

「リエ、リュウ！　今日はちょっと急ぐぞー！」と呼びかけて、彼らをせかし、美來ちゃん親子に別れを告げる。

美來ちゃんママは何かを考えるようにじっと黙りこくって、遠くを見るような目をしていた。

特に急ぐ用事もなくせかしてしまったせいで、莉枝未と琉大から帰り道ずっと「なんで？　なんで急ぐの？」という質問攻めにあったけど、仕方ない。

途中でなぜか「アイス買うから急いだの？」と明らかに自分に都合のよいことを言い始めた莉枝未に、ごまかすためにアイスを買う羽目になったが、それも、仕方ないことだと言い聞かせる。

明らかに何かあるらしい、美來ちゃんママの「人に知られたくない秘密」は、不倫ではなく、家に、ラスティのような、家事代行のハウスクリーニングの業者を入れていることなのではないか。

同僚の荒木のデスクの上にチイボーのぬいぐるみを見つけた日の夜、子どもたちが寝てから志保に話すと、志保は化粧を落として幼さが増した顔で「え」と呟いて、目を見開いた。

「まっさかー。どうして？　裕ってば、考えが飛躍しすぎなんじゃない？」

「いや、オレからしてみると、不倫を疑う方がよっぽど考えが飛躍してると思うけど」

ヒントになったのは、やはりチイボーのぬいぐるみだった。

ゆるキャラ、チイボーがマスコットキャラクターを務め、ＣＭに出演している企業、クリーンケイクスは、最近名前を聞くようになった家事代行会社だ。イチゴのかわりに星が載ったショートケーキのマークが目印。

美來ちゃんにチイボーのキーホルダーをくれた『スガイさん』は、ママの浮気相手ではなく、ひょっとしたら、男性ですらなく、その会社の女性スタッフなのではないか。

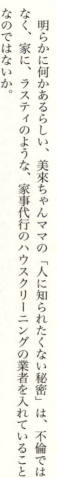

そう思った時に、連鎖のように、志保がコンビニで親しげに話していたご婦人、『三上さん』のことを思い出したのだ。

志保も子どもたちも、そして裕自身もとてもお世話になっているというあの人は、志保がいつも掃除をお願いしているラスティクリアのスタッフだ。ついこの間も来てもらった。顔に見覚えがない、と咄嗟に思ってしまったことは申し訳なかったけれど、いつもはエプロンをつけた制服姿だし、子どもらを送っていく前にすれ違うようにして会うだけだったから、すっかり顔を忘れていた。

しかし、それよりはよく顔を合わせている志保とは、それなりにいろいろ話してもいるのだろう。

「三上さんが誰なのかはわかったけど、普通、業者さんと依頼主ってあんなに仲良くなるものなの？」

試しに尋ねてみると、志保はあっさり頷いた。

「まぁ、人によると思うけど、もっと小さな家事代行会社とかで、しかも毎回決まった人に来てもらってると、さらに仲がいい場合なんかもザラみたいだよ。知り合いの男の子なんか、独身で、自分が仕事してる間に毎週来てもらってるみたいだけど、親戚のおばさんか何かみたいに仲がいいもん。恋愛のアドバイスなんかももらったりしてるくらい」

「恋愛のアドバイス？」

「うん。彼の部屋の散らかり具合とか、食生活の感じから、今つきあってる女の子がいいとか悪いとか、全部わかるんだって。今の彼女は、部屋の感じを見る限り、とてもいいから逃がさないようにって言われて、それで真剣に結婚考えてるって言ってた」

それはまたすごい話だが、そう聞いて、裕の中でますます確信が深まっていく。

最近名前を聞くようになったばかりの家事代行会社の、たとえば支店のチーフか何かと何度か来てもらううちに親しくなった場合、そのやり取りは電話ではなく、メールになったりすることも、あるのではないか。

『その日なら、昼間は誰もいないから大丈夫。待ってるね』という、美來ちゃんママの間違いメールは、ありうることなのではないか。

うちでお願いしている『三上さん』は年配のご婦人だから志保も敬語を使うけど、もしそれが同年代の女性だったりした場合は、そういう親しげなメールを書くことも、あるのではないか。また、そうした業者とのやりとりは、LINEよりはメールの方がありそうな気もする。

「でも」

志保はまだ合点がいかない顔だ。

「たとえ、そうだとしても、なんでそこまで隠す必要があるのかな。それこそ、不倫を疑われるような感じになっちゃっても、まだ周りに言わないなんて。うちもお掃除はラスティさんに頼んでるし、杉田さんとこだって、中山《なかやま》さんのとこだって、どこかにはお願いしてたことあったと思うよ」

「いや、そこはなんとなくわかるでしょう？　美來ちゃんママの後ろめたさも」

「それは……。うーん、まぁ」

「それにたぶん、美來ちゃんのママも、なんだか周りがよそよそしいなって雰囲気を感じてはいても、まさか不倫を疑われてるなんて思ってもみないんじゃないかな。それこそ、ひょっとしたら、自分が家事代行をお願いしてるからよそよそしくされてるくらいに思ってるかもしれない」

それはたぶん、あまり口に出して言い合うことの少ない種類の問題なのだと思う。志保と他のママたちとは、莉枝未がまだ〇歳児クラスにいた頃からの長年のつきあいで、互いの生活感覚についてもある程度わかり合っているようだけど、逆に言えば、それだけ砕けた間柄にならなければ、語り合うことがない種類の話題だ。

誰かにお金を払って、家事を代行してもらう。掃除をしてもらう。

それを割り切って捉えられるかどうかは人による。贅沢な、お金持ちの家がお手伝いさんをおくようなものだと思う人も、中にはいるだろう。

家事代行を業者にお願いすることを、志保は最初の頃、「時間をお金で買う」という言い方をしていた。その後、プロの仕事の、個人では行き届かないレベルの丁寧さに感嘆して、志保も裕も、それを「時間を買う」以上の価値があることだと考えを改めた。

きれいになることは、気持ちがいい。

自分が起業し、日々が忙しくなるにつれて、必要なサービスだと割り切った志保の選択を、裕も支持している。志保の仕事仲間には、業者に依頼する自宅の水回りの掃除を「年に一度の自分へのご褒美《ほうび》」だと語る女性もいるそうだ。

「今日、ラスティさんが入る日だから」と志保に言われて、「自分の手柄にして」と呆れた気持ちで相づちを打つ裕も、帰ってきて、きれいに水垢《みずあか》の落ちた、まるで新品に生まれ変わったようなお風呂に入れるのは、楽しみだ。

そう考えた時、裕は、最後の謎が解けたように思った。

「あと、この間、オレが言ってたこと覚えてる？」

「え？」

「うちに美來ちゃんが来た時に、二階のトイレに連れてったんだけど、出てきた美來ちゃんが、その時に言ったんだ。『うちのリボンとお花はピンクだけど、リエちゃんちのは水色なんだね』って」

何について言っているのか、その時はわからなかった。カーテンのタッセルなのではないか、と志保とも話したことがあったけど、今なら、その謎が解けた気がした。

同じことに気づいたのか、志保の顔が、あ、と小さな気づきを瞳に浮かべる。彼女が言った。

「――あれか、業者さんのテープとシール」

「うん。あの日は、お掃除が入ってからまだ三日目だったから、残ってたんじゃないかな」

業者によってまちまちだろうけど、うちでは、業者さんがトイレ掃除に入った後は便座の上に掃除が済んだ旨が書かれた紙テープが、蓋をくるむように巻かれる。トイレットペーパーにも、同じく「清掃済」と書かれた花柄のシールを先端に貼られる。

普段、一階の生活空間だけで暮らすことの多い鶴峯家では、二階のトイレは使わないことも多い。しかし、あの日はたくさんいる子どもを順番にトイレに案内する中で、二階に美來ちゃんをつれていった。かっこつけの志保としては、迂闊《うかつ》にもほどがあるのだが、あの日は、そのシールが残ったままだったのだろう。

それが、美來ちゃんの言う〝リボンとお花〟の正体だ。

「あの紙、水に流せるようになってるよね。裕が見た時、それ、残ってた？」

「たぶん、残ってなかった。美來ちゃんがトイレを使った後か前に、一緒に流したんじゃないかな」

清掃済み表示の〝リボンとお花〟には、「この紙は水に流せます」と書かれているが、たぶん、知らなければ、子どもはおいそれとそれをトイレに流してしまうことはないだろう。何しろ、保育園でも家庭でも、トイレに余計なものは流さないように、と普段から注意されているのだから。

美來ちゃんが日常的に家庭でもやっていなければ、普通は躊躇《ためら》うのではないか。なぜなら、大人と違って、年中さんの美來ちゃんはまだ漢字が読めない。「水に流せます」ということが、表示を見ただけではわからなかっただろう。

美來ちゃんが、きれいに掃除してもらったトイレの前で、「リボン、お花」と呼びながら、お母さんと二人で紙テープを流すところが想像できた。うちだって、琉大が覚えたての言葉で、水の渦に吸いこまれるテープを「バイバーイ」と手を振って見送ることがある。ピンク色のリボンとお花が日常的にある環境で、美來ちゃんは暮らしているのだ。

志保と相談の上、とりあえず、余計なことは何もしないし、言わない、ということで話を決めた。

ただひとつ、もし言える機会があったら、美來ちゃんママに、うちの「きれいなおうち」はラスティさんのお仕事の賜物《たまもの》なのだということをそれとなく伝えよう、と相談しておいた。

裕の考えが合っていても、間違っていても。それで、美來ちゃんママの後ろめたさが軽減される可能性があるなら、それでいいんじゃないかと思ったのだ。

数日後、ひさしぶりに残業をしていると、志保からＬＩＮＥが入った。

その週は、裕の仕事に急ぎで片づけなければならないものが出てきてしまい、莉枝未たちのお迎え当番は裕から志保に移っていた。

『お迎えに行って、美來ちゃん親子と会ったので、一緒にごはん食べて帰ることにしました。駅前のピザカフェ。申し訳ないけど、今夜はどこかで食べてきてくれる？』

久々に会ったであろう志保と美來ちゃんのママが、どんな流れで一緒にごはんを食べて帰ることになったのかはわからないが、いいと思った。

仕事の傍《かたわ》らで『了解』とだけ、返事を打つ。


その日遅く、家に戻ると、莉枝未と琉大はすでにお風呂を終えて、志保に寝かしつけられていた。いったんは子どもたちと一緒にベッドに入っていた志保が、裕が帰宅したのを気配で察して、起きて、リビングに戻ってくる。

「おかえり」

「ただいま。美來ちゃんのママとの会食はどうだった？」

「うん。いろいろ話せたよ」

半分眠ったような顔だった志保の顔がだんだんと覚醒し、「お茶、淹れるね」とキッチンに入る。そして、話し出した。

「美來ちゃんママね、やっぱりメールでお掃除代行サービス、お願いしてたって。ただ、前にそのことを人に話して、相当嫌な思いをしたことがあったみたい」

それは、彼女が美來ちゃんを妊娠して、里帰り出産をする時のことだったそうだ。

里帰りをしている数ヵ月、旦那さんの一人暮らし状態になったマンションの部屋がきっと散らかり放題に荒れるであろうことを予想して、ネットで探したクリーンケイクスに、水回りだけでもお掃除に入ってもらうように頼んだ。

新生児を連れて帰った際に、きれいなお風呂で沐浴《もくよく》させたい、と思ったことが始まりだった。

そのことを、通っていた産院で一緒になった妊婦さん数人にたわいなく話したところ――そこで、猛攻撃の、非難を受けた。

「『うわぁ、金持ち！』って言われたんだって。それを言った人たちが、どういう人なのかはわからないけど」

しかし、美來ちゃんママが里帰り前まで通っていたという病院は、都心にあるクリニックで、利用者には所謂〝いいところの奥さん〟も多い。美來ちゃんママは、自分の家と周りの生活水準がそう違うようには思っていなかったし、自分の家が取り立てて金持ちだとも思っていなかった。むしろ、生まれた子にどんな習い事をさせたい、あんなふうな教育がしたい、と話している周りの人たちの方が、自分よりずっと裕福に見えていた。

しかし、質問とも非難ともつかない言葉はやまなかった。

「やっぱり、両親とも働いてるとお金と余裕があるんだね。羨ましい」

「旦那さんが有名なデザイナーだと、違うってこと？」

「お掃除の人を入れるって、自分の持ち家ならともかく、賃貸のマンションなんでしょ？意味あるの？」

そして、こんな質問をされた。

「子どもも生まれるし、忙しくなるだろうっていうのはわかるけど、掃除頼むと、いくらかかるの？」

戸惑いながらも、美來ちゃんのママは、その時、金額を答えてしまった。責められたくないという思いから、見積もりで出ていた額ではなく、咄嗟にそこから一万円下げた金額を答えた彼女の前で、「うわー！」とか、「信じられない！」という声が上がった。

そのうちの、一人が言った。

「うっわー、そんなら私にやらせてよ。そのお金で私が掃除するよ」

今、プロが入るお掃除の、あの快適さを知っている裕にはわかるが、クリーンケイクスの見積もり額はおそらく妥当なものだったのだろう。

個人では無理な技術というものが世の中にはやはりある。賃貸の部屋を、人から人に引き継ぐ際に新品同様に戻すのと同じような技術を使って掃除してもらおうというのだから、それぐらいは当然なのだろうとも思うが、会話の中の〃掃除〃の捉え方が、おそらく決定的に違うのだ。

ともあれ、美來ちゃんママは話してしまったことを後悔した。

そして悟った。これまでずっとクリニックで一緒になってきて、気心も知れたように思ってきたけど、やはり、お金の感覚が絡むことは、金輪際、こういう集まりでは話してはいけないのだと。

主婦の手抜きとか、贅沢《ぜいたく》だと思われるそんな肩身の狭さを、二度と経験したくなかったのだそうだ。同年代との間でさえこうなのだから、年配の世代にはさらに抵抗を持って感じられるかもしれないと考え、実母にさえ言っていない。

「なんだかそれって、ダイエットしてることをなんとなく人に——特に同性に隠す心理とも似てるなって思った」

話を終えて、志保が言った。

「きれいになりたいって思って、食事制限したり、いいことをしてるはずなのに、周りには知られたくないっていう、そういう気持ちと、ちょっと似てる。ある日自然にきれいになりましたって顔をして、努力してたことを知られるのはかっこわるいって思うみたいな」

「そうかな？　それとはだいぶ違うんじゃないかな」

「だから、ちょっと似てるなって思っただけだよ」

志保が不機嫌そうに言う。志保は、産後のダイエットも、食事制限も、同性の友人やママ友には隠して努力していても、夫の裕には隠すどころか協力を頼んでくるような妻だ。

「人にもよるけど、実際、金銭感覚が絡む問題はやっぱり難しいよね。私も、周りのお母さんたちが家事代行にそこまで抵抗ない人が多かったからよかったけど、そうじゃなかったら、美來ちゃんママみたいに考えてたかもしれない。家事代行なんて主婦の手抜きだって思う人も多いんだろうし。――だけど、全部ひとりで仕事も家事も育児もやろうとしたら、絶対につぶれちゃう」

「うん」

だから、美來ちゃんママに言ったよ、と志保が続ける。

「みんな、口には出してないけど、きっと、いろんな力に助けてもらってるって。私たちは核家族なんだから。おじいちゃんもおばあちゃんも遠方にいたら、助けてもらう人が絶対に必要だよ。――今だって、シッターさんにお迎えを頼んでるお母さんもいるし、保育園も、学童クラブも、みんな、誰かに助けてもらってるっていう点は一緒だよ。だけど、そういうことってなかなか口に出し合えないから……」

その一方で、「どうしてそんなことを隠さなきゃいけないの？」と思うような、堂々とした感覚の人たちもまたいるのだろう。

いろんな立場の人がいる世の中で、美來ちゃんママのような罪悪感は、確かになかなか言葉で説明しにくい。何を秘密に思うかは人それぞれなのだ。

「――話せてよかったね」

ネクタイを緩めてソファに腰かけた裕が言うと、お茶を淹れた志保が、カップを置きながら、「え？」と目線を上げた。裕が微笑む。

「美來ちゃんのママ。これで、周りからの変な誤解もだんだん解けてくといいんだけど」

しかし、不倫とはまた極端な発想をしたものだ。苦笑する裕の前で、志保が「そこはおまかせください」と静かに胸を張る。

「私から誤解だって伝えておく。お掃除代行云々《うんぬん》はとりあえず置いといて」

「うん。それはまかせられる気がする」

いつの間にどんなやり方で情報交換していたんだろうと不思議に思うくらいのネットワークで、ママ友社会は結ばれている。志保もきっとうまくやるのだろう。

淹れてもらったばかりの熱いお茶をマグカップで飲みながら、ふと、裕の目がキッチンのカウンターに並ぶ写真立てに吸い寄せられた。

四《よ》つ葉のクローバーの形に、四枚、小さな写真が入るようになった写真立ては、琉大が生まれる少し前に、近所の雑貨屋で莉枝未が「これ欲しい！」と持ってきたものだ。

写真立てなら他にもあるし、小さい写真しか入らないから使い勝手が悪いのではないか、と棚に戻すように言った裕と志保に、けれど、莉枝未はゆずらなかった。

「家族の写真を入れる！」と言い張った。

「ここがママ。ここがパパ。ここがリエ。ここが赤ちゃん！」

ひとつひとつ、四つ葉の形にあいた小窓を指さす。裕と志保は顔を見合わせ、「大事にする」と言う莉枝未の声に背中を押されて、この写真立てを買った。

だから、写真立てには一枚ずつ、家族の写真がこの形に合うように切り取られて入っている。

右上が裕、左上が志保、右下が莉枝未、左下が、琉大。

全部、笑顔の写真を選んだ。

この写真を見ると、自分たちは四人家族なのだなぁという、当たり前のことをしみじみと思う。郷里に両親がいても、互いに実家があっても、この場所で結びついて暮らす自分たちは四人家族だ。

今日、志保が「核家族なんだから」という言葉を使ったことが、お茶を飲みながら、一緒に心に沁《し》み込んでいく。

いろんな人やサービスに助けてもらいながら、人に言えたり、言えなかったりする方法を取りながら、親は家や子どもを守って、どうにか家族をやっていくものなのだろう。まだ三十代半ばの、子どもと大人の中間のような親だけど、裕だって、それでどうにか親をやっている。

「核家族ってさ、クローバー形のこういう写真立てがよく似合うよな」

たいていが、三人家族か四人家族だから、三つ葉や四つ葉はよく似合う。裕が言うと、志保が微笑んだ。

「クローバーって平和の象徴みたいに言われるから、そんなところも子連れの家族には合うんだよね」

「そう考えると、親って、このクローバー形の幸せを守る門番か騎士みたいなもんだよな。自分もつい最近まで子どもだったような気がするのに、オレたちでいいのかって思うけど」

「クローバーナイトってこと？」

その時、志保があまりにも恥ずかしい名称を口にした。

一瞬、呆気《あつけ》に取られたような顔で妻を見つめ、すぐに、「その呼び名はないなー」と打ち消すように首を振った。しかし、志保がそんな裕の様子を面白がるように笑う。「いいじゃない」となおも続ける。

「頑張ってよ、裕はうちのクローバーナイトなんだから」

「……そんなたいそうなものじゃないだろ」

言いながら、苦笑する。

「さて、二人はちゃんと寝てるかな」

子どもたちの寝顔を見るために、カップを置き、ソファからゆっくり立ち上がった。

chapter_02

ホカツの国

バンダナで作る三角巾とエプロン。顔半分を覆う大きな白マスク。

通された別室で、妻の志保とともに先生から渡されたそれらを身につける。入り口のドアがそっと開いて、琉大のクラス担任の嶋野先生が顔を出した。

「お父さんもお母さんも、荷物はこの部屋に置いたままにしてくださいね。今からホールに移動してリズム遊びをしますから、子どもたちの後についてゆっくり来てください」

「はい」

顔を隠したまま、裕も志保も頷く。

先生に言われた通り、子どもたちがキャーキャー言いながらクラスの部屋からホールに移動する後に続いていくと、遅い時間に子どもを送ってきた顔見知りのママとすれ違った。

赤ちゃんクラス、と呼ばれる〇歳児サクランボ組の男の子をベビーキャリアで胸に抱いているそのママに、いつもの通り「おはようございます」と挨拶すると、彼女がきょとんと怪訝《けげん》そうな顔をした。顔を隠しているから、誰だかわからないのだ。

気づいて、志保がマスクをずらし、「おはよー」と改めて挨拶すると、彼女が「ああ！」と声を上げた。

「びっくりした。気づかなかった。なんだ、鶴峯さんたちだったの」

「うん。今日、うちの番なのー」

——今日は、半年に一度の保育参観。

莉枝末と琉大をそれぞれのクラスに送った後、そのまま別室で待機し、子どもたちにバレないように変装して、窓越しに様子を見に行く。変装が必要なのは、子どもたちが親を見つけると興奮してそばまで来てしまったり、そわそわして普段の様子が見られなくなるからだ。

裕たちがお世話になっているゆりの木保育園では、参観の時期になると、毎日一組ずつ順番で保育参観ができることになっている。

大人にも気づかれないなんて、これなら大丈夫だな、と思うものの、察しのいい子どもには見抜かれたりもするからなかなか気が抜けない。二歳児の琉大のクラスはまだどうにか騙《だま》されてくれるけど、年中さんの莉枝末のクラスになるとさすがにもう無理なので、そちらのクラスでは顔を出して参観する。

裕たちのマスク姿に驚いたのか、普段はにこにこしてくれるサクランボ組の男の子が、ママの胸の中でわーん、と泣き出し、それに志保があわてて「ごめん、ごめん」と謝る。

サクランボ組のママと別れて、琉大たちの遊ぶホールに向かう。

入り口のドアについた小さな窓には、白いレースのカーテン。そのカーテン越しに、中の様子を二人で窺《うかが》う。窓の面積を分け合うようにして、身を屈《かが》めて見入るマスク姿は、傍《はた》から見れば不審者そのものだろうけど、滅多にない機会なので、やはり夢中になってしまう。

おしゃまで口が達者な莉枝未と比べ、琉大はマイペースな子どもだ。

動物でたとえるなら、莉枝未は跳ね回る子リスで、琉大はどっしり構えた象だなぁとよく思う。今日は琉大の様子を見た後で、莉枝未のクラスの方に移動する予定だ。

先生たちのピアノに合わせて、「トンボ！」と言われたら手をぴんと広げて足を上げるトンボのポーズをし、「ダンゴムシ！」と言われたら丸まってじっとする。

去年の参観に比べると、琉大のリズム遊びもだいぶ様《さま》になっている。途中で不得意なポーズがあると、やる気をなくして座りこんでしまったりするけれど、そういう様子も含めて、我が子の姿はやはり愛《いと》おしいものがあった。

「はい。じゃあ、今度はみんなで自由の時間。ぐるぐる回るよー！」

先生の合図に、子どもたちが「はーい！」「わーい！」と答える。

思い思いのスピードで楽しそうにホールを何周も、まるで追いかけっこのようにぐるぐる回り出した。琉大も笑い声を上げて走り回る。

その時だった。

こちらに向かって、園長先生と、子どもをベビーキャリアで抱えた若いママがやってくる。園長先生が説明する声が聞こえた。

「こちらはホールで、冬のお楽しみ会をしたり、他にもいろいろな行事に使っています。あとは、今みたいに子どもが日中の活動で体を動かしたり」

園長先生に案内される若いママは、見たことがない人だった。抱いている赤ちゃんがまだ本当に小さいのを見て、「あ、見学に来たんだな」とわかった。

ゆりの木保育園は、区立の認可保育園だ。

今、保育園は――特に、区や市、自治体が認めた認可保育園は入園が難しく、激戦と言われる。志保も数年前の莉枝未の入園の時には認可、無認可、都の認証保育園と、あちこち見学に行っていて、申し込みの前後にはだいぶナーバスになっていた。

なんだか他人事《ひとごと》と思えずについ視線をやってしまうと、同じことを考えていたのか志保も彼女たちの方を見ていた。

「教えてあげたいな」と、マスク姿のまま、志保がぽつりと言う。

「ここ、すごくいい保育園ですよって、教えてあげたい。見学の時の心細い気持ち、思い出すなぁ」

「うん」

そんなことを話しているうちに、園長先生が近づいてくる。「どうですか?」と裕たちにも声をかけてきた。

「琉大くん、元気ですか? ○歳の頃から見ていると、本当にいろんなことができるようになって成長を感じますよね」

「はい!」

裕が頷く。「先生たちのおかげです」と志保も言った。

見学中のママに、園長先生が「今日は参観なんです。半年に一度くらい、こうやって変装して様子を見てもらっています」と話す。

それに、見学の若いママは「はあ」と頷き、志保たちが張りついていた小さな窓を、遠目にちらっと眺める。そして聞いた。

「これはリトミックですか?」

「え?」

「リトミックの授業は毎日あるんでしょうか」

「ああ。――リズム遊びか体操は、お散歩に行く日以外はほとんどありますね」

その言葉に彼女が腰を落として中をもっとよく覗《のぞ》きこもうとするのを、裕は、あー、今はただ無軌道に走ってるだけだからがっかりさせてしまうかも……、と他人事ながら心配になる。

彼女はちょっと中を見ると、「あと、英語の授業はありますか」と園長先生に尋ねていた。先生がそれに「そうですね、私立の園ではないので」と答えながら、二人で別の場所に歩いていってしまう。

その後ろ姿を眺めながら、志保に「リトミックって何？」と尋ねると、彼女もまた、遠ざかる二人のことを見つめて「まぁ、今やってるみたいなこと」と答えた。

そして、「うーん、そっか」と呟く。

「私立の園もたくさん見学してるんだろうな。今は、リトミックとか、ネイティブの先生を呼んで英語教えてくれるような園もたくさんあるからね。まぁ、リトミックって名前や授業って形にこだわるのもわからないじゃないな」

「授業って、そんな、学校じゃないんだから」

区立であっても、特に都内はいろんな家庭から子どもが通ってくるので、琉大のクラスにも莉枝未のクラスにも、外国人やハーフの子どもが二、三人はいる。授業みたいな構えた形で英語を学ぶより、その子やその親たちと当たり前みたいに「ハロー！」とか挨拶している方が、よほど国際的な感覚が身につくような気もするのだが。

「ま、何をいいと思うかは人それぞれだよ。私も見学の時はいろんなこと思ったし」

志保が再び窓を覗きこみ、次の瞬間、「あ、転んだ」と呟く。

「え！　本当に？」と裕もあわてて窓を覗く。

仲良しの子ともつれ合い、転んで泣く琉大を、先生が「わー、大丈夫？」と助け起こしに行く。


「ホカツについて、話、聞かせてもらえない？」

裕がクライアントからそう言われたのは、保育参観の翌週だった。

打ち合わせを終えたタイミングでの申し出に、横の荒木所長が「あ？」という顔をした。声には出さないけど、微かに顔をしかめて、「なんだそりゃ」という表情になる。

クライアントの兵藤《ひょうどう》は、アンティーク家具の個人輸入業を営む若手社長だ。父親の会社を継いだ二代目社長で、荒木会計事務所とは先代からのおつきあいだ。

近頃は、一口に「社長」と言っても、一昔前と違って堅実な人が多くなった、と荒木の父である大先生は言うが、そんな中、兵藤社長は、裕たちとそう年が変わらないのに、とても元気のいい昔気質《かたぎ》の社長さんだ。

食道楽、着道楽で、海外旅行も、ゴルフも車も大好き。

横浜《よこはま》にある事務所に打ち合わせに行くと、そのままお礼だなんだと、荒木も裕も、彼のお気に入りの高級レストランや行きつけのバーなどでよくご馳走になっている。

よく日焼けした腕に、文字盤の大きなパネライの腕時計。白いシャツの襟が、いつ見てもぴっと立っていて皺《しわ》やシミひとつ見られないのは、よほど奥さんが気がつく人なのだろう。顔立ちも派手で、二十代の頃は今以上に遊び回っていたと聞いたことがある。

裕が妻の仕事の関係で、肩身の狭い思いで、雑誌の『イケダン、見つけた』のコーナーに出た際には、奥さんがそれを見たとかで「いいな。今度、オレのことも紹介してよ」と冗談めかして言ってきたが、あれはたぶん、半ば本気だった。確かに、裕よりよほど自信ありげな風貌《ふうぼう》だし、なんというか、貫禄が違う。誌面にも映《は》えそうだ。

そんな兵藤の口から出るには、あまり似合わない言葉のような気がして、裕が首をひねる。

「ホカツ、ですか」

そういえば兵藤の会社は横浜だが、住まいは東京都心の高層マンションだ。「カミさんに頼まれちゃってさ」と彼が肩をすくめた。

「そろそろ育休が明けるから、動かなきゃって焦ってるみたいなんだけど、周りになかなか認可園に入れてる人がいなくてさ。鶴峯くんのとこ、確か、激戦区だったでしょ？ よく入れたなって思って。うちの辺りも倍率相当高いみたいだから、よければ、奥さん込みで参考までに話聞かせてくれない？ うちのも連れてくるからさ」

「それはいいですけど……。社長のところ、奥様、働かれてたんですね。社長の会社を手伝われてるんですか？」

「それがそうじゃないんだよ。オレもそう言ってるし、それか、家のことをちゃんとやってほしいから専業主婦で幼稚園でもいいんじゃないかって言ったんだけど、かわいくないことに『それじゃ、あなたの会社がダメになった時に共倒れでしょ』って」

そう言いながらも、そんなふうに言い合える奥さんのことがかわいいのか、社長の口ぶりは軽かった。

奥さんの職業について、兵藤が「企業のおかかえ通訳」と説明する。

彼が名前を挙げた企業は、裕でも知っている外資系の大手だ。兵藤と奥さんとは、彼の仕事の関係で、その企業と縁ができた時に知り合ったのだという。

「でっかい会社だから、産休と育休は問題なく取れたんだけど、それでもやっぱり保育園に無事に入れないと復帰できないし、育休がこれ以上延びるとキャリアに傷がつくって、うちのが焦ってるんだよね。だから、同じ立場の奥さんから話聞かせてもらえたらって思って」

「お子さんは、おいくつなんでしたっけ」

「今年で一歳。——知らなかったけど、一歳から保育園に入るのって一番倍率高いらしいね。鶴峯さんのとこ、何歳で入ったの？」

「うちは、上の子も下の子も〇歳クラスからですけど」

話の途中で、「あのぉ」と荒木が割って入る。そろって顔を向けた裕と兵藤社長に対し、感心したような顔つきになる。

「ひょっとして、さっきから話してる〝ホカツ〟って、〝保育園活動〟ってことですか？」

荒木の顔は当惑げだった。

「今はそんな言葉があるんですか？　まるで、婚活や就活みたいだな」

「あれ、荒木所長知らないの？」

兵藤が楽しそうな顔になる。どこか得意げに「らしいんだよ」と頷いた。

「オレも自分がこの立場になるまで知らなかったんだけど、大変らしいよ。どこも激戦で。入りたくて区の窓口に通って泣いたりする人もいるって聞くし、自分のところの社長や親に手紙まで書いてもらったりするらしいんだから。保育園に落ちた母親のブログが国会で取り上げられたりもしたしさ」

「新聞やニュースでは見たことありますけどね。へえ……」

子どもどころか結婚にも興味があるのかわからない荒木には、ピンとこない話だったらしい。メディアでよく扱われている問題だとはいえ、当事者でない相手にはこのぐらいの受け止められ方なのかもしれないな、と裕も思う。

しかし、荒木がさらに「そもそも幼稚園と保育園って違うんですか？」と尋ねてきて、裕は、そこからかよ、とため息が落ちる。

そういえば、荒木からはよく「お。幼稚園にお迎えか？」とか、保育園と幼稚園をごっちゃにされる。裕も面倒だからこれまではそれを正すこともしなかった。

裕に代わるようにして、兵藤社長が「違うんだって」と答える。伝聞形だから、これもまた、今回の保活を機に奥さんからレクチャーを受けたのかもしれない。

「幼稚園は、三歳か四歳から通う文科省管轄の施設。学校みたいな、勉強を教えてくれたりするとこ。で、保育園は下は〇歳からある厚労省管轄の福祉施設。母親が働いてたりする場合に、子どもを保育する目的であるんだってさ」

「へえ……。そっか、確かにうちの事務所の近くでも、幼稚園の子たちは昼過ぎには帰ってますね」

荒木が感心したように頷き、「鶴峯のところもしたの？　保活」と今更すぎる質問をしてくる。裕は頷いた。

「それなりに。うちもやっぱり、夫婦共働きだし、莉枝未の頃は志保も独立前で会社員だったから、結構必死だったよ」

「へえ。志保ちゃんなら、確かに保活でもすごいことやってそう」

「だよね」

志保には一度も会わせたことがないが、兵藤社長が大きく頷く。「うちの妻、雑誌で奥さんのことも見ててさ」と教えてくれる。

「今相当ナーバスになってるから、頼むよ。話、聞かせてやってよ」

「──わかりました」

もうだいぶ前のことだが、確かに、あの頃の志保は今思い出しても、ちょっとおかしいくらいの情熱で保活していた気がする。参考になるかもしれない。

その日、帰ってから志保に兵藤夫妻のことを話すと、やはり他人事と思えなかったのだろう。即座に「いいよ」と、彼女も答えた。

「気持ちわかるなー。役に立てるなら嬉しいよ。その奥さんは、もう保育園の見学とかしてるのかな？」

「多分。社長の話だとかなり参ってるみたいだから、たくさん回ってるんじゃないかな」

「なんか懐かしいな。確かに迷うよね。うちも初めはまず保育園に入れるかどうかっていうところから迷ったもんね。──お義母《かあ》さんに反対されたり」

莉枝未が生まれる、その前後のことだ。嫌味ではないのだろうけど、裕も「あったなぁ、そんなこと」と苦笑して答える。

高崎《たかさき》の実家に住む裕の母親は専業主婦で、子どもは裕と弟の二人。

専業主婦とは言っても、母は昔から多趣味な人で、映画や観劇の好きな志保とはウマが合い、よく一緒にコンサートなどに出かけていた。普段は仲がよく、志保の仕事にも理解があるいい姑《しゅうとめ》だったろうと思うのに、莉枝未の保育園のことに関しては、初めて揉めた。

志保のまだ妊娠中、訪ねてきた母に何気なく、保育園を考えている、と伝えたところ「ええっ⁉」と母が目を丸くした。

「保育園だなんて、かわいそうじゃない。幼稚園じゃダメなの？　あなたたちもみんな幼稚園だったでしょう？」

「いや、そうは言っても志保は仕事があるし」

「だって、まだ生まれる前よ？　ちょっと落ち着いて」

いや、落ち着くのは母さんの方だよ、と思うけれど、裕の母は、それくらい動揺していた。

都会の保育園は入園までにハードルと倍率が高く、今は妊娠中から申し込みをする人も珍しくないどころか、保活に有利になるようにと、子どもが四月や五月の年度の早いうちに生まれるよう計画的に妊娠を合わせる人たちだっているのだ。

そう説明すると、母は絶句し、それから「信じられない」と首を振った。

「だって、保育園は、親がどうしても見られないかわいそうな子が行くところでしょう？」

「今はそんなことないんだってば。いつの認識だよ、それ」

「志保さんの人生にとっても、育児は絶対にした方がいいことよ。一生の経験になるのに。預けっぱなしにするなんて、女の子なのに、将来、悪い影響が出たらどうするの」

「いや、何も預けっぱなしってことはないよ。育児だって、これから――」

「躾《しつけ》とか勉強とか、教えてくれるわけじゃないんでしょう?」

母の認識はどうだか知らないが、今の保育園は遊びの中で勉強に近いこともだいぶ教えてくれるし、食育などにも力を入れているところが多い。母は母で動揺していたが、裕たちも裕たちで動揺していた。母の世代に保育園がそんな受け止められ方をするとはまったく予想していなかった。

志保が矢面《やおもて》に立たないように、と必要なことはできるだけ裕が代理で自分の意見として母に伝えたが、その時期の志保は、この母の態度と保活のダブルパンチで、かなり参っていた。母も言い過ぎたと反省したのか、その後、「ごめんなさいね、志保さん」とあわてて謝っていたが、それでも自分の主張を曲げることまではしなかった。

「ごめんなさいね。外野が口を出して悪いけど、でも……」と言いたいことははっきり口にする。

莉枝未が初孫だったこともあり、母も心配だったのだろうということはわかる。自分が育児の先輩だという自負もあったのだろう。それでも、母から言われた「かわいそうな子」という言葉のショックは、志保からも裕からも、なかなか抜けなかった。

自分たちは、核家族だ。志保の実家も浦安《うらやす》だし、莉枝未の祖父母は両方とも離れた場所にいる。保育園の問題は避けては通れなかった。

その時期に、志保が「うちのママもずっと専業主婦だけど、そんなことまでは言わないのにね……」と呟くのなどを聞くとひやひやしたし、裕も自分の母親が悪く思われるのは本意ではない。志保の機嫌を損ねて、せっかくの初孫を自分の親が見られる機会が減るのではないかと気が気ではなかった。

気が強いようでいて、周りに気を遣う小心者でもある志保は、その後もなるべく柔らかい言葉で、のらりくらりと裕の母の物言いをかわしていた。

ただ、それでも時折、ママ雑誌に載る保活の記事などを読みながら、裕に話しかけてきていた。

「ねえ、この記事に『もし、保活を旦那さんやお姑さんに反対されたら』って書いてあるけど、どうしてこういう時、実母じゃなくてお姑さんの方が反対するってわかってるんだろうね」などと言われると、針のむしろに座らされている思いだった。

いくら大事な孫で、心配だといっても、莉枝未の育児を実際にするのは志保だ。志保と、そして父親である自分だ。

うちの出した結論に対しては、誰にも何も言わせたくないという思いは、裕にもあった。

母には、強硬に伝えるのではなく、少しずつ話をした。そして、そんなやりとりを傍らで見ていた裕の父もまた、「周囲が余計なことを言うもんじゃない」と母の説得に回ってくれた。

保育園に本格的に申し込みをする頃には、母は思うところはあったろうけれど、もう何も言わなくなった。今や、莉枝未と琉大の園の行事にも大喜びで参加しているいいおばあちゃんだ。

志保との嫁姑関係も良好なものに戻ったが、ともあれ、それがこじれてしまうくらいのことではあったのだ、と裕は思い出す。

今はそんなふうにどこか懐かしく思える余裕すらあるが、ともあれ保活は、どの家庭にとっても少なからず波紋を広げる問題なのだろう。

奥さんが参っている、と話していた兵藤社長の顔を思い出しつつ、裕は会食の日程を志保に尋ねるため、自分の手帳を開いた。

待ち合わせたハワイアンレストランに、兵藤夫妻は赤ちゃんと一緒に現れた。

大きめのソファが向かい合い、テーブルと通路の間をハイビスカス模様のカーテンで仕切った半個室の席があるため、裕たちが子連れで人と会う時によく使うレストランだった。

兵藤からどこかいい店はないかと聞かれ、「うちの近所になっちゃうけどいいですか？」と指定した場所だ。店内には他にも小さな子どもを連れた親子連れの姿が目立つ。入り口の近くには、小さいが、おもちゃの置かれたキッズスペースの用意もある。

「鶴峯さん、どうもどうも」

現れた兵藤は、オレンジ色の明るいポロシャツ姿だった。胸ポケットにサングラスを差し入れ、今日はいつも以上にラフな装いだ。ソファに一列にかけ、ドリンクバーから持ってきたジュースを飲んでいた莉枝未と琉大が、見知らぬ人たちの登場に口をつぐむ。興味津々《しんしん》といった様子で、兵藤夫妻の方を見た。

「奥さんもどうもどうも」

兵藤が志保に言い、裕が立ち上がって挨拶する。

「すいません。社長、うちの近くまでお呼び立てしてしまって」

「いいよ、いいよ。車だとすぐだから」

兵藤が笑って答え、後ろを振り返る。

「あ、これ、うちの妻」

「こんにちは」

夫に紹介され、胸に赤ちゃんを抱いた奥さんが挨拶する。

おしゃれな黒フレームのメガネをかけた女性だった。化粧も薄めで、しっかりした真面目そうな人、というのが第一印象だ。

少しばかり意外に思う。確かに美人だが、兵藤の妻がこんなに落ち着いた堅実そうな人だとは思わなかった。とはいえ、兵藤の仕事は自営だし、一見派手好みの彼が、逆にこういうタイプに魅かれるというのもわからないではない。夫婦というのは、違うタイプの二人が案外うまくいっている場合も多い。

「こんにちは。お待ちしてました」

志保が仕事で鍛えた営業力を発揮するように、二人に微笑みかける。兵藤たちを向かいのソファに促しながら、「赤ちゃん連れの移動は大変でしたよね。ありがとうございます」と、赤ちゃんの顔を覗き込んだ。

「そろそろ一歳だって伺いましたけど、何月生まれですか？　うちの下の子がこの間二歳になったばかりなんです。一年前はちょうど抱っこの時期だったので、赤ちゃん見ると懐かしいです」

「あ、夏の、八月生まれで……」

言いながら、奥さんがきゅっと唇を引き結ぶ。改めて、志保に頭を下げた。

「今日は、お世話になります。すいません、時間を作ってもらって」

「いいですよ。働くママにとって、保活は必ず通る道ですから。お役に立てるなら嬉しいです」

志保がそう言った、瞬間だった。

ソファに座った兵藤夫人が、みるみる泣きそうになる。声をかける隙《すき》もなく、瞳の表面が張り詰めたようになり、そこからたちまち、ぽろぽろと涙がこぼれた。

え？　と裕と志保が目を見開くと、彼女が「すいません」と呟いた。兵藤があわてて「おい、こんなとこで」と呼びかけるが、奥さんが、うー、と子どものような声を出して、鼻の頭を押さえた。そして、静かに泣き出した。

裕と志保は、同時に息を吸いこみ、顔を見合わせる。

どうやら、兵藤の言う通り、追い詰められているというのは確かなようだった。


「すいません。お見苦しいところをお見せして」

しばらくして、兵藤夫人が落ち着きを取り戻し、言った。上品そうな花柄のハンカチを鼻にあて、まだ微かに赤い目を瞬く。志保が首を振った。

「大丈夫ですよ。気にしないでください。それより、本当に大変なんですね」

兵藤夫人の名前は、紘子《ひろこ》さん。今年一歳になる子どもの名前は、央果《おうか》ちゃんだという。ベビーキャリアからおろされた央果ちゃんは、「赤ちゃんと遊ぶー」と張り切る莉枝未と琉大に囲まれて、お母さんとは反対側のソファに移された。

顔立ちのはっきりした、かわいい赤ちゃんだ。髪の毛が少しくせ毛で、前髪がくるんとしている。莉枝未が頭を撫《な》でると、央果ちゃんの方も嬉しそうに、にこーっと笑ってくれた。

料理を注文した後で、紘子さんがバッグから央果ちゃん用のマグを出す。莉枝未が「やる！」と言うと、紘子さんが躊躇いながら「いい？」と任せてくれた。身近に央果ちゃんより年上の子どもがいないのかもしれない。莉枝未への接し方はまだちょっとぎこちなかった。

「入園は四月から考えているんですか」

裕が聞く。紘子さんが頷いた。

「はい。深く考えずに、最初の子だし、と育休を取りました。──本当は、一歳からじゃなくて、〇歳からの方が保育園に入りやすかったんだということは、後になって知りました。私みたいに、一年ちょっとの育休で復帰する人が、世の中には多いみたいで」

「育休は次の三月までの予定ですか？」

「本当は、三年間、認められてはいるんですが」

紘子さんの頬《ほお》が、ぎゅっと引き締められたようになる。

「三年取る人は、ほとんどいません」

「そうですか」

よく聞く話だ。

職場で権利として認められていても、それを実際に使えるかどうかはその職場の雰囲気による。男性の育児休暇だって、おそらく多くの職場が権利として認めてはいても、なかなか取得したという人の話は聞かない。

紘子さんの勤め先は企業だ。自分の経歴を守る意味でも長く休んではいられない事情があるのかもしれない。案の定、彼女が言った。

「これまで任されてきた仕事も、一年休んだだけでどんどん後輩が引き継いでいくんです。来年復帰できないと、いろいろ、厳しくて」

企業のおかかえ通訳をしている、と兵藤から聞いていた。

英語が流暢《りゅうちょう》だというなら、それだけで裕にはすごいことに感じられるが、彼女の職場ではそういう人は珍しくないのだろう。仕事ができる後輩が現れて、自分が追いやられていくのではないかと考える焦りは、確かにわかる。

「そうですよね。気持ち、わかります」

志保も頷く。紘子さんが志保を見た。

「鶴峯さんの奥さんは、自営、なんですよね。それでも区立に入《はい》れたんですか」

「いえ、上の子の頃はまだ会社勤めをしていました。独立したのはその翌年です。下の子の時には自営でしたけど、その時にはもうお姉ちゃんが保育園に入っていたので兄弟ポイントが加算されて助かりました」

区や市、管轄の自治体によって状況は様々だろうが、多くの場合、自治体が認可する保育園に入れるかどうかはポイント制だ。

保活は、病気や仕事などの関係で、子どもが「保育に欠ける」状態にあることを役所に証明するところから始まる。

そして、一般的に一番ポイントが高いとされるのが、「フルタイム外勤」。週5日かつ一日7時間以上家の外で勤務していることを、夫婦ともに証明しなければならない。

フルタイムであっても、自営で、しかも自宅が事務所を兼ねていたりする場合は、「内勤」と見なされてポイントが低くなる。志保の経営する〝merci〟は立ち上げ当初こそ自宅に事務所を置いていたが、その後、法人化するタイミングで別に借りたので、その意味では今はもう「外勤」扱いだ。

とはいえ、琉大の保活の当初、会社員の家庭に比べて、外に事務所があっても自営業の家庭は時間の自由が利くと思われるせいで優先順位が低い、という噂を聞いた志保は、だいぶキリキリしていた。「いくら自営だからって、子ども見ながら、ショップに出たり、打ち合わせなんかできるわけないのに」と如何《いか》にもお役所的なポイントの加点システムに口を尖《とが》らせていた。

しかし、考えてみれば仕方ない。各家庭ごと当然どの家にも事情はあるのだから、ポイントのような数字で管理しなければ、基準にできるものが何もなくなってしまう。

「あの鶴峯さんの奥さんは――」

「あ、私、志保です。名前でいいですよ」

「じゃあ、あの、志保さんは」

紘子さんが生真面目な様子で言い直す。

「保活、何か特別なこと、しましたか」

聞く声が真剣だった。

「区の窓口では、両親ともにフルタイム外勤である、ということの他に、もうどこかに子どもを預けて復帰していることが大事だって言われました。私立の無認可園とかシッターさんにすでに子どもを預けて働いている家庭が、一番、優先度が高いって」

裕たちの話を聞くまでもなく、すでに本人もいろいろ調べてきているらしい。話し始めた紘子さんに、志保が「ああ」と頷いた。

「申し込みの時期に合わせて仕事復帰したり、その時期だけ私立の園に入れたり、ということですね？」

裕も、このことは知っていた。

だから、私立の無認可園は、認可園の申し込みが近づく十月頃からはどこも定員でいっぱいになる。保活を理由に会社に復帰を早めてもらうという話は、今ではもう珍しくもない。

　しかし、裕も、この状況を初めて聞いた時には驚いた。せっかくの育休を返上してまで保活しなければならないのか、と度胆を抜かれたし、認可園に入りたいがためにまだ母親が面倒をみられる時期に、もう敢《あ》えて無認可に入れなければならないというのは、仕組みとしては本末転倒ではないかとも思った。

　志保が首を振る。

「うちは莉枝未が十月生まれと遅かったので、それはできませんでした。保活に動き始めた頃は、私立の無認可園はどこもいっぱいでしたし」

「それでも入れたんですか？」

　紘子さんの顔が微かな驚きを浮かべる。志保が頷いた。

「〇歳クラスからだったので、一歳よりは入りやすかったかもしれないですけどね」

「……実は、私も」

　紘子さんがゆっくりと話し出す。

「復帰を早めて、私立の無認可に、と思ったんですが、会社から、今、私の代わりに雇用している臨時社員の契約の関係で、それは無理だと言われてしまって……。私立の園に入れて復帰を早める、ということが、できないでいます。他の人が取れる方法がうちは取れないのかって思ったら、どうしていいかわからなくて」

「ああ、そうだったんですね」

「あまり融通の利かない会社なんです」

紘子さんが悔しそうに言う。

「だから、聞いてみたかったんです。その方法を取らないで、区立園に入れたご家庭は、どうされたのか」

莉枝未と琉大のもとで遊んでいる央果ちゃんが、そろそろお母さんのもとに帰りたいのか、紘子さんの方を目で追う。しかし、紘子さんは宙をじっと見ていて、娘の様子に気づかないようだった。兵藤も兵藤で、仕事の関係なのか、スマートフォンをいじっている。

仕方なく、裕が「央果ちゃん、飲む?」とマグに手を添えると、莉枝未から「パパだめ! リエがやる!」と怒られた。

その様子を横目に、志保が答える。

「そうですね。周りに勧められて、窓口に行ったり、手紙を書いたりはしました。先輩のママの中には、赤ちゃんをおんぶで連れて行って、窓口で『死ねってことですか?』って訴えたっていう猛者《もさ》もいますよー」

「え! 誰、それ」

「杉田さんの奥さん」

裕が思わず聞いてしまうと、志保が肩をすくめた。しかし、すぐに苦笑を浮かべる。

「私はそこまでできる気がしなくて、随分憂鬱《ゆううつ》になったものでしたけど」

「――そこまでやった方がいいんでしょうか」

紘子さんの顔に影が差し、志保があわてて「いえいえ」と首を振った。

「すいません。うちも、それは大袈裟《おおげさ》ですけど、ともあれ、実際、何が反映されるのかはわからないんです。うちも、名前を覚えてもらった方がいいかもしれないって、窓口には定員の状況を聞いたりとか、よく相談に行きましたけど、自治体の方ではそれをやったからって特別扱いはしないと、どこも言ってるみたいだし」

「でも」

紘子さんが、唇をぎゅっと引き結ぶ。

「周りからは、できることはやった方がいいというアドバイスを、よくされます。入れなかった時にあわてて窓口に行くことになるくらいなら、今行った方がいいし、多分、どの家も、フルタイム勤務同士でポイントが横並びになるから、そうなった時、誰から選ぶかってなったら、絶対にクレーマーになりそうな、うるさそうな人から片づけたいのが人情でしょう？　って」

紘子さんは、そう言いながらも常識的な雰囲気を崩さずに、とてもクレーマーになりそうなうるさ型のタイプには見えない。それが無理して保活のためにクレーマーになる覚悟を固めているのだとしたら、痛々しい気もした。

兵藤の言う通り、相当思い詰めているんだな、と思っていると、志保が軽やかに「ね。だとしたら、行きたくないし、嫌ですよねー」と声を上げた。

「私も、保活を意識し始めた頃は、すごく嫌でした。初めての出産の時、産院で一緒になった上の子もいる先輩のママから、『保育園考えてるなら、今すぐ動かなきゃダメだよ。まず無理だから』って言われて。みんな、親切心で言ってくれるんでしょうけど、そういう先輩からのアドバイスに振り回されて、一時は気持ちがかなり疲れました」

志保が当時のことを思い出したのか、ため息をついて続ける。

「今は、終わってしまって、無事に園に入れたから、私も話せることがたくさんありますけど、当時は、かなり追い詰められてましたから」

「本当にそうなんですよ」

裕も横から言う。

今日、聞かれるまで忘れていたことだったけれど、裕もいろいろ思い出す。


あの頃は、二人で赤ちゃんの莉枝未を抱いて何度も区役所の窓口に出向いた。

外で仕事をしている裕以上に、日中莉枝未と二人きりで過ごし、保活のことで頭をいっぱいにする志保にかかるストレスは半端ではなかったようだ。

認可園の他に、私立の無認可園にもたくさんあたり、そこで嫌な思いをしたことも多かったという。

保活が大変なのは、親もまだ育児の新米なのに、その只中で問題に巻き込まれることだ。莉枝未のオムツや哺乳瓶《ほにゆうびん》をバタバタと鞄に詰め込み、着替えさせて、抱っこし、急いで見学の園に向かう。乳児との慣れない外出は出がけに子どもが泣き出したり、急なオムツ替えで服を汚されて着替えが必要になったり、予期せぬトラブルも多く、どうしても出発が遅くなってしまう。

ある時、私立の園の見学に遅刻してしまった際には、そこの園長先生から露骨に「うちに入りたいと思っている方は多いんですよ」と嫌みを言われた。保育料は高いが、私立の中では、比較的面積も広く、リトミックや英語教育にも力を入れている園だったので、志保としては希望していた園だった。

私立の無認可園は、認可園と違ってポイントで管理されるわけではないので、単純な先着順か、あるいは、そこの園長に気に入られることが大事だ、と先輩のママたちからアドバイスされてきた志保は、懸命に、「復帰を考えていて、こちらにお願いできれば安心だな、と思うのですが」と訴えた。

しかし、園長先生からは微笑みとともにこう返された。

「うちは、働いていないお母さんたちもたくさんいますし、うちを気に入ってくださった方に通っていただいているんです」

初め、意味がわからず、園長先生がそんなことを言う理由もわからなかった。働いていないお母さんの子を優先させているのか？　と、認可園との条件のあまりの違いに言葉を失った。

清潔感のある保育ルームと、子どもの様子が日中、ネットを通じていつでも自由に見られるというカメラの設備。契約した農家から安全で新鮮な野菜を仕入れて作っているという給食。

惹《ひ》かれる要因は様々にあったけれど、しばらくして、園長先生の言葉の真意に気づいた。この園は、おそらく自分たちの方針や設備にとても自信があるのだ。だから、自分のところに来る人たちは、この環境を求めて来ているのであって、働いているとかいないとかは関係ない、と言いたいのだ。

単純に預ける場所としてではなく、魅力的な教育機関のようなものとして捉えてほしい、という先方の自負めいたものが伝わってきて、息苦しくなった。

「区立の園も併せてご希望ですか？」と聞かれ、これは、就活などと同じで、こちらが第一希望です、と伝えた方がいいのかな、と志保は戸惑った。

「あ。でも、こちらが一番自宅と近いので」

どうにかそう答えると、園長がにっこり、顔つきだけは優美に微笑んだ。

「うちは、申し込みをされる方が本当に多いので、区立さんの園も併せて希望してくださいね、とみなさんにお勧めしています」

区立さん、という言い方に、胸が少し、ざらついた。

志保が働いていたアパレルメーカーは、その頃雑誌などでもよく名前を紹介されていた会社で、「何がアピールポイントになるのかわからないから、そこで広報してることとかもどんどん話したら？」と、これもまた先輩ママたちからアドバイスされていた。気が進まないながらも、園長に話した。

「私、こういう会社で、雑誌とおつきあいもあって」と少し話し始めてすぐ、笑顔のままの園長から「そういう方は多いですよ」と一蹴《いっしゅう》された。

「うちのお母さんたちの中には、海外のブランドで働かれているような方もたくさんいます」

鼻先で、ぴしゃりと門を閉められたような気がしたという。

その帰り道、志保は疲れ果てた気持ちで、その園の見学を後悔した。そして思った。保育園と利用者、本来は、利用者の方が客の立場であるはずなのに、どうしてここまでへりくだらなければならないのか。何故、こっちがこんなに必死にならなければならないのか。

後から聞いたところによると、私立の無認可園の中には、在園児の弟や妹、園長の縁故などですでに定員をいっぱいにしているところもあるのだという。

希望していた園だったので少なからぬショックを受けつつ、別の日には、違う無認可園を見学に行く。

保活のために一時的に子どもを預ける人も多いというその園は、「今の時期はいっぱいなので、今すぐは無理なんですが」と言いながらも、優しそうな保育士が見学の対応をしてくれた。

マンションの一階にある、ワンフロアの無認可園は、ちょうどお昼寝の時間だったこともあって、暗い部屋の中でたくさんの子どもが寝ていた。横で、束の間のその時間を使い、保育士たちが、無言で給食を食べている。

寝ている子ども数人の間から、こほこほ、と咳が聞こえ、咄嗟に胸に抱っこしてきた莉枝未のことが気にかかる。雰囲気はあまり、よくなかった。

しかし、応対してくれた年配の保育士はあくまで優しく、説明書を取り出して、「無認可なので、高くて申し訳ないです」と謝りながら、保育料の説明をしていく。

その前に見てきた私立園の設備とのあまりの落差に戸惑っていたものの、それでも保育料は同じくらいだった。

「お母さんのお仕事は、夜は遅いですか?」と聞かれ、「残業がある日もあります」と答えると、その保育士が「うーん」と説明の紙を覗きこんだ。

「一応、十時まで子どもを預かる、とここに書いてありますけど、八時からは、保育士が一人になってしまうんですね。でも、きちんと考えますから」

そう話す態度は誠実で、血が通ったものに思えた。私立の園には多い、子どもの様子を見るためのカメラがその園の天井にもあったが、志保がそれを見ていると、保育士から「あ。普段は様子が見られるんですけど、カメラがもう半年くらい壊れてて」と恥ずかしそうに言われた。

そう言われても不思議と悪い気はせず、むしろ、これくらい大らかな方がよいのかな、と思いもしたが、それでも、不安要素が多すぎた。その時、横で食べていた保育士たちの給食がまったくおいしそうに見えなかったのだ。

それから数年経った今、その保育園はすでになくなって、その場所には携帯ショップが入った。志保は今でも、近くに行くと、こんな広さの場所にあれだけの子が寝ていたのか、と信じられない気持ちになるという。

なかなか希望の無認可園が見つからず、このままでは、認可園に入れなかったら、どこにも莉枝未が預けられないと、志保は途方に暮れた。

実際に通うとなったら大変そうな遠くの無認可園にまで足を延ばして、見学に行った。

その頃になると、説明会などで顔を合わせるお母さんたちの中に、何回か同じ顔を見るようになり、もともと、志保は、人と話すのは好きな方なので、「こんにちは」とか「どこ見てきましたか？」と挨拶ができるような人も出てきた。見学者の中には妊婦も多く、今から動いているなら、この人たちの子どもは入れるんだろうな、と早くから動かなかったことを後悔したりもした。

ある時、園の見学終わりに、自分と同じく子どもを抱いたお母さんに話しかけた時のことだ。

連れている子が莉枝未と同じくらいだな、という気安さから、志保はつい「かわいい帽子ですね」とその人に声をかけた。

その園は、自宅からは遠いが、中規模の、近所に公園のある明るい雰囲気の園だった。志保よりも年上そうなそのお母さんは、話しかけられると思わなかったのか、微かに驚いた表情を浮かべた後で、子どもの帽子を見つめ、「あ、出産祝いで、人からいただいて……」とこたえた。

「そうなんですか。今の季節にちょうどよさそうですね。うちの子にも何かいいのがないか、帽子を探してるところなんです」

「――女の子ですか？」

少し打ち解けた雰囲気になり、そのお母さんから、次に「お住まいはお近くなんですか？」と聞かれた。志保は、「それが遠いんです」と正直に答えた。

「通うとなったらバスになるんですけど」

その途端、その人の顔色が変わった。眉をひそめ、「ええっ⁉」と小さな声を上げる。

「そんなに遠くから？　ねえ、お願いだから、こんなところまで来ないでください」

はっきりと、そう言われた。

虚を衝かれ、表情をまったく作れなくなった志保に、そのお母さんが、はっとしたように居住まいを正した。あわてて、取り繕《つくろ》うように引き攣《つ》った笑顔を浮かべ、そして、小さくこう言った。

「……なーんて、ね」

そのごまかし方をされた途端、鳥肌が立った。今のが紛《まぎ》れもない本音なのだと、それでわかった。

言ってしまったお母さんが、気まずそうに靴を履き、子どもを抱っこしたまま志保の方を見ないで玄関を出て、どんどん、どんどん、前に歩いて行ってしまう。こちらを一度も、振り向かずに。

その夜、帰ってきて、志保からその話を聞いた裕は絶句し、改めて保活の凄《すさ》まじさを肌で感じた。

志保が会ったというその人も、おそらくは自分たちと同じ立場で必死なのだろう。だけど、立場が同じだからといって助け合ったり、協力できるものではなくて、保活ではあくまで互いがライバルになってしまう。

志保は相当ショックを受けていたが、おそらく、その家庭での悪者は、裕たちの方だ。そんなに遠方から申し込む人がいるからうちが入れないんだ、と、今頃その奥さんが自分の夫に話していてもおかしくない。

そんな私立園の見学を経た後、志保は区立の認可園の見学に行った。

そして、とにかく驚いたという。

電話をかけ、見学の希望を伝えると、それまでの園では時間を指定されていたのに、区立園からは「いつでもどうぞー」と言われるだけ。

莉枝未たちが今通うゆりの木保育園の見学には、裕もたまたま一緒に行った。

区立保育園は、一般的に建物が古いところが多いが、その分面積が広い。

私立の新しくきれいな園をたくさん見てきたが、その頃、見学に疲れ果てていた志保は、ゆりの木保育園の古さにむしろほっとするものを感じ、二人とも、一目で気に入った。

「あの木、いいな」と、志保がぽつりと呟いた。

大きな桜の木が、隅に一本、立っていた。

志保も、その頃はもう気持ちが限界だったのかもしれない。

職員室で園長先生から説明を受けている際、「こちらの園がとても気に入ったんですが……」と話す途中で、志保の胸で寝ていた莉枝未がぱちりと目を覚ました。

母親を探して、小さな頭がうごうごと動き、志保を見つけて「う」と首を傾げる。横で見ている裕の目にもかわいい仕草だった。

その瞬間、志保が、うう、と泣き出した。

「え？」と、あわてる裕の横で「ごめんなさい」と言いながら、目頭を押さえる。

後で聞いたところ、その時志保は、ふっと、「私、何やってるんだろう」という気持ちに襲われたのだという。

望んで結婚し、子どもを授かり、嬉しいはずなのに、その子を預けられる場所をこんなにも探して、窓口にも書類にも手紙にも、「大変です、大変です」「園に入れないと、誰もこの子を見られない」という言葉を機械的に連ねる。

莉枝未が生まれてきて、かわいくてたまらないはずなのに。

それなのに、私は、この子と離れるための場所を必死になって探しているのか。この子を預けてまで働くのか。

おろおろと志保の肩に手を置く裕の前で、裕より先に、園長先生が「泣かないで」と志保に呼びかけた。

「お母さんたちに安心して働いてもらえるように、私たちも、お子さんと、一緒にがんばりますから」

この保育園に入りたい、と、裕も志保も思った。しかし、自宅からは少し距離があるため、裕たちにとって、ゆりの木保育園は、認可の中では第三希望だった。

自治体によって違うだろうが、激戦区、と呼ばれる裕の住んでいる地区の入園申込書は、第十希望まで書ける欄があって、その横の大きな空欄に「第十一希望以降はこちらに記入してください。希望する園に制限はありません」とあった。

それだけで、保活の熾烈《しれつ》さを物語っているように見えた。今のゆりの木保育園にも、実際に、第十二希望だった、という子が通ってきている。

もちろん、認可園の中にも、雰囲気が暗かったり、合わないと感じるところはあったが、裕たちも第十希望くらいまで、遠い園も含めて記入した。

その後、「裕も一緒に窓口に行って、必死さをアピールして」と言われて、一緒に窓口に行った際、少しでも助けになれば、と「最近、妻が参っていて」と横から口を挟んだ。

「今日ついてきたのも、ひょっとして、妻が何かおかしなことを口走るんじゃないかと心配だったんで来たんです」

特に事前の打ち合わせなどなくそう言った裕に、志保が、「はぁ〜？」という目を向ける。咄嗟に「大丈夫だよ！」と声を荒らげたのが、さらに〝参っている〟っぽい感じになった。

窓口で応対してくれていた職員は驚いていたし、志保もすぐに「すいません」と謝った。

裕も後から、「余計なこと言わないでよ」とこっそり叱られたが、後に、裕が追加の資料を提出しに行った際、職員の人が手元に持っていた書類の隅に、「奥様、精神的にかなり追いつめられているご様子」と書かれているのが見えた。

「そう申し送りされてるみたいだから、もう少しだよ。がんばろう」と妻を励ました。

今となっては笑い話だが、あの頃は、ともあれ、それぐらい必死だったのだ。

志保が「私、何やってるんだろう」と思ったのと同じく、何のために保活しているのか、意味さえ見失いそうになった。「働くために保活する」のではなく、「保活のために保活する」という、矛盾した状況になっていたような気がする。

受験や就活のような場合もそうだが、人間は、無理だ、難しい、入れない、と言われると、それに抵抗することそれ自体を目的にしてしまうようなところがあるのかもしれない。

視野が狭くなって、そのことだけに間違った程の熱意をひたすら傾ける。

一番ナイーブだった時期を抜けた、申し込み前後の頃には、志保ももう割り切って、「ここまでやったら入れた、ここまでやったのに入れなかったっていうのを実験してる気持ち」と強がりのように笑って言えるまでになった。


年末に保育園の申し込みを終え、二月になって無事にゆりの木保育園に入れることが決まった時には、志保は電話口で泣いていた。

「自分の大学受験の時より嬉しい」と話していたのが、とても印象的だった。

「鶴峯家、大変だったんだなぁ」

自分たちの家のことをかいつまんで話すと、兵藤が腕組みをして頷いた。奥さんの顔をちらりと見て、「まぁ、うちもだけど」と続ける。


話の間に、注文したフライドポテトやハンバーガー、コブサラダがやってきて、すでにこの店での大好物が決まっている莉枝未と琉大の顔がぱっと輝いた。放っておくと、コブサラダのアボカドとチーズの部分だけを二人が食べ切ってしまうので、志保が横で全員分を均等に取り分ける。

料理が来て、紘子さんが央果ちゃんを再び自分の腕に抱っこする。その顔つきが、さっきよりは、だいぶ和らいで見えた。

「同じなんですね」

彼女が呟いた。

「お話聞いて、ちょっとほっとしました。私も、私立の園の見学の時、先方にまったく相手にされなくて嫌な思いをしたこと、ありますから。それに、正直、周りのお母さんたちに保活のことを聞くと、へこむことも多くて……」

「情報が増えるとそれはそれで混乱しますからね。私も、いろんな噂に振り回されたから、よくわかります」

「はい。……夫の仕事の関係で知り合った別のお母さんからは、『元気出して。うちも最初は入れなかったよ』と言われたりもして」

紘子さんの目つきが鋭くなる。

「同情してくれたんだなって思ったその後で、そういえば、あの奥さんは旦那さんのお手伝いって言いながら、日中、子どもを預けてショッピングしたり、フラフラしてる人だったって気づいて。そういう人がいるから私たちが園に入れない状態になってるっていうのに、そんな人の前で泣いたりした自分のことが、後からバカみたいに思えたり」

これもまた、多くはないが聞く話だった。

保活の時には「本当に大変なんです」とアピールしておきながら、実際に園に通うようになってみると、働きぶりにだいぶ余裕があったり、親族の誰も子どもの面倒が見られない状態にあると言っていたはずなのに、実際には早い時間から祖父母がお迎えに来たりしている。

入るまでは皆必死だから、完璧な書類や訴えを作成するのだろうけど、確かにやりきれない話ではある。

「結構たくさん、知り合いの方の話を聞いてるんですか？」

「あ。私が産院とか母親学校とかで親しくなったお母さんの大部分は専業主婦なんです。周りに保活経験のある人が少ないと話したら、夫が何人か、こうやって相談してくれたので、会わせてもらっています」

「へえ」

「オレじゃ、よくわかんないからさ。やっぱりこういうのは経験者じゃないと」

兵藤が笑う。普段から調子のいい社長だ、と思ってきたけれど、仕事とプライベートの隔てなく、こういう時に妻のために動けるのはすごいな、と彼を見直したような気持ちになった。

「結局確かなことはわからないんですよね」

志保が言う。

「保活の時は、手紙だって、それがあったから入れたのか、ないままでも入れたのかは結局わからないんです。――知り合いのママの中には、上司や社長さんに『職場に彼女が必要です』と手紙を書いてもらった人もいますけど、その人の場合は、区役所から『これがあるからといって希望が通るとは限りませんよ』と電話があったそうです。あるいは、必要書類以外は一切受け取らない、という方針の自治体もあるみたいだし」

「それは、手紙を書くとかえって、相手の心証が悪くなってしまうってことですか？　どうしよう、私、今の上司と、あと、実家の両親に頼んでいるんですけど、やらない方がいいですか？」

紘子さんが言って、志保があわてて、「あ、大丈夫です。自治体や、場合にもよるみたいだから」とフォローする。

「ともあれ、そういうふうに、明確な基準がないし、必要な書類を書く以外にできることがないから、みんな、他になにかないかって探しちゃうんですよね。受験みたいに試験があるなら、勉強をしたり、本人の努力でどうにかなるかもしれないですけど、保活は自分の力だけではどうにもならないところがあるから」

「……初めて、なんです」

「え？」

「自分の努力で、どうにもならないこと」

紘子さんが志保を見つめる。志保も黙って、彼女を見つめ返した。

「これまで、勉強もそこそこしてきましたし、職場でも、がんばってきたつもりです」

「はい」

見た目通りに、仕事でも実直に成果を出してきたのだろう。彼女の声が微かに震える。

「うちは、夫の会社も順調ですし、私も、がんばってきて、――鶴峯さんは、主人の会社の会計のこと、よくわかってらっしゃると思うので言いますけど、裕福、な方だと思います」

裕福、という時に微かに後ろめたそうな言い方をするのが、この人らしかった。ただ、話がどこに向かうのかわからずに、志保と裕は「ええ」と頷くしかない。

横で、兵藤が困ったように紘子さんを見ていた。

「保活の時には、収入が低い方から優先されるって聞いて、そのことでも、どうして？　って、苦しいんです。税金だって、その分多く納めてるはずなのに、なのに、どうしてその税金で運営してる区立に入れないんだろう、これまでがんばってやってきた、その収入がネックになって、今度は逆に入れないなんて、すごく理不尽だなって……」

「紘子。そんなことまで言わなくていいんじゃない？」

兵藤が横から言って、初めて、紘子さんの顔がはっとする。それからまた下を向き、「だって」と小さな呟きを洩《も》らす。

「ごめんね、鶴峯さん」と兵藤が謝ってくるが、裕たちは「いえ」と答えて首を振った。

紘子さんはおそらく、ずっと、正しく努力して、それを実らせてきた人なのだろう。それが初めてぶつかった壁に戸惑っている。

とはいえ、保活は、収入が高い方にとっても、低い方にとっても深刻な問題だ。

たとえば、保活の際に申請するポイントは、求職中も加算される。そして、すでにフルタイムで働いている人に比べて、求職中の場合はポイントが低く、なかなか子どもが保育園に入れない。求職すれば「まずは子どもを預ける先を見つけて」となり、保活をすれば

「仕事が決まっていないと」とポイントが低い。悪循環に嵌《はま》ってしまうのだと、聞いたことがあった。ことがあった。仕事がないまま子どもを抱えた人たちが、地域の福祉施設を頼れない状況なのだ。

「私立の園は考えてみましたか？　認可園の他にも、ご自宅の近くにどこか」

「認証保育園がいくつかあります」

認可と、認証。

言葉が似ているが、これこそまさに、保活に飛び込まなければ、裕などは絶対に知らないままでいたことだ。

案の定、話を聞いていた兵藤が「あ、うちの近くの『アスキ・プリスクール』とかか？　あそこ、私立だけど園庭もあるし、オレはいいと思う」と口を挟み、紘子さんがそれに、はっきりと落胆した表情で首を振る。

「ねえ。この間、説明したでしょ？　あそこは私立でも、認可園なの。認可園は、区立も私立も一律、区の窓口で入園を受け付けるの」

「社長、東京都はそういうシステムなんですよ」

保活の最初、同じく妻になじられた経験者として、裕が助け舟を出す。

「施設の面積とか設備とか、保育士の数なんかのいろんな基準を一定以上に満たしたところは、区立も私立も、区が認可した認可保育園扱いなんですけど、それだけだとやっぱり都会は数が限られてしまうので、それとは別に、都が認証している園というのがあるんです。認可園に比べて基準がそこまで厳しくない小規模の私立園ですね」

「へえ。でもさ、それじゃ、つまりは無認可ってこと？」

「無認可ですけど、都の認証基準は満たしているし、そもそも認可園だと赤ちゃんクラスがないところもあるので、〇歳は認証の方が受け入れ枠が大きくて入りやすいんですよ。それに、認可と認証で、じゃあ認可の方がいいのかっていうと、それもまた一概には言えないみたいで」

裕が言うと、志保も頷いた。

「私立で小規模な分、いろんな教育に力を入れてるところもあるし、リトミックや絵の専門の講師を呼んだりしているところもあります。知っているところだと、プロのコーチを雇ってサッカーを教えてもらってるなんてところもありますよ。それは区立ではないことだから、そちらがいいと言う人もいますね」

この間、保育参観の時に会った、見学の親子連れのことを思い出す。

そして、だから保活は難しいのだ、と思う。何ひとつ確定したことがないのに、選択肢だけはいっぱいあるから、迷うし、揺れる。

志保が昔見学に行ったような、設備の整った高級そうな保育園ももちろんある。しかし、だからといって単純に「裕福だから、私立に行けばいい」というようなことが、保活の場合は当てはまらないのだ。親が子どもに望む環境はそれぞれ違う。認可がいい、教育をしてくれるところがいい、庭があった方がいい……、すべての条件を満たすところを探すのは難しい。

ごはんを食べ、満腹になったらしい莉枝未が、琉大を引き連れて、入り口近くにあるドリンクバーにおかわりのジュースを取りに行く。戻ってきて、「ね、パパ、ママ。あっちで遊んできていい？」とキッズスペースの方を指さす。

「央果ちゃんも一緒に行く」というので、どうしようか、と様子を見ると、央果ちゃんは紘子さんの腕の中でいつの間にか眠っていた。それを見て、志保が、「央果ちゃん寝てるから、リエとリュウだけで遊んでおいで」と二人をキッズスペースに送り出す。

大人だけになったテーブル席は、急に落ち着いた雰囲気になって、ほっと息がつけるようになった。

そうなってから、兵藤が「で、無認可と認可と認証は何がどう違うわけ？」と飲み物片手に尋ねる。車の運転があるからだろう。ストローがささったノンアルコールのジュースは、彼が持つと違和感があった。

「そうですね」

志保が答える。

「大きな違いは、園の大きさとか古さでしょうか。昔からある区立の園には、お庭があるところがほとんどですけど、その分建物が古いです。私立の認証園は、お庭はないところがほとんどですけど、建物や設備は新しいところが多いですね。ただ、何を基準にして選ぶかは、本当に人それぞれなんです。たとえ無認可でも、熱心な先生がいるいい園はたくさんあるし、区立に入れたけど、前にいた認証園がすごくよかったからそっちに戻った、という人も知っています」

とはいえ、と志保がため息をつく。

「私立の認証も無認可も、今はどこも入るのは大変そうですけどね」

「そうなんです。いくつか見学と申し込みに行きましたけど、順番待ちはどこも三十番とか、百番とか、そんな感じでした」

「あ、でも、三十番くらいだったら入れるんじゃないですか？　その中の何人かは、きっと区立に入るでしょうし、そうなったら、順番はどんどん詰まるし。今から動いているお母さんたちだったら、きっと区立も希望してるはずですから」

「そうでしょうか？」

「ええ」

志保が頷く。

「その三十番待ちの認証園は、良さそうなところなんですか？」

「あ、はい。確かに園庭はないんですけど、すぐ近くに小学校があって、そこの校庭を使わせてもらってるという話でした。公園もあって、お散歩によく行ってるみたいだし。ただ……」

紘子さんの顔つきが曇る。

「三歳クラスまでしかないんです。だから、その先のことはまた考えないといけないかもしれなくて」

「ああ……」

「保活をして初めて知ったんですけど、そういう園は多いんですね」

子どもが三歳以上になると、幼稚園が始まるため、子どもを昼間に受け入れてくれる選択肢はぐっと広がる。手のかかる小さな子と違って、一クラスで見られる人数も増えるため、認可保育園も入りやすくなる。莉枝末のクラスにも、三歳を機に保育園から幼稚園に移った子がいて、その分の新しい子が入ってきたりしていた。

紘子さんがため息を吐く。

「最近は、幼稚園でも、夕方まで子どもを預かってくれる延長枠もあるって聞きますけど、それでも、三歳になった時もこの苦労をもう一度することを考えると」

「それはよくわかりますよ」

志保が頷く。

「ただ、一年間認証園で頑張れば、その後は多くの家庭が認可に入れるようになるみたいですから、あまり心配しなくても大丈夫かもしれないです。私も不安に駆られてたくさん見学したり、いろいろしてましたけど、今考えるとそこまでやらなくてもよかったのかなって思ってるくらいで」

「ええっ！　でも、無認可っていうと、オレはちょっとどうなのって思っちゃうけどね」

志保と紘子さんの話に、兵藤が割って入る。

その声に、裕は少なからず驚く。「無認可」という言葉は、言葉だけ聞けば確かにインパクトが強い。けれど、さっき説明した通り、今はいい認証園や無認可園もたくさんあるのだ。

兵藤の躊躇いのない口調に、驚いて彼を見たところで、さらに兵藤が「それにさ」と続ける。

「私立だと保育料も高いんじゃない？」

紘子さんの顔色が変わる。夫を睨《にら》んだ。

「それは仕方ないでしょう。そのことも説明したと思ったのに」

「ごめんごめん。でもさ……」

「あー。確かに認可園だと、区立も私立も、収入に応じた保育料になるんですけど、無認可は一律なので、確かに安くはないでしょうね」

お金のことなら、職業柄多少は敏感なので、裕にも説明ができる。

「でも、まあ、兵藤社長の場合だと、認可園の保育料も収入区分は上限に近いと思うので、正直、あまり変わらないと思いますよ」

二人の間を取りなすように言うが、兵藤は「でもさ」となおも口を尖らせる。

「いくら少しばかり余裕があるって言っても、今は何が起こるかわからない世の中だし、オレの仕事だって完全に安定してるわけじゃないしね。保育料と、紘子の収入とで天秤にかけて、どっこいどっこいだって話だったら、本末転倒だよね」

「その辺りのジレンマで悩まれてるお母さんは多いですよー。私もですけど」

志保が微笑んだ。

「もし入れなかったら、子どもが小さいうちだけシッターさんにお願いして頑張ろうって覚悟してたお母さんたちも何人か知っています」

「……うちも、シッターさんは考えました」

紘子さんが横の夫をちらりと見つめて言う。そして、ため息を漏らした。

「だけど、シッターさんだとやっぱり平日ずっとってなると相当高額だし、この人が、あまり自分たちが不在の時に家に他人を入れるのは……って、抵抗があるみたいで」

「紘子が家にいるときにならいいけどさ」

紘子さんにチクリと言われて、兵藤が顔をしかめた。「だってまったく知らない人なんだし」と不満げに口にする。夫婦はこのあたりにも意見の相違があるのか、紘子さんは黙ったままだ。

「そうですか……」

空気が少し険悪になった様子なのを察して、志保が頷いた。紘子さんを見つめ、励ますように言う。

「保育料のジレンマや、そういう抵抗感に挫《くじ》けてお仕事を辞めてしまうお母さんも確かにいますけど、私の周りには、気持ちを切り替えて仕事を続ける選択をしたお母さんがたくさんいますよ」

夫の言葉にふてくされたようになった紘子さんは、俯《うつむ》いたまま、顔を上げない。空気を和らげるように志保が続ける。

「さっきも話しましたけど、保活って、受験と違って模試で判定が出るわけじゃないし、不確定なことが多すぎるから、どうしても不安になります。私もだいぶ余裕を失ってた気がするし、うちもよく喧嘩して」

志保が裕を見る。

「認可園の希望を出す時にね、揉めたんです。うちの最寄りの駅前にある保育園が、園庭はないんですけど駅前っていう立地のせいで一番人気の園で、そこに希望を出すか出さないかで喧嘩しました」

言われて、裕も思い出す。

「そういえば、あったっけ、そんなこと」と思わず苦笑する。

話題が移ったことで、紘子さんの顔がようやく少し和らぐ。彼女も「ああ」と頷いた。

「駅前って、通勤の途中に子どもを送っていけるから、人気が集中するんですよね。私も考えてます」

「そうなんです。だけど、私はその時期、会社までは車通勤で、その上、フレックスだったので、朝が急かされるという勤務じゃなかったんですね。――それでも駅前の保育園も希望のひとつとして入れようとしたら、この人に叱られました。『君の今の仕事は、朝の時間に縛られる仕事じゃないんだから、駅前は、通勤に急かされてる他のお母さんたちに譲りなよ』って」

紘子さんが、微かに驚いたように息を呑み、裕を見た。

そうだった、と裕も思い出す。

この時、この発言をしたことで、裕は、志保からギャンギャン、ものすごく怒られたのだ。今はそんなことを言ってる場合じゃないのに、なんでそんな余裕のあることを言うの、どうせダメもとなんだから、希望に加えるくらいいいじゃない、と。

志保が、ばつが悪そうに笑う。

「その時はね、怒ったんです。ただでさえ必死になってるのに、この人は保活の熾烈さや大変さがわかってない。他人を押しのけてまでやらなきゃダメなのに、甘すぎるって。

……だけど、後になってみると、そういう余裕が根こそぎなくなっちゃったからこそ、保活の問題ってどんどんエスカレートしてっちゃったんだろうなって思いました。——結局、駅前は、候補から外しました。今はそれでよかったんだろうと思ってます」

志保が微笑む。

「保活の問題で頭がいっぱいになると、どうしても視野が狭くなるし、入れるならどこでもいいって、私も思ったことがあるから、気持ちはよくわかります。だけど、どうか、旦那さまと一緒によく話して、できるだけ冷静にいろいろ決めてくださいね」

「……はい」

紘子さんが頷き、何かを考えるように黙り込む。ややあって、彼女がぽつりとこう言った。

「私、普通がいいと思っているだけなんです」と。

「え？」

「普通にできればいいと思っているだけなのに、都会だと、それがこんなにも叶《かな》わないものなんですね」

紘子さんが力なく微笑んだ。

「私も、昔、保育園児で。母は、小学校の先生だったんですけど、田舎だったので、その頃の保育園は地域の幼稚園みたいなもので、通ってきてる子のお母さんのうち、実際に働いてたのは、うちの母と、看護師をしてた人の二人だけ。残りは、おうちの農家を手伝ったり、専業主婦だったり。そういう、ゆるい環境の中で、私は普通に保育園に通って、楽しく過ごしたんです。今、地方はどういう状況なのか、わからないですけど」

淡々と語る紘子さんが、途方に暮れたような目で、裕と志保を見た。央果ちゃんに添える手を、小さくきゅっと握る。

「――今は、どうしてこんなに、都会は『保活の国』みたいに、なっちゃったんでしょうか」

保活の国、という言葉が、妙にしっくりとはまって思えた。

志保がやるせなさそうに目を伏せる。紘子さんに答えた。

「今は、その『普通』を望むことがだんだんと難しくなっているのかもしれないですね。私も今、子育てしていると、自分の育った時と同じ状況をどうしても望んでしまうんですけど、ままならないことは多いです」

その時だった。

店内のキッズスペースから、聞き覚えのある息子の声が「ダメッ！」と大きく響き渡り、あわてて顔を向ける。見れば、琉大が知らない子と、キッズスペース内のおもちゃの取り合いをしていた。

「いやー」「ダメー」「りゅちゃんのー」と激しい争奪戦をしているのを見て、裕は急いで

「こらー」と席を立つ。

「お。そろそろ子どもらが限界かな？」

背後で兵藤が笑う声が聞こえた。

喧嘩をする琉大をキッズスペースから出し、どうにか連れて席に戻ると、ちょうど央果ちゃんも目を覚ましていた。

寝起きで知らない場所にいることが落ち着かないのか、ふぁーんと泣き出し、それを紘子さんが「ああ、はいはい」とあやす。

「そろそろ出ましょうか」

志保が言うと、「あ、はい」と紘子さんが顔を向けた。

「鶴峯さん、今日は本当にありがとうございました。参考になったし、お話しできて、本当によかったです」

「いえいえ。お役に立てたかどうかわからないですけど、もしまた何かあったら連絡してくださいね。話を聞くぐらいならできますから」

「はい。あ、じゃ、連絡先を……」

泣き止まない央果ちゃんを抱いたまま、紘子さんがスマホを操作している夫に「あなた、私、スマホを」と呼びかける。

兵藤が「え？」と大儀そうに顔を上げ、それから紘子さんの鞄をチラと見た。

「ああ」と生返事をしたところで、きっと央果ちゃんを抱くのを代わるのだろうと思ったが、裕の予想に反して、兵藤は動かなかった。

「奥さんの連絡先なら、後で、オレが鶴峯さんから聞いとくよ。いいですか、それで？」

兵藤に聞かれて、裕も志保も「もちろん」と頷く。ひょっとすると、兵藤は普段からあまり央果ちゃんを抱っこしないのかもしれない。昔ならいざ知らず、今は父親であっても子育てに積極的な人も多い中、裕の周りでは珍しいタイプだ。

その日の会計は、兵藤が持ってくれた。割り勘でいい、と恐縮する裕たちに「いいのいいの。こっちから誘ったんだから当然だよ」と彼が答える。

兵藤夫妻との別れ際、紘子さんから「あの」と控えめな口調で、呼び止められた。

「はい？」

志保が答えると、紘子さんが央果ちゃんを揺らしながら、おずおずとこう尋ねた。

「鶴峯さんのところは、保育園のこと、お姑さんに反対されたりしましたか？」

志保が目を瞬いた。

横の兵藤は、それがわざとかどうかわからないが、ベンツのマークが入ったキーホルダーを手の中で振り動かしながら、あまりこっちを見ないようにしていた。

裕も、無言で息を呑んだ。

ややあって、志保が「ええ」と頷く。

「反対、されましたよ。預けるなんてかわいそうだと言われたり、どうしても働かなきゃダメなのか、と責められたり」

「そうですか……」

紘子さんのお姑さん――つまりは、兵藤社長の母親との間に、何かがあったことは明白だった。夫の手前こらえていたけど、紘子さんは今日、その話もしたかったのかもしれない。

それきり自分から話そうとしない紘子さんに、志保が、自分の話を「うちの場合は」と、続ける。

「どうしてわかってくれないんだろうと思ったし、今は時代が違うのに、と理不尽にも感じました。――だけどね、その時、本を読んだんです」

「本？」

「ええ。保活についての特集が載った雑誌を、その時、参考になるかと思って何気なく買ったんですけど、そこに、『もし、保活を旦那さんやお姑さんに反対されたら』という記事が出てました」

志保が、紘子さんを気遣うように微笑む。

「その本の答えはこうです。『今は頑張って、保活に専念しましょう』。『そして、無事に保育園に入れた際には、運動会や園の行事に積極的に旦那さんやお姑さんを誘いましょう』って。『熱心な保育士さんの態度や、いきいきと友達と遊ぶ子どもの姿を見れば、きっと態度が変わるはずです』と、書かれていました」

紘子さんが唇を引き結ぶ。志保が紘子さんの目を覗きこんだ。

「私は正直、それまでは逆の考え方で、反対されればされるほど、もういい！　その代わり、もうお姑さんには子どもを見せに帰らないし、園の行事だって、うちの実家だけ呼んでやるって、復讐みたいに考えたりもしてたんですけど」

志保が言って、これには裕が、「え！」と声を上げそうになる。引き攣った顔で妻を見た。その雑誌を読んでいたことは知っているけれど、まさか、そんなふうに考えられていたなんて知らなかった。……危ないところだった、と一人で胸をなでおろす。

「だけど、その記事を読んで考え方が変わったんですよね。そうか、相手と闘わなきゃいけない時ほど、むしろ相手を気遣わなきゃいけないんだって。――反対されてたのに、癪《しゃく》な話ですけど」

紘子さんは答えない。泣きそうな目で、志保の方を見ている。

兵藤社長は、それに構わず、彼は彼なりに気まずいのか、裕に「そういえば」と話しかけてきた。

「月末、また打ち合わせでお宅の事務所まで行くからさ。大先生や所長によろしく」

「あ、はい。伝えます」

そのやり取りの横で、ちらりと妻たちを見ると、志保が「頑張ってください」と紘子さんを励ましていた。

「央果ちゃんと一緒に気持ちを強く持てば、きっと紘子さんたちはどこに行っても大丈夫ですよ」

「……ありがとうございます」

紘子さんが、きゅっと唇を引き結ぶ。小さく、志保に向け、頭を下げた。

帰り道、兵藤夫妻と別れてから、志保が裕にそっと聞いてきた。

「ねえ。兵藤さんって、いつもあんな感じの人なの？」

「社長？　うん、まあ、ああいう感じの人だけど」

どの点を指して聞かれたものかわからず、「どうして？」と尋ねると、志保が「うーん」と首を傾げた。

「なんていうか、ひょっとして、旦那さんの方は、央果ちゃんを保育園に入れてほしくないのかなって思って。育休か、仕事をやめてもらうかして、家で見て欲しいんじゃないかな。それか、幼稚園の方がいいと思ってるとか……」

「いや、それはないでしょう。今日だって、うちの話が聞きたいって、わざわざ奥さんに引き合わせるくらいなんだから」

「確かにそうなんだけどさ。保活の話にあんまり乗り気じゃない気がして、ちょっと……」

レストランから家までの歩き慣れた道を、莉枝未と琉大が親の先に立って歩いている。道ばたに花や石を見つけてしゃがみこんでは、そこで「ねえー、ママ、虫がいるー」と報告してくる。志保もそれに「本当？　何の虫ー？」と声を張り上げて答える。

兵藤夫妻が消えていった方向を振り返って、志保が、「うまくいくといいね」と呟いた。

「なんか、何ができるわけじゃないんだけど、保活経験者としては、周りで保活する人のことは応援したくなるよね。自分も苦しかった身としては」

「そうだね」

裕も答えて、子どもたちの後ろを歩く。戻ってきた琉大が「むー」と呟いて手のひらを広げる。その手の中のものを見て、裕も志保も「ぎゃっ」と叫んだ。

むー、と言うからてっきり虫だと思ったけれど、そういえば、今日は雨上がりだった。「ミミズは虫じゃない！」と、あわてて、地面に戻させる。

兵藤社長と会った翌週、荒木から「どうだった？」と声をかけられた。

「先週末、会食だったんだろ。兵藤夫妻と。ホカツのことで」

「何が？」

「——ああ」

ちょうど、長い打ち合わせを要したクライアントが帰ったばかりで、事務所がほっと一息つけるタイミングだった。その相手がお土産《みやげ》に持ってきてくれたとらやの羊羹《ようかん》を、荒木の父である大先生が「今食べたい」と言い出したため、事務員の諸井《もろい》さんが切り分けてくれていた。

四人だけの少人数の職場で、各自のデスクの上に載せられた羊羹を食べていると、どうしても空気が緩む。荒木と裕の会話を耳にした大先生が、「なんだ？　兵藤さんて、あの若か？」と会話に加わってきた。

今年で還暦を迎える大先生は、もとは神田にある古い呉服屋の次男坊だったという、ちゃきちゃきの江戸っ子だ。息子とよく似た面差しは目つきが鋭く、良く言えばキレ者の風格、悪く言えば人相が悪い。

白髪を短く刈り込んだ頭も迫力があって、小さな事務所は大先生の威厳でもっていると言っても過言ではない雰囲気だ。実際、所長を息子に譲ってからもクライアントから「大先生」と呼ばれて慕われている。

見た目は怖いが、江戸っ子らしく人情に厚い人だ。今いるクライアントのほとんどが、大先生が築き上げた信頼のもと、代替わりしても荒木会計事務所を頼ってくれている人たちだ。

兵藤社長のところも、もともとは、社長の父親である先代が事業を立ち上げた。今は息子に跡を譲り、本人は以前からの趣味であるクルージングのための家を海辺に買い、そこで悠々自適の毎日を送っていると聞く。

兵藤のように代替わりした自分より年下の社長たちを、大先生はよくこんなふうに「若」とか「若社長」と呼ぶ。そして、彼の貫禄がそれを親しみの表れのように見せるのか、若社長本人たちも、その呼び方を受け入れている。

兵藤の会社の経理を主に担当しているのは、所長である荒木だった。普段の細々としたことを荒木が受け持ち、裕はそれにアシスタントとしてかかわる。そして、肝心な場面では大先生が説明に立つ、というようなつきあい方をもうずっと続けている。別の顧客の場合には、この裕と荒木の役割が逆になり、小さな事務所だから全員が自然と顧客と顔見知りになる。

「兵藤社長のとこ、ホカツしてるんだってさ。親父、知ってるか？　保育園活動って言葉」

自分もつい最近知ったばかりのくせに、荒木が誇らしげに説明する。説明を受けた大先生が「はあん」と、大きくため息をついた。

「今は大変だな。そりゃ、紘子さんも気苦労が絶えないね。央果ちゃん、確か、夏生まれだったから、そろそろ一歳じゃないか？」

「大先生は、央果ちゃんたちに会ったことがあるんですか？」

大先生の口から躊躇いなく二人の名前がしっかり出てきて驚く。大先生の人の顔や名前に対する記憶力は尋常ではない。そういうところが、この仕事で長く信頼されてきた人だという気がして、裕は尊敬している。

大先生が頷いた。

「子どもが生まれたばっかりの頃に、奥さんが一緒に打ち合わせに連れてきたことがあったんだよ。あそこは随分しっかりした奥さんだよな。本人はどっかに勤めてるって話だったけど、夫の会社の得意先のことなんかにも詳しかったし、経理の数字も見られるみたいだったから、兵藤さんのとこはこりゃあ安心だなって思ったもんだったけど。——何しろ、若の方は遊びが過ぎるから」

冗談めかして、大先生が笑う。どうやら、紘子さんは、思った以上に夫の仕事にも貢献しているようだ。

裕が尋ねる。

「兵藤さんのところって、先代はどんな方だったんですか？　クルージングが趣味だったり、随分勢いのいい社長さんだったように聞いてますけど」

「遊び方は派手だったけど、その分商売のうまい人だったよ。若の方はどうかねえ、遊び方だけは先代譲りのようだけど」

裕の問いかけに、大先生が肩を竦《すく》める。

「しかし、保活か。今は大層な言葉があるもんだ。紘子さんが今の仕事を続けるにしても、兵藤の家を手伝うにしても、子守は大変だろうからなぁ。先代夫婦が見られればいいんだろうけど、何しろ、海辺の田舎に隠居してるし」

先日の会食の後、紘子さんが思い詰めた様子でお姑さんのことを尋ねてきたことを思い出す。距離の問題以上に、ひょっとしたら何か、子どもをお姑さんたちに任せたくないと思うような理由があるのかもしれない。そんな考えがちらりと頭を掠《かす》めたが、そこまで話すのは言いすぎな気がして、黙っておく。兵藤からの伝言を伝える。

「そうそう。月末あたりにまた兵藤社長が打ち合わせに来られるそうですから、連絡があるかもしれません。大先生によろしく伝えるようにって言いつかりました」

「おう、わかった」

大先生が返事をし、切り分けられた羊羹を、大きく口を開けて一気に放り込む。


荒木会計事務所に兵藤社長が再びやってきたのは、月末だった。

荒木は不在にしていたが、特に決算期ではない定例の打ち合わせのため、資料を手渡して説明するのは大先生でもよいと言う。その代わり、裕も補佐として大先生の横につく。

仕事の話が一段落したところで、事務員の諸井さんがコーヒーを運んできた。

それを一口呑んだところで、兵藤が「あ、そうそう鶴峯さん」と仕事よりもいくらか砕けた声で、裕を呼んだ。

「この間はありがとね。おかげさまで保活、どうにかなりそうだよ」

「あ、本当ですか。それはよかった」

自分たちに会ったことで、紘子さんが少しでも気持ちを楽にしてくれたなら――と思っていると、兵藤が「うん」と頷いた。

兵藤の向かいに座った大先生も、「あ、保活ですか」と尋ねる。知ったばかりの言葉をすぐに使いたがるのは、親子でよく似ている。

「私も聞きましたよ。大変ですね」

「そうなんですよ」

兵藤が顔をしかめた。

「もう、ほとほと疲れ果ててました。申し込みはまだまだ先だっていうのに、こんなことでずっと気を揉み続けなきゃならないのかって思うと憂鬱でね」

兵藤が、応接の椅子から体を起こし、居住まいを正す。裕を見た。

「だからさ、うち、離婚することにしたよ」

「え……？」

思いも寄らない一言に、頭の中が一瞬、真っ白になる。リコン？　と言葉にして反芻《はんすう》した途端、混乱が襲ってきた。

「離婚」

兵藤が繰り返す。裕はたじろぎながら、「あの、それは……」と口にする。

先日、兵藤夫妻は自分たちに会いに来ていた。その際に、二人には別れるような様子は感じられなかったし、何しろ会いに来た理由も娘さんの保活という生活と地続きの問題だ。

それなのに、どういうことだ？

途方に暮れた目で兵藤を見ると、伝えた言葉の内容とは裏腹に、彼の頬は緩み、にやにやと笑っていた。

「あ、驚いた？」と裕に尋ねる。

驚いていたのは、裕だけではなかった。横で絶句した様子の大先生が、一拍遅れて、「それは、また」と呟く。

「若社長、それ、どういうことですか？」

「いやあ、驚かせてすいません。いえね、保活の方法として、そういう道があるんですよ。普通だと入りにくい保育園ですけど、シングルの家庭はポイントが高くて、まず入園可能なので」

「……つまり、あれですか」

頭の中を整理しながら、裕もどうにか兵藤に顔を向ける。

「保活のポイントを稼ぐために、離婚する――と？」

一般的な話だが、両親が揃っている家庭とくらべて、シングルの家庭は、どうしても育児が困難だ。その分保活のポイントも高くつき、当然の話だが、認可保育園の入園も優先される。

しかし、兵藤の場合は――。

「そうそう」

悪びれる様子もなく、兵藤が頷く。

「なんでもそれだと確実に入れるらしいんだよ。いや、ほんと知らなかったよ。こんな裏技みたいな方法があるなんて」

確かに裏技には違いない。それを語る兵藤は、どこか誇らしげですらあった。

「鶴峯さんと会って話を聞いた後、オレの仕事の知り合いで別の保活経験者の夫婦とも会ったんだけどさ。聞いたら、そこはそういう方法をとったみたいで」

「え、じゃ、そのお知り合いの方は実際に離婚を？」

「うん」

兵藤があっさりと頷く。

「まあ、離婚っていっても、紙の上のことだしね。無事に希望のとこに入園してから、しばらくして籍を戻せばいいだけの話だよ。園の申し込みまで、これから先もずっと気を揉むことに比べたら、こんなに確実な方法はないからって、話がまとまってさ」

「あの、それは、紘子さんがそうしたいって――？」

「うん、まあ、二人で決めたっていうか。このところ、保活のことでずっと険悪だったから、これでようやく平和になるよ」

「そう、ですか……」

そう答えるより他になかった。

裕の横で、裕よりさらに混乱した様子の大先生が首を傾げている。何も言えなくなった裕に代わるようにして、「だけど」と口を出す。

「今は、そこまでしなきゃダメなんですか？　子どもを保育園に入れるってことのために、何も離婚まで」

「いや、それぐらい厳しいんですよ。そりゃ、戸籍に傷がつくことにはなるかもしれないですけど、長い目で見れば、子どものためにはね」

実際の紘子さんとの話し合いの中でも出た言葉なのかもしれない。兵藤の口調に躊躇いはなかった。

「というわけで、大先生。オレ、しばらく独り身になりますんで、よろしくお願いします。

——ありがとね、鶴峯さんも」

兵藤がにっこりと笑った。

「いろいろご心配おかけしたけど、そんなわけで、もう大丈夫だから。奥さんにもよろしくね」

「あ、はい」

「じゃ、そういうことで」

兵藤が打ち合わせ用の資料をまとめ、牛革の書類鞄にしまう。

仕立てのいいスーツの後ろ姿を見送りながら、大先生も裕も、キツネにつままれたような気持ちだった。

「やりきれねえな」

大先生が呟いた。目が、兵藤が消えていったエレベーターホールに続く、出口の方を見ていた。

「オレみたいな古い人間には理解ができねえ」

「……僕だってそうですよ」

裕もそう答え、首を振る。

その日の夜、帰宅してきた志保に早速、兵藤夫妻の離婚について話した。

裕や大先生と同じく、当然絶句するだろうと思った志保は、しかし、絶句——しなかった。

驚いたという様子とも違い、大きく深呼吸をした後で、悲しむように眉をひそめる。

「そうかぁ」と、小声で呟いた。

「そうかぁ。この間、あえて言わないようにしたけど、誰かに聞いちゃったか、その方法」

「ええっ⁉ 驚かないのか？ っていうか、知ってたの？ こんな、裏技みたいな」

「うーん……、私の周りにはさすがにやったっていう人はいないけどね。でも、保活関係の雑誌なんかを読んでると、少しは仄《ほの》めかして書かれてるよ。『なんと今は、保活のために離婚をする夫婦までいるのだとか！』みたいな、伝聞形の記事で」

志保が大きくため息をついた。

そうしながら、夕食の支度をするために台所に入り、エプロンを締める。横のダイニングで椅子にかける裕に向けて、続ける。

「褒められたやり方じゃないから、たいていが実際のエピソードとしてって感じじゃなくて、ふざけ調子に書いてあるんだよね。保活の大変さとか凄まじさって、ワイドショー的に騒ぐのにちょうどいいのか、そういう極端な例が紹介されちゃう」

「でもだからって、保活のためになにも離婚まで……」

「うーん。紘子さん、追い詰められてたからなぁ。頭が保活でいっぱいになっちゃうと、視野が狭くなるのはわからないじゃないけど」

あの会食の後、紘子さんと志保は、結局連絡先を交換しないままでいた。裕の方から兵藤社長に、志保の携帯番号とＬＩＮＥのアカウントを伝えたのだが、兵藤がそのままにしているのか、紘子さんから連絡がない状態だ。

あまりにいろいろ驚いて、大声を上げることが続いたからか、夕ご飯ができるのを待って、テレビを観ていた莉枝未と琉大がこっちを振り向き、莉枝未が「パパ、うっさい！」と呼びかけてくる。なんて言葉遣いだ！　と思うけれど、うるさくしたのは事実なので、「ごめんごめん」と素直に謝る。

志保が、朝のうちに作っていったロールキャベツが入ったル・クルーゼの鍋をコンロに置く。そして、「ちょっとかわいそうだなぁ」と呟いた。

「落ち込んでたでしょ」

「え？」

「兵藤社長。奥さんからそんなこと切り出されて」

「あ、いや、元気そうっていうか、気楽そうだったよ。切り出したのも別に奥さんからってわけじゃないみたい。むしろ、兵藤社長の方が友達夫婦の話に触発されたっていう感じで」

「え！　そうなの？」

志保が意外そうに目を見開いて裕を見た。

「ええー。絶対に奥さんの方が言い出したんだと思ってた。男の人なのに、珍しくない？」

「男の人なのにって？」

「うーん……、なんていうかさ」

志保が冷蔵庫からレタスを取り出し、サラダ用にちぎる。料理の手を休めずに続ける。

「だってさ、考えてみてよ。裕、もし私が保活のために離婚したいって言ったらどうした？」

「それは――、困ったね」

「でしょう？」

志保が台所で動きながら、話し始める。

「前にね、雑誌の仕事を受けた時、そこのスタッフの人たちと保活の話になったことがあるの」

「うん」

「で、その時も、『今は保活のために離婚する人たちがいる』っていうことが話題に出て、その場にいた男の人たちがみんな絶句してたんだけど、案外、女の人たちの方はすんなり受け止めるんだよね。ああ、確かに困ったら、そういう方法もあるかもねって。――自分がやるかやらないかは別として、こういう合理的な考え方に抵抗ないのは、多分女の人の方」

「それは、なんかわかるな」

「うん。で、その時に、子どもがいるっていう男性のカメラマンが、こう言ったんだよね。『信じられない。それってつまり、父親はいらないってことですか？　保活のために、僕は妻と子どもから捨てられてしまうんですか』って」

「――ああ」

その感覚もまた、わからないではない。

紙の上だけのこととはいえ、離婚をした場合、小さい子どもの親権はだいたい母親が持つ。もともと、男性は出産をしない分、どうあがいても子どもは父親より母親に懐く傾向があるし、育児をそこそこやっている自覚のある裕だって、子どもの問題に関しては、志保には圧倒的に敵《かな》わないものを感じる。

自分が不在でも家族が成り立ってしまうのではないかという疎外感と不安は、父親なら誰だって多少は持っているものなのかもしれない。

志保が言う。

「まあ、その人の言葉は大袈裟だとしても、そんなふうに、男性の方がロマンティストなんだよね。——兵藤さん、内心はどう思ってるのかなぁ……」

「まあ、男性でも人によるしさ。兵藤社長は豪気な人だし、経営者だから、割り切った考え方をしても不思議じゃないよ。確かに離婚は極端な話だけど、追い詰められてる奥さんの様子を見かねてのことなんだろうし」

「そうかぁ」

できあがったサラダを木のボウルに盛りつけ、志保が裕にトレイごと渡す。「兵藤さん、まだ、あんまり父性に目覚めてないのかな?」とついでのように言った。

「男の人ってさ。最初は赤ちゃんに慣れない人もいるって聞くじゃない? 話し出したり、表情が豊かになってこないと、なかなかかわいいっていう実感がわかないっていう。——うちは、そんなことなかったみたいだけど」

「いや、オレも最初は自分もそうなるのかと思ったんだけどさ」

実際周りには、「かわいいと思い始めたのは一歳を過ぎた頃」「自分の子だという実感が母親に比べると薄い」という男友達もいる。彼らの話を聞き、裕も、当初はそういうものかと覚悟していたのだが、自分の場合はまるで違った。

病院の新生児室で赤ん坊を見た瞬間から「うちの子が一番かわいい」「他の子と全然違う」という親バカ目線が始まり、莉枝未も琉大も、最初からかわいくてたまらなかった。

しかし、世の中にはいろんな父親がいるのだろう。兵藤は、央果ちゃんを抱っこするのにも慣れていないようだったし、志保の言う通り、父性に目覚めるのが遅いタイプなのかもしれない。

「もう離婚しちゃったのかな」

「あ、それはまだみたいだよ。『することにした』っていう言い方だったから」

「ふぅん。紘子さんと話してみたい気もするけど」

紘子さんの連絡先は相変わらずわからないままだ。しかし、ここから先は夫婦と家族の問題だ。よその問題にそこまで首を突っ込むのもどうかと思う。

互いに釈然としない気持ちを抱えながらも、裕も志保も、その日はもうそれ以上、兵藤夫妻については話さなかった。


事態が急転したのは、その翌週だった。

兵藤が事務所を訪れた週は、出張と外回りとでほとんど事務所にいなかった荒木が、ようやく戻ってきたことがきっかけだった。

「あ、おはよう」

出社して鞄を席に置いた裕の横で、諸井さんに淹れてもらったらしいコーヒーを飲んでいた荒木が「親父から聞いたぞ」と話しかけてくる。

「兵藤社長のとこの離婚話」

その声に、裕が苦笑した。

「ああ、聞いた？　驚いたよね」

「驚いたなんてもんじゃねぇよ。何考えてるんだか、オレには本当に理解不能だ」

「大先生もそう言ってたよ」

「しかし、あの社長がなぁ。オレはまた――」

その時、荒木がぽつりとあることを呟いた。

荒木は本当に気軽な様子でそれを呟いたらしかった。しかし、そう聞いた瞬間、裕の腕の端に、ちりっと小さな電気のような感覚が走った。薄く鳥肌が立った。

「え？」と顔を上げる。

荒木が怪訝そうな顔をして、そんな裕を見つめ返す。「どうした？」と尋ねる。

「去年、問題になっただろ。兵藤社長のとこの経理処理を一緒にしてて」

その言葉に、思い出す。思い出し、そして、今度こそ胸に明確な違和感がよぎる。

荒木の声を聞きながら、裕は席に置いたままの鞄を持つ手がみるみる強張るのを感じた。血の気がゆっくり、失せていく。

そうしながら、思い出す。

兵藤社長が最初に裕たちに保活の話を切り出した時のこと。奥さんに会ってほしいと言われ、実現した会食。紘子さんは、兵藤社長の知り合いだというたくさんの保活経験者から話を聞いているらしかった。——そしてその中で、保活の手段に離婚を選んだという夫婦がいた。

兵藤と会っていた際、思えば、その頃から微かな違和感の芽のようなものを感じたことがなかったろうか。どの場面にも少しずつ感じていたその細かな、ざらざらとした砂粒のような感覚が、荒木の言葉の前に収束していく。

そしてようやく、そうだったのだ、とはっきり思った。

慄然《りつぜん》とする。志保の言葉を思い出す。

——紘子さん、追い詰められてたからなぁ。頭が保活でいっぱいになっちゃうと、視野が狭くなるのはわからないじゃないけど。

自分もそうだったのかもしれない、と思う。裕もまた、過熱する保活ならば仕方ない、と視野が曇っていたのではないか。

だって、普通に考えれば明らかにおかしなことなのに。

「荒木……」

「ん？」

「大先生と三人で、ちょっと話せないか。相談がある。兵藤社長のことで」

経理のことではなく、個人的なことだ。踏み込みすぎるのは禁物だし、大先生と荒木がどう思うのかわからない。兵藤物産は、親子二代で続く、うちの事務所の大事なクライアントだ。関係を悪化させたくない。

けれど、このままにしておいていいとも思えなかった。

裕の思いつめた表情に気づいたのだろう。コーヒーを手にしたままの荒木がややあってから、「わかった」と答えた。

兵藤の会社とは、二ヵ月に一度、特に決算期でなくとも、挨拶を兼ねて定期的な打ち合わせをしている。

打ち合わせは、先月末、彼が事務所に来た時にすでに終わっていたが、「前期の決算でお預かりした資料の返却に」と裕が電話をすると、兵藤は折よく事務所にいた。

「そんなの宅配便で送り返してくれればいいのに」

「いえいえ、今日はお近くまで行く用件がありますから、もしご迷惑でなければ」

それだけ告げて、大先生とともに社用車で横浜に向かう。

ホテルやビルに囲まれた商業地の、大通りを一本入ったところにある古いビルの三階に、古めかしい『兵藤物産』の看板がある。窓にも同じロゴの文字が張られている。

近くの駐車場に車を停め、目指す事務所の窓を見上げた大先生が「先代から替えてないんだよな、あのロゴ」とため息をついた。

「――経営には、もともとそんなに興味のある二代目じゃなかったってことなんだろうな。先代から引き継いだ分を回すだけで、新しく稼ごうって気も薄いから、業績もゆるやかにだけど先細りになっちまう。先代も、この辺りでお灸を据えないとって思ってるようなこと、言ってたよ」

「お会いになったんですね」

「たまにクルージングに誘ってくれるんでね」

事務所を訪ねていくと、今日は兵藤一人だった。普段はあと三人社員がいるが、皆不在だ。乱雑に散らかった事務所の中で、アンティーク調の社長机が浮いている。

兵藤が立ち上がった。

「やあ、悪かったね。大先生、それに鶴峯さんも」

「いえいえ。お忙しいところ、こちらこそ突然押しかけてすいません」

「今日は所長は一緒じゃないの？」

「はい。たまたま、僕のクライアントのところに大先生と二人で行ったついでだったので」

裕が答える。小さい事務所なので会計士の全員と顔見知りになるとはいえ、兵藤の普段の担当窓口は荒木だ。

「荒木からも、社長にはくれぐれもよろしくとのことでした」

「二人とも、まあ、座ってよ。お茶でも飲んでけば」

襟がぴしっと立った白シャツを胸元に近いところまで開け、そこにこの間とは違う金色のネックレスが下がっていた。この間はクロムハーツだったけど、今回のものはブランド名がわからない。

「では、お言葉に甘えて。他の社員の方たちはお外ですか？」

「うん。まあ、昼間はいつも営業に出ててこんな感じ。戻ってくるのは、だいたい夕方から」

冷蔵庫から、兵藤自ら飲み物を注いでくれて、裕は思わず「すいません」と恐縮する。アンティーク家具の輸入業の傍ら、兵藤の会社で卸しをしているというイギリス産の茶葉を使ったアイスティーは柑橘《かんきつ》系の香りが仄かにして、かなりおいしかった。事務所の奥にある会議室兼応接室は、先代の時には毎日違う花が活けられていたというが、今はレンタルの観葉植物だ。大先生の言う通り、ゆるやかにでも変化はあるのだろう。

話題を切り出したのは、大先生からだった。

「ごちそうさまです。――ところで社長、いかがですか。その後、奥さんとは無事に離婚されましたか？」

その声に、兵藤が「え？」と虚を突かれたようになる。大先生が静かに微笑んだ。

「まあ、離婚に対して〝無事に〟も何もないもんですけど。相談に乗った手前、鶴峯も心配してましてね」

「ああ。まだだけど、準備はしてるよ。やっぱり、役所を誤魔化さなきゃならないから、当分は別居してるってことにしなきゃならないし、それには新しく紘子たちが住む場所も借りた方がいいんだろうし」

「そうですか。いえね、私たち、本当に心から心配なんですよ。奥様と、社長のことが。もっと言うと、奥様と央果ちゃんのことが」

「え？」

慇懃《いんぎん》無礼《ぶれい》に取られることも厭《いと》わない露骨な言い回しに、兵藤の顔がさすがに不審を露《あら》わにする。大先生が仕事の時にはいつもかける眼鏡を鼻あてのところで押し上げ、ゆっくりと兵藤を見た。

「社長が、奥様と本当に納得されて離婚されるなら、それでいいんです。央果ちゃんの保育園のためだというならね。ただし、社長、もしそれが他の理由のためだったらいけません。今ここで安易に離婚しても、絶対に問題は断ち切れない。ゆくゆくは、ご自分の首を絞めることになります」

「大先生」

兵藤の表情が変わった。

気づいたのだろう。目つきが急に鋭くなる。

「──何が言いたいの？」

「特に何が言いたいというわけではありません。一般的なお話として申し上げているだけです」

大先生も、頑《がん》として退《ひ》かない。譲らない。

「しかし、あの社長がなぁ。オレはまた──」

あの日、荒木がぽつりと呟いたのだ。

「オレはまた、離婚するなら、絶対に社長の浮気がらみなんだろうと思ってた」

そう聞いた瞬間、裕の腕の端に、ちりっと小さな電気のような感覚が走った。「え？」

と顔を上げると、荒木が続けた。

「去年、問題になっただろ。兵藤社長のとこの経理処理を一緒にしてて」

そして、思い出したのだ。昨年、確かにそんな話に一時なった。直接の担当ではなかったから、荒木から間接的に話を聞いただけだったけれど、そんな話を聞いた覚えがある。

荒木によると、それは、兵藤物産の社員たちの間では公然の秘密であるらしい。もともと、女遊びの激しい人ではあったし、これまでもちょこちょこと「男の甲斐性《かいしょう》」と称しての浮気癖はあった。

しかし、それが昨年の会計処理の際、問題になった。

もともと兵藤の仕事は海外出張も多いが、最近では、社員の誰でもない相手と出かけた二人分のホテル代が経費に紛れていることすらある。取り引きのある国でのことだったらまだいいが、それが仕事とまったく関係のなさそうな南の島での領収書となると、さすがに荒木の方でも、一言、尋ねないわけにはいかなくなった。

「お仕事ですか？」という荒木の問いに、兵藤は悪びれもせず、「仕事だよ」と答える。「取り引きがモノになるかどうかはわかんないけど、現地視察。ちょっとは観光もしたけど、問題ある？」

会計士には守秘義務があるし、その時は結局、数字上のこととして、割り切って処理をした。しかし、どうやら、兵藤の方ではそれに味を占めたのか、その後は露骨に、「ね、人に買ってやったヴィトンのバッグとかはさすがに経費だと問題あるよね？」と、荒木ににやにや尋ねてくる始末だった。

それが、昨年の話だ。

しかし、今、兵藤は子どもも生まれ、一時のそうした遊びも落ち着いたものだと思っていた。だけど、もし、それが、そうでなかったとしたら。

兵藤に、現在もまだ、愛人らしき存在がいるのなら。

大先生と荒木と話したい、と相談した裕に、荒木がその後、教えてくれた。

「子どもが生まれてから、奥さんがつまんなくなったって、冗談めかしてよく言ってたよ。オレにも、社員にも」

「つまんなくなったって……」

「今回の保活のこともだけど、これまでは夫の洋服や家のことに注いでた情熱が全部娘にいっちゃって、このままじゃ自営業の妻としても失格なんじゃないかって、飲みの席で嘆いてた」

頭から血の気が失せていく。

それはあまりにも思いやりに欠ける発言ではないかと思ったが、この間の兵藤夫妻との会食を思い出すと、腑《ふ》に落ちることの方が多かった。

「それって、冗談とかじゃ。のろけっていうか、ふざけてるだけとか……」

「いや。それにしちゃ、度が過ぎてる。たちの悪いことに、あの家、どうやら、社長が奥さんへの不満をそのままお姑さんに伝えてて、お姑さんも同意見らしいんだよ。孫はかわいいんだろうけど、あの嫁じゃ、社長夫人は無理なんじゃないかって、露骨な言い方で社員に言ったりしてるようだけど……」

違和感の正体を見た、と思った。

だからだ。

紘子さんはお姑さんに保活を反対されている様子だった。しかし、それは何も、保活のことだけではなかったのではないか。お姑さんが、かわいい息子の妻としての紘子さんに、以前から不満を募らせていたのだとしたら。

ひょっとすると、外に仕事を持つ紘子さんは、それだけで、お姑さんからすると不満のあるお嫁さんだったのかもしれない。いくら息子が選んだ相手だとは言っても、結婚にも全面的に賛成ではなかったのかもしれない。

抱えていたそれらの問題が、おそらく、央果ちゃんが生まれたことで一気に噴出したのだ。

新生児の育児に追われ、保活に悩む紘子さんは、夫より子どもを優先させる、悪い妻のレッテルを貼られた。

普通なら、考えられない話だった。

裕だって、志保が子どもにかまけて自分を疎《おろそ》かにしていると感じたことくらいはあるが、その逆に自分が妻を疎かにすることだってあるし、それで当然だと思ってきた。母親業を優先させることで、妻失格だなんて思ったことはない。

しかし、その時、耳元で、志保の声が弾けた。

——兵藤さん、まだ、あんまり父性に目覚めてないのかな？

おそらく、その通りなのだろう。子どもが生まれたからと言って、すぐに子どもに愛着が持てるかどうかは、母親でも父親でも、その人による。

お姑さんにも話を通し、紘子さんを悪い妻にしたその上で、子どもに愛着が薄く、外に新しい相手もいる兵藤が、望むことは何か。

——紘子さん、追い詰められてたからなぁ。頭が保活でいっぱいになっちゃうと、視野が狭くなるのはわからないじゃないけど。

自分もそうだったのかもしれない、と思った。裕もまた、過熱する保活ならばそのために離婚くらいしても仕方ない、と心のどこかで思っていた。——視野が曇っていたのではないか。

だって、子どもを保育園に入れるための手段として離婚するなんて、普通に考えれば明らかにおかしなことなのに。それを受け入れてしまおうとしていた。

けれど、ひとたび、その曲がった常識の外に出て考えれば、話は単純だ。

保活は、関係ない。

兵藤は、奥さんと離婚したがっている。

「社長が離婚されるというのが、本当に保活のための、ほんの束の間、紙の上だけのことだというなら、いいんですよ。私のような古い人間には到底理解はできませんが、そうなさったらいい」

他に誰もいない静かなオフィスに、大先生の声だけが低く響いていた。大先生が首を振る。

「――だけどね、もし他に理由があるというのなら、その理由は、今のうちにしっかりと説明された上で、きちんと両者合意の上で離婚を決断しなければ、そうそう逃げ切れるものじゃありません。後々、厄介なことになるのは目に見えています。社長も奥さんも泥沼に踏み込んで、周りだって不幸になる」

保活のために離婚するのではなく、離婚のために保活を利用する。

正直、なんてことを思いつくのだろうか、と、まだ信じられない気持ちだ。

兵藤はおそらく、奥さんとの離婚を考える際に、どこかからこの方法を知ったのだろう。ひょっとすると、それで実際に保活のポイントを稼いだという例の友人夫婦から聞いたのかもしれない。

今のまま離婚の話を持ち出せば、紘子さんはおそらくすぐには同意しない。子どもが生まれたばかりでまだ小さいし、浮気相手までいる兵藤の方が圧倒的に条件も悪い。慰謝料と養育費が相当なものになるであろうことも想像に難くない。

しかし、保活の話を持ち出して、それを「紙の上だけのこと」としてしまうなら、今、精神的に参っている紘子さんを説き伏せるのは簡単だ。面倒な金銭の話も一切出ないまま、すんなりと離婚に持ち込める。

保活に疲れた妻の心理状態につけ込んで、兵藤は身ひとつで自由になるのだ。

あとは、おそらく偽装離婚の最中に、気持ちが変わったとか、何か理由をつけて紘子さんを遠ざけてしまえばいい。——兵藤は、そう考えたのではないか。その時になって、紘子さんがあわてて訴え出ても、離婚届は両者の合意のもと、すでに提出された後だ。

大先生と兵藤の話を、裕は、横で黙って聞いていた。

正直、言いたいことは山ほどあったし、彼の身勝手さには腹を立ててもいる。立場が近い者として、とても他人事とは思えないからだ。しかし、気持ちがわかるからこそ、今、ここで自分が感情的になってはいけないのだろうとも思う。

離婚の話を、紘子さんに自分の意志で決定したと思い込ませるためには、何より、紘子さんを保活で追いつめる必要がある。たくさんの保活経験者に会わせて話を聞き、状況が厳しいことを繰り返し話し合う。シッターを依頼するのを、他人を家にあげたくないと拒んでみせたのだってこのためなのかもしれない。その上で、復帰を早めたり、無認可に子どもを入れたりすることができず、他の人の取れる方法が自分には取れないと途方にくれる紘子さんに、切り札のように道を示すのだ。

離婚をしてポイントを稼いだという兵藤のその友人夫婦が、彼とグルだったのかどうかまではわからない。ともあれ、兵藤は注意深く、彼らと紘子さんを引き合わせるタイミングを待っていたはずだ。裕たちは、その前段階のために用意された数合わせ要員のようなものだったのだろう。そして、都合の悪い話はされないように、妻二人の連絡先は交換されないままになった。

大先生の話に、兵藤は黙ったままでいた。

大先生も、兵藤を窘《たしな》めてはいるけれど、核心に近い部分については何ひとつ確かなことを言わない。

飲むのを途中からやめたアイスティーのグラスの表面に、水滴がついている。テーブルに載った三つのグラスを、誰も持ち上げなかった。

「……何の話をしてるか、わからないんだけど」

兵藤が言った。こちらもまた、退かないし、譲らない。

「もちろんですよ」

大先生も、その声を正面から受けて立つ。

「若社長にお心当たりがないなら、もちろんそれでいいんです。私みたいなじいさんが、余計なことを申しました」

「つまりは、保活のために離婚するなら、それでいいってことでしょう？　他に原因はないし、籍はすぐに戻す」

「ええ。だけど、申し訳ないのですが、我々は、それも聞かなかったことにしたい。これは、個人の感情として申し上げているわけではなくて、兵藤物産の顧問会計士としてのお願いです」

「顧問会計士として？」

兵藤の目がまた怪訝そうにこちらを見る。

「じゃあ、それは鶴峯くんから」

大先生が表情だけは穏やかに裕を見る。裕は「はい」と頷き、深呼吸をして、そして答えた。

「――犯罪に問われる可能性があります」

「え？」

兵藤が微かに目線を上げる。

「偽装離婚のこと？」と裕に尋ねた。

「公文書偽造とか、そういうことが言いたいわけ？　でも、一時のこととはいえ、離婚は自分たちの意志でやることだよ。それがどんな目的だって、犯罪とまでは」

「偽装離婚をされることについては、仰《おっしゃ》る通り、一時のこととはいえ、双方の意志に基づいてのことでしょうから、おそらく問題はありません。しかし、それで無事に保育園に入れたとしても、虚偽の申告をして得た入園資格は取り消されます。区役所や自治体相手の詐欺罪に問われる可能性も高いでしょう」

兵藤が口を噤《つぐ》む。裕は続けた。

「あまり聞かない話ですが、保活は今、激化する社会問題ですから、そろそろ、どこかの自治体から見せしめのように逮捕者が出ないとも限りません。それに、もし、こんな方法を取ったことがネットか何かに流出してしまったら、社長の評判にも傷がつくことになります。ひいては兵藤物産の売り上げにも影響が出るかもしれない。今は、ＳＮＳが発達したこともあって、何がどんなふうに騒がれてしまうかわからないご時世ですから」

兵藤の唇がうっすらと半開きになる。その顔をまっすぐに見つめて、裕が言う。

「お聞きしないままならよかったのですが、社長からお話しされてしまった以上、御社の顧問会計士としては看過できない事態となりました。会社のことではないとはいえ、兵藤物産は大事なクライアントですから、問題は困ります」

「でもさ」

兵藤の口端に、引き攣った笑みが浮かぶ。

「黙ってれば、わからないわけでしょう？　鶴峯さんや大先生も――」

「はい」

裕が頷く。

「ですので、私たちとしては、それは聞かなかったことにします。しかし、社長はこのことを、私たち以外にもお話ししませんでしたか？　そのすべてに口止めをできると確信できるのであれば、あとは、社長のご家庭の中での判断にお任せいたします」

兵藤のミスは、おそらく、人に話しすぎてしまうことだ。

浮気にしろ、離婚にしろ、保活にしろ、思いついた悪だくみを自分の胸のうちにしまっておくということができない。そこが困ったところでもあり、彼のかわいげですらあるのかもしれない。しかし、ともあれ、そのために墓穴を掘ってしまう。

保活のための離婚は、雑誌でも、志保の言葉を借りれば「褒められたことではないから実際のエピソードとしては書かれない」。明らかな不正である以上、当然のことだ。雑誌や本が表立って犯罪や不正を唆《そそのか》すことはできない。

何かを反論しかけた兵藤が、口を開きかけて、しかし、無言で閉じる。

本当は言いたかったかもしれない言葉については、裕にも想像がついた。おそらくこう言いたいのではないだろうか。――みんなもやってることなのに、なぜ、と。

そうなのだ。

そんな不正が堂々と話題にのぼってしまうのが、今の〝保活の国〟の不健全さなのだ。

「――ひとつ、いい？」

ややあって、兵藤が顔を上げた。

言いにくい内容を伝えたばかりの裕は、気まずさに耐えながら「なんですか」と顔を上げる。兵藤の顔に、この人には珍しく気弱そうな笑みが浮かんでいた。

「紘子に言う？」

力ない問いかけだった。裕は黙って、兵藤社長を見つめ返す。微笑んではいるが、目の奥が真剣だった。

「いいえ」と裕は答えた。

おそらく、これ以上のことは自分たちには何もできない。

離婚を止められる、とも思っていなかった。そんなだまし討ちみたいな形で一度は離婚を考えた奥さんと、ここでそれを撤回したところで、これからもうまくやっていけるかどうかはわからない。紘子さんには、それに加えて彼女をよく思わないお姑さんだっている。

家族の関係は、もう終わってしまっているのかもしれない。

けれど、少なくとも、こんな騙すような形ではなく、離婚するなら、正面から話し合ってほしかった。何より、央果ちゃんは二人の娘だ。彼女の父親は、これからも兵藤だ。

兵藤はしばらく、裕をじっと見ていた。

ややあって、ソファから立ち上がり、自分の席に戻る。自分のデスクの上のメモ用紙を一枚手に取り、何かを書き始めた。

「はい」

やがて、戻ってきて裕にメモを手渡す。そこには、誰かの携帯番号とアドレスが書かれていた。

「紘子の連絡先」

兵藤が言う。

「……奥さんと友達になりたいみたいだったから、伝えてよ。オレからも、教えてもらった番号、紘子に伝えとく」

「わかりました」

どういう意味か、完全には測りかねた。けれど、兵藤の気持ちの中で、何かが動いたのだということはわかる。

メモを受け取った裕に向け、兵藤が「あーあ」とため息をもらした。観念したように、言う。

「だけどさ、紘子も一度は同意したんだよ」

力ない、言い方だった。黙ったままの裕をちらりと見つめ、恨み言のように呟く。

「確かに離婚を言い出したのはオレだけど、紘子だってあっさり合意した。自分で考えたことなのに矛盾してるとは思うけど、あれはオレ、ショックだったな。なんだ、結局、この人は子どもだけいればよくて、オレのことはいらないんだなって思っちゃった」

「保活の時には、それだけ精神状態も不安定になりますから」

「……まあ、わかるけど」

兵藤が言って、それから大先生を見た。

「ねえ、大先生。親父に言う？」

「いいえ」

兵藤物産の先代にはよくクルージングに誘われるという大先生が首を振る。

「ただ、先代は、いつ会っても、若社長の奥様を褒めてらっしゃいますよ。しっかりした、いい奥様だと」

「うん。そうなんだよね。そこが、親父とお袋の意見が分かれるところでさ」

兵藤が笑った。まだ無理が感じられる引き攣った頬をしたまま、ついでのように「わかったよ」と答えた。

「わかった。ともかく、偽装離婚のことについては、もう一度、紘子と話してみる。――もし、保活がこれで振り出しに戻っちゃったら、悪いけどまた、奥さんに紘子の相談、乗ってもらってもいい？」

「わかりました」

裕はほっと息をつく。

その思いが顔に出たのか、兵藤がふっと、ようやく無理のない顔で笑った。「あーあ」

ともう一度、ため息を洩らす。

「結構うまくやったつもりだったけど、鋭いね。鶴峯さんが気づいたの？」

「いえ、そんな……」

裕だって、兵藤物産と普段からつきあってきた荒木の言葉を聞かなければ気づけなかった。兵藤に注意を促すのだって、大先生の力を借りなければ、裕が気づいたところで動けなかっただろう。

首を振る裕を横目に、兵藤がさらに言う。

「大先生。いい部下がいるね」

「ええ」

最後までタヌキを決め込んだ様子の大先生が、その賛辞を平然と受け取る。兵藤が、かかっと笑った。

兵藤が、今後、どうするつもりなのかはまだわからなかった。けれど、その口ぶりから察するに、少なくとも今回の一件で、兵藤が荒木会計事務所とのつきあいを切るということも考えにくそうだ。

兵藤の事務所を後にしてから、車に着くまでの間にそう口にすると、大先生からは「当たり前だ」ときっぱり言われた。

「先代からの厄介な帳簿の管理を、いまさら別のとこに持ち込むような度胸も金もあの若にはないよ。そうそう簡単につきあいを切られてたまるか」

そう答え、にやっと笑う。

兵藤の離婚は保活のためではなく、保活を利用しているに過ぎないのではないかと裕が伝えた際、大先生は激怒していた。その様子は裕の想像以上で、クライアントのプライベートに踏み込んで関係が悪化することを気にする裕の気持ちを吹き飛ばすほどの剣幕だった。「そんな馬鹿な話があるか」とまくしたてた。

「顧問会計士としてどうしても一言言ってやらんと気がすまん」と言い切った。

おかしいことはおかしい、とはっきり言ってもらえたことで、裕もまた、離婚を利用する保活の常識自体がやはりおかしいのだと、目が覚めたような気がした。

大先生が裕を見る。

「先代からもね、そろそろお灸を据えられる頃だと思うよ。会社のことも、愛人関係のことも、紘子さんや子どものこともだ。なあに、どうなるかわからないけど、こっぴどく叱られれば少しは頭が冷えるだろ」

「だと、いいんですけど」

裕も静かに吐息を洩らす。

八月の後半、央果ちゃんの誕生日が近づいた週末、志保のＬＩＮＥに紘子さんから誕生会のお誘いが入った。

場所は兵藤家で、裕と子どもたちも招待された。当日は、兵藤も家にいるという。

文面には、『お誕生日当日は、両家の両親を呼んでお餅を背負わせる予定なんですけど、週末はお友達だけを呼んでささやかに祝いたいと思っているので、よかったらどうですか？』とあった。

ぜひ行きます、と、志保が返信する。


あれから、兵藤家がどうしたかを、裕はよく知らない。

確かなのは、偽装離婚の方法を二人が取らなかったらしいこと。この夏、央果ちゃんのお誕生会が、兵藤の家で無事に行われる、ということだ。

「なんか、最近聞いたんだけど、紘子さん、秋から職場復帰できるかもしれないんだって。契約の子が急にやめることになりそうだとかで。だから、それに合わせて、その期間だけ、シッターさんか無認可園の空きを探そうかって話してた。もう復帰してるってことになれば保活はそれだけ優位になるから、大丈夫じゃないかな」

「あ、そうなんだ。なら、よかった」

「うん。シッターさんにお願いするとなったら、高いけど、その期間だけのことだから頑張ってみようと思ってるって。お友達に人を紹介してもらえそうだから、信頼できる人なら、留守を任せても大丈夫だろうって旦那さんとも話してるみたい」

兵藤が行おうとしていた偽装離婚については、職務上知り得たことも多いため、裕も、志保にははっきりしたことは何も伝えていなかった。

しかし、それでも、偽装離婚がなくなった、という連絡を受けた際には、志保も「そっかー。なんだかほっとした」と安心した様子だったから、ひょっとすると、彼女にも何か感じるものはあったのかもしれない。

「央果ちゃんにプレゼント、何買おうかなー」と話す志保の足元を、子どもたちが「リエ、ケーキー」とか「りゅちゃん、ブブー」とか、好き勝手なことを言って、追いかけていく。

いつも通りの日曜日の光景に、ソファでゆったり横になった裕は、昼寝でもしようかと目を閉じる。

その時、志保が「ねえ」と呼びかけてきた。

「ん？」

「前にさ、裕が言ってたことがあるじゃない。父親って、平和な家庭を守るための騎士みたいなもんだって。うちのクローバー形のフォトスタンドを見て、クローバーナイトって言葉で」

「……その言い方をしたのは、志保だろ」

改めて言われると恥ずかしさに消え入りたくなる。からかわれたように思って、つい「で、何？」と不機嫌な声を返してしまうと、意外にも、志保がにやにやと笑いながら近づいてきた。

「前にさ、保活の話をしてた時、父性に目覚めるのが遅い人もいるって話してたけど、家族を守る自覚が出てくるのも、だいたいそれに比例するのかもね。で、一歳くらいになるとかわいくて、守りたくてたまらなくなってくる。赤ちゃんの一ヵ月や二ヵ月は、本当に劇的に顔も変わるし、成長が早いからね」

「え？」

「見て」

志保から手渡されたスマホの画面に、写真が表示されている。LINEの相手は、おそらく紘子さんだ。

「パパとお待ちしています！」と書かれた文面の下に、この間の会食からますます顔つきがはっきりしてきた央果ちゃんと、それを抱く兵藤の姿があった。央果ちゃんのよだれかけに、『MY PRINCESS』の文字がデザインされて入っていた。

娘を抱く兵藤の手つきが、まだちょっとぎこちないながらも、前に会った時よりは父親としてだいぶ様になっている。裕も思わず、「いいね」と声に出した。

――だまし討ちのような離婚は、明るみに出ないにしろ、許されていいことではないかもしれない。その意味で、兵藤はきっと、新米の段階で一度はクローバーナイトの資格を失った者だ。

けれど、何も、騎士をやり直してはいけないという決まりはない。

あの日、紘子さんが一度は離婚に同意したことを、兵藤は寂しげに語っていた。自分から言い出しておいて身勝手な話だとは思うが、「この人は子どもだけいればよくて、オレのことはいらないんだなって思っちゃった」と嘆いていた。あの子どもっぽい本音は、裏を返せば、それだけ家族に必要とされたいと思っていることの証《あかし》でもあるのだろう。

「兵藤家は三人家族だから、四つ葉じゃなくて三つ葉だね」

自分の照れ隠しも含めて裕がスマホを返しながら言うと、志保が笑いながらそれを受け取る。

「いや、だけど、央果ちゃんが認可保育園に入れたら、すぐに第二子を考えてるみたいだよ。ほら、保活の時って、兄弟が同じ園にいると、優先ポイントがついて、入りやすくなるから」

「いやー、もう保活の話はいいよ」

大きくため息をつくと、志保が「そう？」と首を傾げた。それからすぐ、ついでのように付け加える。

「クローバーって平和の象徴みたいな気もするし、なんかいいよね」

問題は、どの家庭でもおそらく山積されて、日々が続く。

兵藤家も、このままで済むかどうかはわからない。だけど、何度挫けても、そのたびに立ち上がってほしいものだ。許される日が来ないとしても、奥さんと子どもと過ごす道を彼がとりあえず選んだことを、裕は応援したい。

「パパ。見てみてー！」

ソファで寝そべる裕のもとにやってきた莉枝未が、盛大に手を広げ、次の瞬間、父親の胸の真ん中に、ばふっと倒れ込む。思わず、「ぶほっ」と変な声が出た。頭がちょうどみぞおちに入って、息もできなくなる。

そんな父親を見て、琉大と莉枝未がケラケラ笑う。志保が「わー、大丈夫？」とかなんとか言いながら、とても楽しそうだ。いや、笑いごとじゃないんだけど……、と痛む胸を押さえ、体を二つに折る。

頼りないクローバーナイトの一人として、裕もまた、誰にともなく、「うちも頑張りますよ」と、心の中でエールを送る。

chapter_03
お受験の城

——喪服だ。

夏の終わり、丘の上から降りてくる人たちの姿を見上げ、裕が最初に抱いたのはそんな感想だった。

ブラックフォーマルに身を包んだ女性たちが、列をなしてこちらに向かってくる。

クライアントである事務機器メーカーの社長との会食を終えた午後のことだった。

閑静な住宅街に隠れ家のように存在するフレンチレストランから一歩外に出た裕は、飛び込んできた光景に目を奪われる。

一瞬、何か不幸があったのではないかと思う。この先に葬祭場があって、皆、そこからの帰りなのではないか。

だけど、それにしては何かが変だ。さりとて自分の胸によぎった違和感の正体がわからない。

すると、クライアントの社長と、会計事務所の荒木所長が、裕に遅れて外に出てきた。少し距離のある大通りを行き過ぎる一団の姿をとらえ、荒木が息を呑んだのがわかったが、対して、クライアントの社長は何ということもないように「ああ」と目を細める。

裕たちが戸惑っているのがわかったのだろう。

「幼稚園のお迎えですよ」と教えてくれた。

「この先、虹《にじ》ケ《が》宗《むね》幼稚園があるんです。お受験とかで有名な」

裕は知らない名前の幼稚園だったが、言われて、さっきの違和感の正体がわかった。

葬祭場からの帰りなのかと一瞬思ってしまった列は、よく見れば全員が若い女性だ。その上、笑顔の人も多く、悲しそうな雰囲気がない。何より、園の制服を着てベレー帽をかぶった子どもの姿があった。

きれいな人たちが多い、ということも、裕の感じた率直な違和感に拍車をかけていた。喪服と勘違いしてしまったブラックフォーマルが、そんじょそこらの黒より上品な光沢を放っている。同じようでいて、ボタンの位置やジャケットの長さなどがみんな違う。装飾品は白で統一されているが、パールのネックレスやコサージュのデザインなど、それぞれが工夫されて、個々のセンスが出ていた。

上品な化粧と巻き髪は、丁寧に時間をかけられたもののように見える。

裕の妻の志保がたまに、このくらいしっかり髪を巻くのは、仕事で雑誌の撮影があったり、結婚式に招かれた時だったり、特別な行事がある時だけだ。

「え、毎日この格好なんですか」

裕の思考を読んだように、荒木が質問する。この近くに会社を持つ社長は、しかし、そんな態度にも慣れているようで、平然と「ええ」と頷いた。

「朝の子どもを送る時間と、お昼過ぎの今のお迎えの時間は毎日だいたいこんな感じですよ」

「それって、そうしなきゃいけないって決まってるんですか？」

「幼稚園はそういうところが多いみたいですよね」

裕も口を挟む。距離があるとはいえ、お迎えの親子連れの列に聞こえてしまったらと気が気でなかった。

「特に、名門って言われてるところなんかは。強制ではないけれど、みんながそうするから、自然とそうなるって」

「へえ。ただ子ども送るだけなのにご苦労なことですね」

裕がせっかくフォローしたのに、独身の荒木がずけずけと言う。その時、クライアントの社長が微笑《ほほえ》みながら裕たちに顔を向けた。

「――うちの孫が、今、虹ヶ宗幼稚園に入りたくて、お嫁さんがいろいろ調べてるんですが」

「え、そうなんですか」

荒木の顔にさすがに焦りが浮かぶ。六十代の社長のところは、確か昨年初孫が生まれたばかりだ。

「近いし、勉強もしっかり見てくれそうだということで通えたら嬉しいんですが、縁故がなければなかなか難しいようです」

「縁故っていうのはつまり、幼稚園の経営者とか先生にコネがあるとか、そういうことですか」

ならば、この列を行くお迎えの家族はすべてが縁故がある人たちなのか。裕の問いかけに、社長が答える。

「まあ、そういうこともあるかもしれないですが、一番は、親や兄弟が系列の幼稚園を卒園しているとか、その人たちからの紹介とかそういうことですね。虹ヶ宗はまだできて十年ほどの幼稚園ですが、都内四天王のひとつと言われている別の幼稚園が作った、新しい園なんです」

「四天王⁉」

荒木がまた度胆を抜かれたような声を出すので、裕があわてて横から説明する。

「小学校受験に強かったりする名門の幼稚園のことをそう呼ぶんだよ」

裕の家は最初から保育園だったたし、国立や私立の小学校受験についても考えていないが、子どもがいる分、少しは詳しい。

社長が薄く微笑んだ。

「いや、実際大変です。私も幼稚園のうちから受験するなんて最初は反対だったんですけど、息子夫婦たちはいろいろ考えているようだし。話を聞いてみるとね、今頑張った方が孫の将来的にもいいんじゃないかって心が揺れますよ」

社長が言って、小さくため息をついた。そして、木漏れ日の下を歩く親子たちを、少しばかりまぶしそうに眺めた。


帰り道、最寄りの駅から電車に乗ろうとした裕と荒木は、そこでもまた虹ヶ宗幼稚園帰りの家族たちと一緒になった。

母親に手を引かれ駅の改札をすんなり抜ける園児は、莉枝未と年があまり違わない様子なのに、行儀よくおとなしい。うちの子たちだったら絶対に電車通園なんか無理だな、と、感心してしまう。

お母さんたち同士は、格好こそ畏《かしこ》まった様子だが、子どもの手を引きながら砕けた様子で話をしていて、それは、志保がママ友とそうするのとあまり変わらない雰囲気だ。葬祭場、は言い過ぎだったけれど、入学式か何かからの帰りと思えば、お受験などに無縁な地方出身の裕にも違和感のない光景に見えた。

ただひとつ、お別れをする家族それぞれが相手に向けて「ごきげんよう」という挨拶を交わし合う。それだけが、馴染《なじ》みのない言葉に聞こえる。

ホームで待っていると、電車がやってきた。

中に入ると、車両中央の長椅子のシートに大学生風の男の子が一人で座っていた。イヤフォンを耳に入れ、くたくたのリュックサックにジーンズ姿だ。

彼の座るシートに、幼稚園帰りの親子連れがまとめてかける。三組ほどの家族のうち、お母さんの何人かが掛けられない状態になり、子どもを座らせた状態で立ったまま話を続けようとする。

すると、座っていた大学生が席を立った。

同じ車内で、吊革《つりかわ》につかまっていた裕たちの目にも、上品そうな親子連れと履き古したスニーカー姿の大学生は、ひとつの長椅子で一緒に座るにしては、なんだか住んでいる世界が違いすぎる気がしていたが、大学生は、顔を伏せたまま、いたたまれないように、そそくさと別の席に移動してしまう。

電車に乗ればそういうこともあるよね、という程度の気持ちで眺めていると、そこで、思いがけないことが起きた。

大学生のいなくなった後の長椅子にそのまま座るかと思ったお母さんの一人が、子どもを連れ、小走りに彼を追ったのだ。車両の隅の席にかけた彼に向けて、「ごめんなさい。

ありがとうございます。申し訳ないです」と深々と頭を下げる。

過剰なほど丁寧にそうして、子どもに向けても「ほら、ありがとうは？」と顔を覗《のぞ》き込む。子どもはまっすぐに立ったまま、「ありがとうございました」と彼に頭を下げた。

ぽかんとした大学生が、「いえ……」と小さな声で呟《つぶや》く。より一層いたたまれなさそうにイヤフォンに手をやり、親子連れから逃げるように目をそらした。

彼に謝ったことで満足した様子の親子連れが、みんなの待つ長椅子に戻ろうとする。大学生の彼と同じく、呆気《あっけ》に取られたような思いでその様子を眺めていた裕と――、戻ろうとした彼女の目が合った。

あ、ヤバい。

見ていたことに気づかれたか、と咄嗟《とっさ》に思った裕に向けられた彼女の目が、思いのほか、幼く、人懐こい。

「鶴峯くん？」

聞かれて、「え？」と声が出る。けれど、次の瞬間、「ああ」と裕も気づいた。

「ひょっとして、――由依《ゆい》ちゃん？」

旧姓・高松《たかまつ》由依。

大学時代、裕や志保とサークルが一緒だった同級生だ。由依が嬉しそうに口の前で上品に手を合わせる。

「やだ、懐かしい。おひさしぶり。志保ちゃんは元気？」

裕の知っている時とはだいぶ感じが違う。

あの頃の彼女は、きれいはきれいだったけれど、上品というより、かわいらしいと言う方がしっくりくるタイプで、髪だってこんなふうに巻いていなかった。何より、「ひさしぶり」という言葉に「お」をつけたりなんか、絶対にしなかった。


「えー、由依ちゃんのとこって虹ヶ宗幼稚園なの？　すごくない？　それ」

その日の夜、偶然由依と再会したことを伝えると、志保は心底驚いたようにそう言った。

夕食の支度を手伝いながら、裕は「うん」と頷く。

「びっくりしちゃったよ。その場にいるお母さんたちに、あ、こちら学生時代の友人で、公認会計士をしてて、奥さんも大学では同期で――とか説明されて、なんだか恥ずかしかった」

「へえー。懐かしいなぁ。最後に会ったの、だいぶ前だよ」

「っていうか、志保は知ってるんだね。虹ヶ宗幼稚園」

「知ってるよ。都内四天王って言われてる幼稚園が、虹ヶ宗ができたことで今、都内五本指って名前に変わりつつあるんだよ。うちのお得意様でも何人か子ども通わせてる人がいる。しかし、そうかぁ、由依ちゃんがねえ……」

できあがったビーフシチューとサラダをお盆に載せて裕に手渡す横で、保育園から帰ってきたばかりの莉枝未と琉大が一緒に遊んでいる。最近になってようやく一緒に遊べるようになってきた——と思って見ると、それぞれが各自で好き勝手な独り言を言いながら、互いのおもちゃで遊んでいるだけだった。そのくせ「はい、これはリュウくんので、こっちがリエちゃんので」と、弟の名前だけは一人遊びにも登場させていたりする。

その様子を見ながらテーブルセッティングを手伝っていると、ふいに志保が言った。

「虹ヶ宗って、確か、靴下のままジャングルジムやらせる幼稚園だよね」

「へ？」

意味がわからず顔を向ける。一瞬間を置いてから、志保の言った姿を想像する。

「何だそれ。危ないじゃないか」

「そうだよ。危ないけどそうするの。裸足《はだし》じゃお行儀も見栄《みば》えも悪いってことじゃないかな。あと一説によれば、それで危ないってことがわかれば、あんまりジャングルジムみたいな外遊びをやらないおとなしい子になるんじゃないかって」

絶句する。「どういう意味？」と声が出た。

志保が困ったように「私だってわかんないよ」と眉間《みけん》に皺《しわ》を寄せる。

「ただ、前にそういう噂を聞いたの。それくらいお受験中心の幼稚園だって話だよ。本当のところはわからないけど」

「それ意味あるの？　だいたい靴履いてやれば済む話だろ？　それとも屋内にジャングルジムがあるのか？」

裸足のまま、泥んこになるまで保育園の園庭を走り回るうちの子たちでは想像もできない話だ。志保が言う。

「まあ、それはあくまで噂だし、極端な話かもしれないけど、何をいいと思うかは園によって違うってことだよ。ジャングルジムや外遊びを嫌いな子が、〝いい子〟なのかはわからないし。お受験に邁進《まいしん》するならそういう子の方がいいのかもしれないし」

「噂には聞いてたけど、お受験ってそんなに大変なの？」

「大変、大変。そんなのんきな質問してるようじゃ、頑張ってるお母さんたちに怒られるよ」

仕事を持っている志保との間では、保活には必死になってもお受験の話はこれまで出なかった。志保がため息まじりに「しっかし、喪服はひどいなぁ」と漏らす。

「子どもの母親としてふさわしい格好を、って気持ちで着てるのに、裕も荒木くんも男性陣、ちょっと意地が悪すぎ。だいたい、よく見ればわかるでしょ？　本当に弔事だったらストッキングだって黒穿《は》いてるはずだよ。みんなきちんとベージュだったでしょ？」

「それはそうなんだけど、お母さんたちにああいうお揃いの衣装がある文化にびっくりしたんだよ。聞いたことはあったけど、見たの初めてだったから。荒木なんか、毎日この格好してるのかって驚いてたし」

「そうかな？　私が仕事のために着替えたり、裕が毎日スーツ着るのとそんなに変わらないと思うけど。言ってみたら、それが幼稚園ママたちの仕事であり戦闘服なんだよ」

毎朝、子どもを保育園に送る前、バタバタとあわただしく自分の支度をする志保の姿を思い浮かべる。それに比べたら、今日見たあのお母さんたちはだいぶ優雅に見えたが、裕は首を傾げながら「そういうもの？」と尋ねた。

志保の口調がだいぶ虹ヶ宗のお母さんたち寄りのものに感じられて、立場が全然違うのに、と不思議に思う。

「余裕がある人たちだっていうふうに見えない？」

尋ねると、志保がとんでもない、というように首を振る。

「幼稚園ママたちは大変だよ。お受験を考えてても、そうじゃなくても。――正直、私は問答無用に保育園しか考えなかったから、かえって苦労しないで済んだなあって気がする。選択肢が多い分、幼稚園ママの方が園選びからきっと悩むし」

「そんなもの？」

うちだってあれだけ保活に苦労したのに、と釈然としない思いで聞くと、意外にも志保があっさり「うん」と頷いた。

「幼稚園選びは大変だよ。その先のお受験も視野に入れるならそれなりのところを選ばなきゃならないし。それとも、もうその道は考えないでひたすら腕白に遊び回らせてほしいって思うのか。入園する時からもう、その先の小学校をどうするかの考えとセットになってることが多いから、名門の幼稚園は人気が高くなってお受験だって必要になるし」

「ああ、今日会いに行った社長さんもお孫さんが虹ヶ宗幼稚園を考えてるって言ってたよ。卒業生の縁故が必要とかって大変そうだったけど」

「あ、そうそう。虹ヶ宗幼稚園はほぼ縁故だって言われてるんだよね」

裕は今日初めて知ったのに、志保はいつの間にどこからこの手のことを聞いてくるのだろう。志保が言った。

「由依ちゃんは何かあったのかな。虹ヶ宗に縁故」

「わかんないけど、ひょっとすると旦那さんが系列の幼稚園の出身とかなんじゃないか。あの子、確か広告代理店に就職して、そこの先輩か誰かと結婚したよね？」

大学を卒業して以来、裕も志保も彼女にはほとんど会っていなかった。年賀状のやりとりは続いているし、共通の友達も多いから、風の噂で彼女が結婚し、出産したことは知っていたが、会うのは本当にひさしぶりだ。子どもは確か、莉枝未と同じ年中さんの女の子。今日も行儀よくお母さんと手をつないでいた。

志保が考え込むような顔つきになる。

「仕事、やめちゃったんだね。平日の昼間に会ったたってことは」

「たぶんね」

「そっかぁ。なんかちょっと残念な気もするけど。代理店、ずっと希望してたし、仕事好きそうだったのに」

「今度志保に会いたいって言ってたよ。連絡先交換したから後で渡す」

「うん。私も久々に会いたいな。虹ヶ宗の話とか、お受験のこと、参考までに聞いてみたい。莉枝未は結局、保育園のままになって、幼稚園に変わったりしなかったからなぁ」

「え。幼稚園に変えるなんてこと、考えたことあったの？」

驚いて裕が尋ねる。志保の仕事は忙しいし、裕だって今の勤務形態で手いっぱいだ。幼稚園は保育園に比べて預かってくれる時間が圧倒的に短い。お昼ごはんだって給食ではなく、お弁当持参だ。互いが仕事に追われるうちでは通わせるのはまず無理に思える。

しかし、志保がなんということもないように「ええー、そりゃ迷うでしょ」と答えて、言葉を失う。

「今のゆりの木保育園にはもちろん感謝してるし、何の不満もないけど、それでも幼稚園ほどしっかり平仮名とかの勉強みてくれるわけじゃないし、周りの幼稚園ママの話聞くと、いいなって思う時もあるよ。明るいうちにお迎えに行けて、習い事とかにも通わせてあげられるなんて羨ましいな、とか。一緒にいられなくて莉枝未にも琉大にもかわいそうなことをしてるんじゃないかって思うこともあるし」

「そうだったんだ……」

「まあ、現実問題として私の仕事は余裕がないし、かなり早い段階で転園は諦めたけど」

そういう志保を見て、ふっと思い出すことがあった。

志保は確か、小学校から私立に通ったはずだ。浦安の実家から、千葉市内にある私立の小中一貫校に通ったと聞いたことがある。志保の家に行った際、彼女の母が出してきて見せてくれたアルバムに写る志保は、小学生のうちから制服姿だった。

普段は意識することもなかったが、志保はいわゆる〝お受験〟を経験していたのか。

「そういえば志保も小学校から私立だったよね？　お受験みたいなことしたわけ？」

「あ、うちの場合は都内ほどお受験事情は厳しくなかったと思うよ。確かに幼児教室みたいなものに通った覚えはあるけど」

「幼児教室？」

「お受験に必要なことを教えてくれる専門の教室。他にも、絵やピアノは習ったかな。あと体操」

「そんなに？」

「まあ、うちの場合はママが専業主婦だったし、子どもと一緒に習い事に通ったりするのは楽しかったみたいだから」

「へえー」

志保と出会ったのは大学だから、それ以前のことはそこまで意識したことがなかった。知っているとばかり思っていた妻の見知らぬ一面を見たようで、なんだか不思議な気持ちだ。

子ども時代のお受験経験者としては思うところがあるのか、志保が言った。

「お受験に反対する人の気持ちはわかるよ。子どもが小さいうちから親の希望で無理矢理やらせるなんてかわいそうだ、とか、所詮は親の見栄なんじゃないか、とか」

「うん」

志保が苦笑する。

「裕がどういう考えかはわかんないけどさ」

「でも、うちのママが言ってたことがある。小さい頃からいい学校に入れることでその後苦労しないで済むなら、私のためにできることは全部やってあげたかったんだって。その気持ちには嘘はないと思うんだよね。——幼児教室のペーパー問題ができなくて、泣くまで怒られた記憶も、確かにあるけど」

「そっか」

志保と実母は今でも仲が良い。実父のことは「お父さん」と呼ぶ志保が、なぜか、母親のことは「ママ」と昔からの呼び方をする。結婚する時、新婦の手紙で「お父さんとママのような素敵な家庭を築きたい」と読み上げていた。友達親子、という言葉があるけど、友達とまではいかずとも、年の離れた姉を頼るような仲の良さだな、と感じたことがある。

「あと、周りの話聞くと、子どものうちからの人脈作りだって思ってる人たちもいるみたい」

「人脈？」

「きっと、良家の子どもたちが集まるだろうから、大人になって仕事をする時になって、幼稚園や小学校の頃からのそういう人脈が役に立つんじゃないかって」

「ええっ、子どものうちからそんなことまで考えてるの？」

「ひょっとしたら、同じく名門校出身者のお父さんお母さんが、実体験としてそう思うってこともあるのかもね。今も、昔の同級生たちとの人脈に助けられてるって思いがあるとか」

「へえー」

入園条件の〝縁故〟の響きもそうだけど、そんなコミュニティの中に縁もゆかりもない自分たちのような家庭が仲間入りをしようと思ったら、さぞ大変なんだろうなぁと想像する。そう思いながらも、ふと、一抹の不安が胸をよぎった。

「……あのさ」

「ひょっとして、お受験、考えてないよね？　莉枝未とか、琉大の」

「ん？」

さっき出た幼児教室や習い事に始まり、お受験にはそれなりの費用がかかる、と聞いたことがある。評判のいい教室、マンツーマンの指導、という条件を足していき、上を見るとキリがない世界だ、とも。

個々に好き勝手な遊びに興じている子どもたちの姿をちらっと見る。

裕の心配に気づいたのか、志保がおどけるような笑みを浮かべた。

どこまで本気かわからない表情で「さあ、どうでしょう」と呟く。大人の話が聞こえたのか、莉枝未が「ねぇ！」とこっちを向く。

「ごはんまだ？　パパもママもお話ししないでよ」と怒られた。

偶然再会した由依との「今度会おうよ」の約束は、意外と早く、その月のうちに果たされることになった。

志保と由依が連絡先を交換し、ＬＩＮＥで何回かやり取りするうち、由依の方から「今度、久美子《くみこ》ちゃんと会うことになってるから、よかったら志保ちゃん夫婦も来ない？」という誘いがあったのだという。

枝野《えだの》久美子は、由依同様、裕と志保が知り合うきっかけになった大学のサークルの同期で、志保ともまだ連絡を取り合っている一人だ。愛称はくーちゃん。三年前に結婚し、今は琉大と同じ年の女の子のママだ。同じ年の子どもを持つ者同士、一度、琉大を連れて会ったことがあると志保からは聞いていたが、志保が仕事に本格復帰してからは、ずっと会えていないということだった。裕も、当然ずっと会っていない。

「由依ちゃんとくーちゃん、ずっと連絡取ってたんだね」

「まあ、学生時代からあの二人、仲良かったもんね。学科も一緒だったし」

たとえ大学同期やかつてのサークル仲間であっても、仕事や家のことに追われれば、その後も縁が続くかどうかはそれぞれだ。かと思うと、こんなふうに偶然再会したことで、また気軽に会えるようになったりもする。

由依たちと会うことになったのは、土曜日のランチタイムだった。

場所は、東横線沿いの住宅街にある、最近できたばかりのビュッフェレストラン。店内は開放的な雰囲気で子連れもＯＫだと言われ、「せっかくだから」と裕も誘われた。

しかし、いくら学生時代の同期生であったとしても、女子会の中に男性一人で入るのは正直気乗りしなかった。

「二人の旦那さんは？」と尋ねると、「由依ちゃんのところはお仕事で、くーちゃんのところは来られたら来るって」という返事だった。皆、子連れで来るという。

「俺はいいよ。女子だけで会ったら？」

来られたら来る、と言っているということは、久美子の夫だって間違いなく来ないだろう。知り合いが一人も来ない妻の友達の会にのこのこ出て行くようなことは、裕だってあまりしたくない。

「うーん。だけど、他の旦那さんたちと違って裕はもともと二人とも友達なわけだし、由依ちゃんもくーちゃんも会いたいって。今回の会が実現するのも、きっかけは裕が由依ちゃんに再会したおかげじゃない？　由依ちゃんも、あの時はすれ違う程度だったから、きちんと話がしたいって」

それに、と志保がおどけた照れ笑いのような表情を浮かべる。

「裕が来てくれると、トークの間に子どもたちの面倒を見てもらえるから何かとありがたいんだけど」

「本音はそれ？」

「だって、由依ちゃんのとこも、くーちゃんのとこも子ども一人だけだけど、うちは二人だし、琉大なんて特にやんちゃだし」

結局、志保と話し合いの上、裕も食事だけは同席することにした。ランチをつきあって、その後、みんながさらに盛り上がってお茶に流れるようならば、遠慮して先に帰る。

「映画でも観に行って戻ってきてくれてもいいし」と言われると、久々にもらえる束の間の休日タイムも悪くない気がした。

一日丸々解放されるよりも、むしろ子どもを妻に任せているという罪悪感が薄くてちょうどいいと感じてしまうあたり、あまり言われたくない言葉だけど、自分は育児を気に掛ける〝イクメン〟なのかもなぁと苦笑してしまう。


待ち合わせたレストランは、店内に観葉植物が多く、天井も高くて開放感があった。聞いていた通り、中央にビュッフェの台が置かれ、すでにやってきたお客さんたちが並んでサラダやパスタを取っている。

住宅街の脇道のような場所にあり、知らなければまず来られないと思ったが、ひとたび中に入ると店内には活気があった。子連れの姿も多く、入り口に畳まれたベビーカーがいくつか置かれている。席と席の間隔も十分に開いていて、絨毯《じゅうたん》が敷かれた場所があり、外国人のママが床に直接赤ちゃんをはいはいさせていた。色素の薄いふわふわな髪と真っ白いほっぺたの赤ちゃんのその自由なふるまいを、他のお客さんも店員も咎《とが》める様子がない。そういえば、このあたりは大使館も多いんだった、とその姿を見ながら思う。

「志保ちゃん！」

奥の席から手を振られ、見るとすでに由依と久美子たち親子がソファ席に座っていた。

由依が立ち上がり、志保が近づいていく。

「遅れてごめんね」

「ううん。今来たところ。志保ちゃん、ひさしぶり」

「本当！　会えて嬉しいよー」

二人が、はしゃいだ様子で手を取り合って喜びあう。

今日の由依は、この間見た時のような黒ずくめのフォーマルな姿ではなく、明るい白のレーストップスにグレーのパンツ姿だった。置かれた鞄もキャンバス地に蛍光イエローのラインが入ったカジュアルな雰囲気のものだ。この間裕と会った際にはついていた「ひさしぶり」という単語の上の「お」も今日は取れていた。

ただ、やっぱりメイクや髪型の雰囲気は学生時代とは明らかに変わった。昔の方が派手は派手だったのだろうけど、今はポイントを押さえているのかもしれない。色使いに凝るわけではないけれど、きれいな形に描かれた眉が洗練された印象だ。艶《つや》のある黒髪が、ほつれひとつなくぴしっと束ねられていて、そうすると、耳にかけられた華奢《きゃしゃ》なピアスが存在感を増して見えた。

今の彼女のこの雰囲気をどう喩えたらいいのだろう――。考えて、裕の頭にひとつ、バカみたいな言葉が浮かぶ。

セレブっぽい、だ。

保育園のバリキャリのママたちにも、志保の仕事の関係で知り合うファッション関係の女性たちの中にも、おしゃれな美人はたくさんいる。けれど、目の前の由依は、それらから一線を画して、いかにもいい家の、〝セレブ〟っぽかった。

自分のすぐ横に座っていた女の子に、由依が「真亜子《まあこ》」と呼びかける。

真亜子ちゃんっていうのか、と視線を向けると、彼女が椅子から立ち上がった。

「吉田《よしだ》真亜子です。初めまして。こんにちは」

しっかりと頭を下げて挨拶する。その声に、吉田、というのが今の由依の苗字だったことを思い出す。

真亜子ちゃんは薄い桜色のブラウスに紺色のプリーツスカートを穿いていた。莉枝未とは同じ年のはずだが、だいぶ大人っぽい。手元にクレヨンと塗り絵がある。どうやら、レストランが子連れの客に用意してくれるサービスのようで、彼女の横に座る久美子の子の前にも同じものが広げられていた。

「真亜子ちゃん、さすが。挨拶、超しっかりしてる」

感嘆の声をもらしたのは、奥の席に座っていた久美子だ。

彼女は、夏っぽい、明るい水色のマキシ丈のノースリーブワンピース姿だった。健康的に日焼けした肩を出し、帽子をかぶっている。キャラメル色のウェーブの髪。足元も、厚底のエスパドリーユで、典型的なおしゃれママといった装いだ。

「志保、ひさしぶり」と呼びかけられ、志保もそれに「ひさしぶり。今日はありがとう」と応える。

「もともと二人で会うところに入れてもらっちゃって。でも知らなかった。由依ちゃんとくーちゃん、ずっと連絡取ってたんだね」

「ずっとってわけじゃないけどね。出産の時、病院選びで迷って、そういえば、由依が住んでる場所近いから、参考に聞いてみようと思って、私から連絡取ったの」

「へえ……。あ、そういえば、二人、この沿線だったよね。このレストランもよく使うの？」

「ここはできたばっかりだから、私は知らなかった。今日初めて。由依が知ってたんだよね」

久美子が由依を見る。

「ええ。たまたま近くを通りかかって、こんなお店ができたんだって知って。お店の方針で、あまり大規模に宣伝をかけたりしないそうなの。メディアには一切出ないって方針みたいだから、通らなかったら私も気づかないままだったと思う」

由依が微笑む。それに、久美子が「あー、そうなんだ」と答え、意味ありげに、にやっと笑った。

「私はまた、セレブママの口コミで知ったのかと思った。たまたまなんだ？」

「そんな、セレブだなんて……」

由依がびっくりしたように目を見開き、それからすぐ気まずそうに苦笑を浮かべた。

その姿に、裕は懐かしい記憶が刺激される。

学生時代、明るく、サークル内のムードメイカーだった久美子は、おしゃれで仕切り上手だが、その一方で言いたいことをあまり胸にためておけない子でもあった。悪い子ではないと思うのだが、変に気性がまっすぐというか、歯に衣着《きぬ》せぬ物言いが、女子の間ではたびたび問題になっていたようだ。

対して、由依はどちらかといえばおっとりしていて、控えめなタイプだった。頼まれれば嫌と言えない真面目《まじめ》な優しい性格で、当時から久美子のざっくばらんな物言いに、こんなふうに苦笑しながら困った顔をしているところをよく見かけた。

由依を黙らせてしまった後で、しかし、久美子はそれを気にする様子もなく、「あ、でも教えてもらった産婦人科はこのすぐ近くだよー。同じ通りの奥」と、あっけなく話題を変えた。

「由依が無痛分娩だったって人から聞いて、私も痛いの絶対に無理って思ったから、それ教えてもらいたくて連絡取ったんだよね。結局、だから産院も同じとこ」

「そうだったんだ」

「志保は普通分娩だったっけ？」

「うん。里帰り出産だったんだけど、うちの実家の周りは無痛やってるところがなかったから、最初から選択肢にはなかったの。だから、ちょっと羨《うらや》ましいな」

「一回一回の検診も、涙が出るほどお高いクリニックだったけどね」

久美子が笑う。その時になって初めて裕を見た。

「鶴峯くんもひさしぶり。子ども、確か、莉枝未ちゃんと琉大くんだよね。琉大くんの方とは、一度、うちの美然《みねん》が生まれた時に同じ年の会やったから会ってるけど、うわあ、おっきくなったねー」

美しいに、天然の「然」と書く美然ちゃんは、世界にひとつだけの名前がいい、と久美子が考えに考えた名前の女の子だ。それまでは、美しいに音と書いて「美音《みおん》」という名前を考えていたそうだが、調べてみると同じ名前の子が多いと思ったそうで、届けるギリギリに考え直した、と当時、志保に話していた。

裕たち家族を待つ間、ひょっとすると真亜子ちゃんは美然ちゃんに絵を描いてあげていたのかもしれない。真亜子ちゃんがやっていた塗り絵は美然ちゃんの席の近くに置かれていて、上に猫や魚の絵が描いてあった。――その絵のうまさに、裕はひそかに息を呑む。単なるマークや記号的な絵ではなくて、猫はアーモンド形の目やぶち模様が、魚には鱗やひれがちゃんと描かれている。

母親たちの会話をよそに、エプロンをつけた美然ちゃんが「描いて、描いて」と上目使いに、真亜子ちゃんにせがんでいた。


「やだ、さすがに靴下のままジャングルジムはやらないよ。滑ってあぶないじゃない」

由依が言った。食事をする手を止めて、志保や裕の方を見る。

子どもたちは、何か気の合うポイントでもあったのか、あっという間に打ち解け、特に同い年の真亜子ちゃんと莉枝未はすぐに互いの名前を憶えた。二人で一緒に「あれ取りに行こう」と料理の方に出かけていく。

ともに二歳になったばかりの美然ちゃんと琉大は、他の子にまだ関心が薄いようで、それぞれの親の横に座ってご飯を食べている。

大人たちの話題は、由依が真亜子ちゃんを通わせている虹ヶ宗幼稚園のことに移っていた。

お受験のための厳しい幼稚園なのではないか、と志保が尋ねると、由依が笑ってやんわりと否定する。

裕が度胆を抜かれた〝靴下のままジャングルジム〟は、やはりデマなのだという。

「うちの幼稚園、そんな噂があるの？」

「ごめんごめん。違ったなら謝る。私もうちのお客さんが、虹ヶ宗幼稚園に通ってる別のママから聞いたっていう話の又聞きだから、記憶違いだったのかも」

「もう、ひどいなぁ。それじゃまるでうちの幼稚園が外遊びで靴を履いてないみたいじゃない」

ふざけ調子に頬《ほお》を膨《ふく》らませるが、由依のその声も顔つきも明るい。真剣に不愉快に思ったり、怒っている様子がなくて、横で見ている裕もほっとする。

しかし、その時、由依が言った。

「靴はちゃんと履くよ。それどころか、うちは見た目には相当こだわるから。体操着のデザインがめちゃめちゃかわいくてね、子ども服ブランドのFに頼んで作ってもらったニットベストもあるタイプで、真っ白いんだけど、それに染みができたりすると、もう真っ青。毎回、運動会の後はとれない染みもできたりするから、そうなると買い直したりとか」

「え？」

「いっそのこと、体操着はずっと使わないで保管しといてくれないかなぁって思っちゃうくらい」

「染み、ひとつもついちゃダメなの？」

「ダメってことはないけど、みんなすごくきれいな状態で着てるから、うちだけ汚いままってわけにはいかなくて」

彼女の口調は淡々としていたが、志保が一瞬、返事に詰まったのがわかった。

真っ白いニットベストで遊ぶ子どもたち。想像してみると、確かに素敵な光景かもしれないが、どことなくできすぎた印象を受けてしまう。――おそらく、そこから派生してジャングルジムの噂が立ったのだろう。

名門幼稚園には名門なりの、そこだけで通じるルールや常識みたいなものもあるのかもしれない。思っていると、「ねえ」と久美子が身を乗り出した。

「虹ヶ宗、入るの大変じゃなかった？　うちも再来年、美然が幼稚園だからすごく迷って。今はもうどこに行かせたいか、受けるところを決めたけど、それでもまだそこで本当にいいのかなって揺れてるくらい。その先のお受験どうするかも含めて」

志保が言っていたことを思い出す。

幼稚園選びは大変。自分は、問答無用に保活に追われた分、選択肢が多い幼稚園ママよりかえって苦労しないで済んだ、とすら言っていた。

どうやら、幼稚園は、どこに入るかで方針や園の雰囲気がだいぶ違うらしい。特に、その先の小学校受験をどうするかは、園選びの際には外して考えることのできない重要なポイントになるようだ。

由依が微《かす》かに笑って、飲んでいたホットのハーブティーのカップをソーサーに下ろす。久美子に尋ねた。

「くーちゃんは、結局どうした？　どこの幼稚園にしたの？」

「小学校をどうするかは、今の段階では私もまだ決めきれないから、結局、どっちにしても大丈夫そうな私立の幼稚園にしようかと思って。そこならお受験する子もいるし、公立に進む子もいるから、焦って今全部決めなくていいし」

久美子が言いながらため息をつく。美然ちゃんと同じ年の、裕の横に座る琉大をちらりと見た。一般的に幼稚園に入るのは三歳からだ。

「琉大くんは保育園ってことは、もう集団生活してるんだよね？　なんか信じられないなぁ。その年で送り出すの、不安じゃなかった？」

「うーん。うちはもう、お互いの仕事のためになりふり構わずって感じだったから、そういう心配をする暇もなかったかなぁ。莉枝未が早くから保育園でうまくやってたし、〇歳からだったから、琉大もまだ物心つかないうちに園に慣れてくれたし」

話を聞きながら、裕もそっと美然ちゃんを見る。同じ年であっても、美然ちゃんはまだお母さんと日中ずっと一緒に過ごしているのだということの方が、裕には逆に不思議に感じられる。家庭にとって、何が〝普通〟なのかはそれぞれ違うということなのだろう。

するると、由依が言った。

「うちはね、夫と相談して、真亜子を一歳からプレスクールに、二歳からはキンダースクールに通わせたの。だから、幼稚園に入る前も集団生活をしてないってことはなかったかな」

「プレスクール？」

「うん。プレスクールは週一回のお遊戯とか音遊び。キンダースクールは週二回、お弁当を持ってお昼まで通うスクールで、そこに虹ヶ宗系列の幼稚園に通う予定の子がたくさんいたんだよね。そこのお母さんたちと仲良くなったし、真亜子もお友達ができたから、みんなと同じ幼稚園に通いたいって気持ちで、だから自然と虹ヶ宗を考えるようになったの」

「一歳から？」

志保が尋ねる。

本当は、裕も「一歳から！」と声を上げたい気持ちだったけれど、黙っていた。妻たちの女子トークに物を知らない旦那が中途半端に口を挟んだところで、おそらくいいことは何もない。

「うん。おかげで私も育児の合間にそこに通うことで息抜きになったし、真亜子にも協調性が育った気がするわ」

「ええー、ねえ、どうやってそういうスクールの情報をゲットするの？　私も、いくつか幼稚園調べたら、週二の二歳クラスをやってるとこがあって、三歳からの入園枠がそこの子で実質埋まっちゃう、みたいな話をよく聞くんだよね。知ってたら、うちだって一歳から準備したかったのに」

「うちの場合は、調べたっていうより、たまたま聞いたの。働いてた頃の会社の先輩にお受験経験者も多かったし、運がよかったとしか」

由依の前職は、大手の広告代理店だ。そこで出会った八歳年上の先輩と結婚したと聞いている。華やかなイメージのある業界だし、確かに幅広く知り合いができるだろうから、自然といろんな情報が入ってくるのだろう。

志保が尋ねた。

「でも意外。由依ちゃんは仕事好きそうだったのに。辞めたのは出産のタイミング？」

「ううん。結婚のタイミング」

「えー！」

由依の答えに、志保と裕の両方の口から驚きの声が上がる。由依は慣れているかのように苦笑した。

「よく言われるんだよね。一昔前と違って、今のご時世に結婚で退職なんてまず聞かないって。最近じゃ、出産でもやめることは珍しいのに」

「ごめん。正直驚いた。由依ちゃん、仕事、向いてそうだなって思ってたし、あの会社ならワーママも多いでしょ？　産休とかもちゃんと取れるんだと思ってた」

ワーママというのはワーキング・マザーを意味する。由依が頷いた。

「産休も育休も取れるし、先輩ワーママもいっぱいいたよ。辞める時もあちこちからもったいないって言われた」

「言われるでしょう、それは」

思わず裕も言ってしまう。しかし、由依の顔は晴れ晴れとしていて、それを「もったいない」と惜しんでいる雰囲気はあまり感じられない。

「うちの場合は、主人とつきあってる時から、そこはもう覚悟の上だったの。向こうのご両親が、妻には家庭に入ってほしいって考えているタイプの人たちで、実際、お義母さんが、息子にふさわしい女性の目星をつけてたらしいんだよね。知り合いに紹介を頼んだりして。――だから、親が選んだ相手じゃなかった時点で、私はちょっとアウェイだったの」

どうやら由依の旦那さんは、ずいぶんいい家柄の人のようだ。親が結婚相手を探してくる、という点にしても、いまだにそういう世界もあるのか、と驚いてしまう。

そういえば、自分の夫のことを「主人」と呼ぶのも、裕たちの周りではあまり聞かない。志保のママ友は、多くが名前か「彼」「夫」「パパ」、せいぜい「うちの旦那さん」という呼び方をする。

「そんな状態だったから、結婚を考えた時点で、家庭に入ることが条件だったたって感じかな。仕事は好きだったけど、そういうのも悪くないかなって」

「いいなぁ」

　声を出したのは、それまで黙って聞いていた久美子だった。ため息をついて、「うちはそんなふうに思えなかった」と呟くように言う。

「いいなぁ」

「ワーママの環境がなくて、〝もったいないことした〟のは私の方かも。うちの会社は、産休育休が形だけ認められるけど、女性は子どもができて時短勤務とかになった時点で出世ができなくなる感じだったんだよね」

「そっか。くーちゃんは、出産を機に退職したんだっけ」

「したっていうか、せざるをえなかったっていうか。まあ、いいんだけどね、もともと仕事きつかったし、そこまで愛着を持てる会社でもなかったから、残ったところで遅かれ早かれ、やめる選択はしてたと思う」

久美子は以前、化粧品会社の営業の仕事をしていたはずだ。女性の多い職場なのに、と意外に思うが、彼女の会社では営業の仕事ができるのは、一部の管理職を除いて三十代前半までだったそうだ。常に若い新入社員が担当することが望ましいとされていたそうで、それもまたシビアな話だと思う。

「未練があるってわけじゃないけど、子どもに関しては、どうして女の方だけこんなに仕事で損しなきゃいけないんだろうとは思うかな」

「くーちゃんも優秀だったって話だもんね。一度、知り合いの美容室に商品の紹介をお願いしたけど、その時の人もすごくよくしてもらったって感謝してたよ」

　志保が言うと、久美子が「あの時はどうも」と笑った。それから美然ちゃんの手を取って、「まあ、今も楽しいけどね」と付け加える。

「だから、そういうふうに躊躇《ためら》いなく家庭に入れたっていうのはやっぱり羨ましいよ。虹ヶ宗幼稚園には、旦那さんの関係か何かあったの？」

「ええ。主人が虹ヶ宗系列の幼稚園だったから、うちはわりにすんなり決まって」

「ってことはご主人も小学校から私立？　お受験してたってこと？」

「うん。向こうのご両親は、真亜子もそこにって思ってたみたいなんだけど、あの人の母校の小学校は女の子の受け入れ枠が少ないことで有名だから、ちょっと無理かな」

「でも、虹ヶ宗に通ってるってことは、真亜子ちゃんもどこかはお受験するんだよね。あそこの園、やっぱり特別な勉強とかしてくれるの？」

　お受験に強い幼稚園、というのは、形は多少違うけれど、高校選びで進学校と呼ばれる場所に行くかどうか決めるのと、似たようなものなのかもしれない。周りがみんなお受験をする家庭ばかりだったら、おそらく意識も高くなるだろうし、幼稚園でも目標を絞った教育をしてくれるのだろう。

　そう思っていると、しかし、意外にも由依が「そんなそんな」と首を振った。

「確かにお受験をする家庭は多いし、お行儀や挨拶なんかには気を遣うけど、基本的には虹ヶ宗も普通の幼稚園とそんなに変わらないと思うよ。猛勉強をするとか、特別な教育ってことはないと思う。そういうのはほとんどが幼児教室の役割だから」

「めちゃくちゃお金かかるんだよね、幼児教室って」

久美子が遠慮のない口調で言う。由依が苦笑した。

「うちは今のところそうでもないけど、この先〝新年長〟になっていくらかかるのかは、正直あんまり想像したくないかな。考えないようにしてる」

「どんなとこに通ってるの？　今日はそういうのも聞きたかったんだよね。志保も知りたくない？　あ、そういえば、志保のとこはお受験、考えてないの？」

「うーん。うちは申し訳ないことに子どもにそんなに時間を取ってあげられないから、今のところは。近くの公立小学校もよさそうなところだし」

お受験を考える家庭の動機のひとつには、公立小学校の雰囲気や治安を心配して、ということも多いそうだが、幸い、裕たちの近所の小学校では悪い噂は聞かない。むしろ、たまたま通りかかった際に見かけたグラウンドでの運動会の様子などもかなりよかった。

自分に話が及ぶと思っていなかった様子の志保が戸惑い気味に答えると、由依が言った。

「でも、志保ちゃんは正直お受験向いてると思うよ。お受験も言ってみれば戦略と計算がいろいろ必要だから、そういうことに長《た》けてる自営のワーママはやったら絶対にハマると思う」

「えー。うちは無理だよぉ」

お受験って、ハマる、とかそういう問題なのだろうか、と思っていると、「で、真亜子ちゃんは習い事、何に通ってるの？」と久美子がせかす。観念したように由依が答えた。

「今のところは大手の幼児教室にひとつ、あとはお絵かきとバレエ教室くらいだよ。新年長になったら、もう一段階きっと本腰入れることになるから、家庭教師か個人指導してくれるところを探そうと思ってるけど。ほら、やっぱり子どもへの指導はプロに一対一でしてもらうのが一番心強いから。——今入れたいな、って思ってるところは今年の受験の子でもういっぱいだから、予約待ち」

「やっぱり人気があるとこは決まってるんだ？」

「人気があるっていうか、どの学校の対策だったらどこ、みたいに決まってるって感じかな。ペーパーテスト重視なのか、それとも行動観察やお絵かきみたいな制作が重視されるのかも、学校によって傾向が違うし」

「行動観察？」

「ルールのあるゲームをしたり、自由に遊んだりしてるところを先生たちが観察して評価するの。中には、お弁当持参で、半日くらいみっちり様子を見られる学校もあるくらい。あとは、面接重視のところもあるよ。園のお友達の中には、親子面接に備えてパパを意識改革しなきゃって、幼児教室のセミナーで見た目から矯正してるご家庭もあったりね。金時計や金のベルトはやめて革ベルトにしてください、とか。髪型やスーツの着こなしなんかも」

「へえ……。そんなところから」

裕にとってもなんだか他人事ではない話だ。

「やっぱり持ち物からこだわるの？　お洋服も」

職業柄興味があるのか、志保が尋ねる。確かに、デパートに行くと、お受験対策らしい女性のブラックフォーマルや、子どもの礼服のコーナーがあるのをよく見かける。

由依が頷いた。「いろんなジンクスがあるよー」と。

「売り場に行くと、『うちの服を着た子はみんな合格したんですよ』とかも言われるし、あとは、親の持ち物なんかも、幼児教室の先生には結構しっかり見られる。床に置いた時にふにゃって型崩れしないバッグの方がいいから、エルメスを買ってくださいって言われた人もいるし、かと思うと、園の先生にはあんまり華美に見られたくないからって、ブランドのロゴを頑張って後ろ向きにして体にくっつけて隠したり」

「わー、大変そうだ」

「洋服だけじゃなくて、写真なんかもジンクスまみれ。あのデパートの写真館で撮るのが合格の定番って言われてたかと思うと、あそこは絶対ダメで幼児教室の先生が指定したとこでしか撮っちゃいけなかったり。去年受験した知り合いのお母さんは、教室の先生から提出する写真のオッケーがなかなか出なくて、写真代だけでかなりの散財だったたって嘆いてた。――うちはまだ本格的に始めてないけど、新年長になったら覚悟しないとって思ってるところ」

教室や習い事、洋服や写真代に至るまで、総額いくらになるのか。裕が想像する金額を遥かに超えていそうで眩暈《めまい》がする。どうか志保が触発されてその気になりませんように、と祈るような思いで、由依を見た。

「新年長っていうのは、来年の四月からのこと？」

耳慣れない言葉なので尋ねると、彼女が首を振った。

「ううん。受験が終わるのがだいたい十一月から十二月だから、それが終わってすぐの〝次の年長さん〟がそう呼ばれるの。だから、新年長って呼ばれる期間は、年中さんの十二月から四月になる前までの間。その期間に幼児教室の説明会があったり、募集がかかるの」

「だいぶ前から準備するんだね」

素朴にそんな感想を持つが、考えてみれば当たり前かもしれない。大学受験だって高校三年間かけて塾に通ったりするし、何より小学校受験には浪人はできないのだ。早くから準備したいと思う人たちも多いのだろう。

うちではお受験は考えていないが、もし考えていたとすれば、莉枝未もこの秋から準備が必要だった年なのか。うちの子が行動観察のような試験に耐えられるとはとても思えないから、改めて絶句する思いだ。

「――ってことは、真亜子ちゃんもこの秋から本腰入れるわけだ」

「そうなの。先のことを考えると頭が痛いんだけど。あ、あと、今考えてる小学校がミッション系のところだから、教会の日曜学校にも通ってるよ」

「あ、だからこの集まりも土曜日だったの？」

久美子が聞いた。

「日曜は避けてほしいっていうから、何かと思った」

「ごめんね。うちの勝手な都合で」

由依が申し訳なさそうに苦笑する。

当の真亜子ちゃんは、莉枝未と一緒に持ってきた料理を二人で並んで食べている。莉枝未がすぐにパスタにフォークを突き刺したのと比べて、真亜子ちゃんは食べる前に、きちんとお皿の前で手を合わせて「いただきます」と口にする。

気のせいでなければ、莉枝未が炭水化物やお肉を多めに持ってきたのと比べて、真亜子ちゃんのお皿にはサラダなどの野菜が多い気がする。裕と同じことに気づいたのか、志保が「さすがだね」と感嘆の声を漏らした。

「真亜子ちゃん、自分から野菜取ってくるんだ？　うちの子たちは親が食べろっていうまで食べないよー」

「真亜子、野菜が好きなの。逆にお肉やお魚はこっちが言わないと少なめで困ってるくらい。子どもっぽくないわよね」

由依が困ったように首を傾げる。そうしながらも、そんな真亜子ちゃんのことがかわいいのだろう。顔つきが明るい。

「ただ、受験の時には、面接で、今日は何を食べましたか、何が好きですかって聞かれることもあって、そうすると、子どもは嘘がつけないでしょう？　急に生活を変えるよりは、もう今のうちから実際に聞かれても困らないような食事を作ろうって、心がけるようになったの。朝もちゃんと魚を焼いて、具材の多いお味噌汁を作って。これは幼稚園から、その方がいいですよって勧められたことだけど、おかげで我が家がみんな健康的になったかも。あと、いろんな経験をしているに越したことはないから、キャンプに行ったりもするようになったし」

「キャンプ？」

「うん。幼稚園に夏休みの絵日記を提出するんだけど、そこに何もなしって書かせるわけにはいかないでしょう？　絵日記のために出かけるなんて本末転倒してるって思われるかもしれないけど、うちは逆にそれがとてもよかったの。キャンプや海や、花火大会や、地方の伝統行事のお祭りなんかにも出かけたかな。来年も、今度は受験で夏の思い出を聞かれるだろうから、そのためにまたどこか行くつもり。どこに行こうって考えるのも、楽しみなんだ」

「その気持ちはちょっとわかるかも」

志保が頷いた。

「保育園のママにも、上の学年でお受験したお母さんが何人かいるけど、みんな、聞くと意外に楽しかったって言うんだよね。お受験前の数ヵ月だけ、割り切って仕事を休んだって人もいたよ。お受験がなければ子どものための休みなんて絶対取ろうっていう気にはならなかったし、普段忙しくしてる分、教室やお稽《けい》古《こ》に通うのも罪滅ぼしだと思って、子どもとすごく楽しく過ごしちゃったって言ってた」

「ほら、ワーママは、だからお受験向いてるんだってば」

由依が楽しそうに言って志保を覗き込む。話を聞きながら、裕はそんな考え方もあるのか、と感心していた。

まだ子どもが十分に物心つく前に親の決定で飛び込むお受験は、どうしても「子どもがやらされている」という批判がつきものだ。けれど、そんなふうに子どもと親で一緒に楽しむ、という場合もあるのか。

「だけど、ほんと、由依はいいお母さんだねぇ。なんか自分のこと反省しちゃうな」

久美子が言う。それは、志保も裕も同じ気持ちだった。時間がない、ということを言い訳に、鶴峯家の食事もついつい手抜きになることが多い。

　褒められたことで逆に気まずそうに、由依が肩をすくめる。

「うちもそんなにたいしたことをしてるわけじゃないよ。――とにかく、幼稚園からはそんなふうに生活の指導があったりするくらいで、勉強をするわけじゃないから、基本的にはゆったりした雰囲気だよ」

「ええっ、でも虹ヶ宗って、受験の時に幼稚園の方でみんなの受験番号を管理するんでしょ？　私、聞いたことある」

　久美子が言って、それには裕も「え」と驚く。志保も初耳だったらしく、目を瞬《しばた》いた。

「自分のところの園児がどれくらい合格したか見るために、みんなから受験校聞いて先生たちが番号を管理するって。なんか、予備校の合格実績みたいだよね。それは普通の幼稚園じゃないことだし、やっぱり虹ヶ宗は特殊だよ」

「管理っていうと大袈裟《おおげさ》だけど」

　由依が首を振るが、否定しないところをみると事実なのだろう。

「お受験は、確かにみんなするから」

「真亜子ちゃんはどこ受けるの？」

「えっ」

　久美子からの屈託ない質問に、場の空気が――正確には、由依の表情が凍りついた。

聞いた久美子に悪気はないのだろう。もともとこういう子なのだ。就活の時、サークルの部室で「で、どこ受けたの？　どこまでいったの？」と明け透けにみんなに尋ねていた光景が重なる。

言葉に詰まった由依に、久美子が重ねて尋ねる。

「今、考えてる学校があるって言ったよね？　もういろいろ調べたり、準備始めてるんでしょ？」

「でも、まだ完全に決めたわけじゃないから」

「じゃ、ミッション系のとこってどこ？」

「あ、うん。そこもまだ、ちゃんと希望してるわけじゃないんだ」

由依の歯切れが悪くなる。久美子の顔に釈然としない様子の表情が浮かぶ。とはいえ、それ以上は追及することもなく「ふうん。そうなんだ」と彼女も引いた。

正直、裕には見ていてひやひやする光景だった。

お受験は何かとデリケートな問題だという気がするから、できることなら受験する学校の名前はまだ言いたくないのだろう。その気持ちは裕にも漠然とだが想像できる。

志保の言った通り、保育園のママの中にもお受験を経験したママはいる。しかし、たいていはお受験のことは、受かった後になって初めて教えてもらえる。教室に通うために早めにお迎えに来ていたり、なんとなく雰囲気でわかってはいても、終わるまではお互いに踏み込まない。合格すればいいが、不合格だったら気まずいのだろうし、また、お受験をしない他の家庭に対して、遠慮のような後ろめたさもあるのだろう。

考えてみれば、何も罪を犯しているわけではないのだから、後ろめたいというのもおかしな話だ。お受験は由依の話を聞いていても、裕福な層が考える、ある種限定的な事柄だから、そのあたりに気まずさや遠慮のような感情が働きやすいのかもしれない。

由依が俯いてしまう。

そういえば、さっきから彼女の前に置かれた皿は、パスタもサラダも中身がほとんど減っていない。ハーブティーばかりを何杯もポットから飲んでいる様子を見て、ずっと聞き役に徹して彼女にばかり話させていたことを少しばかり申し訳なく思う。

「でも本当、話を聞けば聞くほど焦るかも」

久美子が言った。大きなため息をついて美然ちゃんを見る。美然ちゃんはにこにこしながら「ママ、これ、食べるでしょ」と間延びした声で料理をさしている。さすがに女の子は言葉が早い。琉大よりずっと物言いがしっかりしていた。その手を取りつつ、久美子が続ける。

「由依みたいに早くから動いてるって人の話を聞くと、すごいなぁって思う反面、圧倒されて自分のこととしては焦る。今何もしてない私って遅いのかな、この子のためにもう動いてなきゃいけないいんじゃないかって。どうしよ、不安があおられる感じ」

「でも、お受験は極端な話、二ヵ月前くらいから急に決心して動く親子もいたりするって話だよ。まだ美然ちゃんは小さいし、今から調べるならいろんな可能性があるんじゃない？」

「でも、何もしてない私って、由依に比べると怠けてたみたい。それに、二ヵ月前じゃ、結果だってきっと撃沈でしょ」

志保の言葉に久美子がふざけ調子に笑う。由依が顔を上げ、静かに微笑んだ。

「私もいろんな人に助けてもらったり教えてもらった結果、今はだんだん迷ったり揺れたりしなくなってきた、っていうだけだから、本当にたまたまなの。もしくーちゃんが美然ちゃんの受験を考えたりするようだったら、私に教えられる程度のことは相談に乗るよ」

「ありがとう。それはすっごく心強い」

久美子が言って、それから「あ、ねえねえ」と話題を転じる。「何？」と顔を向けた由依に向けて、彼女が聞いた。

「実はもっと怖くて大変な話もあったりする？　虹ヶ宗や幼児教室でのママ友との関係って、なんか、すごい世界が広がってそう。参考までにあったら教えて」

「あー……。それは」

久美子の口調は、〝参考までに〟というよりは、他人のゴシップを知りたがるような雰囲気があった。再び由依が言いよどんだのを契機に、裕は「そろそろ行くよ」と志保に告げる。あとは女同士だけの方がいいだろう。

「えーパパ行っちゃうのー」と抗議の声を上げる莉枝未と琉大だったが、他にも年の近い子どもがいて楽しいからか、いつもほどは別れを惜しまれることも泣かれることもなかった。

「お茶が一段落したら連絡して。迎えに来るから」

志保に言う。映画は観られないかもしれないけれど、一人でこの辺りのレコードショップを見たりする時間くらいはありそうだ。

彼女たちが店を移動するとしてもこの近くだろう。あるいは、このお店の雰囲気ならば子連れで長居をするのも許してくれるかもしれない。さっきからテーブルの周囲を歩く店員さんが誰も皆優しそうで、座っている琉大や美然ちゃんに微笑んだり手を振ったりしてくれる。子ども連れの外食は肩身が狭いので、こういう対応をしてもらえるとほっとする。

二時間ほどで戻ることを告げて、裕は一人、先に店を出た。


しかし、裕が戻ると、状況は一変していた。

女子会のお開きを志保からＬＩＮＥで告げられ、裕は、さっきの店の近くにある公園に呼び出された。まだみんないるのかな、くらいの気持ちで公園に向かうと、そこに、志保と由依が二人で立っていた。

久美子たち親子の姿はすでになく、子どもたちは三人とも公園の遊具で遊んでいる。莉枝未と琉大はすべり台をエンドレスで滑っては上り、滑っては上り、を繰り返している様子だが、真亜子ちゃんは、そんな二人につきあいながらも、その脇で立ったまま話をしている母親たちの方を、気遣うようにちらちら見ていた。

おまたせ、と声をかけようとした裕の耳に、その時、思いがけず強い調子の由依の声が聞こえた。

「信じられない、あの人、あんなこと言うなんて」

それはびっくりするほど激しい調子の声だった。思わず由依の顔を見ると、彼女は涙目で、興奮したように頬が赤い。――怒っているのだ、とわかった。

「どうしたの？」

思わず裕が声を掛けると、由依がはっとしたようにこちらを見た。その前で困ったような顔をした志保が、現れた夫の姿にほっとした表情を浮かべる。

由依は何も答えずに、赤く上気した頬のまま唇を引き結んで俯いてしまう。その彼女に、志保が「大丈夫だよ」と声をかけた。

「大丈夫。私は気にしてないから。由依ちゃんも、だから気にしないで」

「ごめんね」

由依が絞り出すような声で言う。涙目になった顔を上げて、志保を見た。

「今日も、私が誘って来てもらったのに。――実を言うと、最近はあの人から会おうって言われるたびにあまり気が進まなかったの。だから、志保ちゃんたちに来てもらえたらって思ったところもあったんだけど……」

どうやら、由依が言っている『あの人』は久美子だ。話に入れず、裕が黙ったままでいると、志保が「悪気はないんだよ」と由依に言う。久美子をフォローするような声だった。

「もともと言いたいことをズバズバ言っちゃう子だから。くーちゃんも何も悪気があって言ったわけじゃないと思うし」

「――あれは、悪気も、悪意もあるよ」

思いがけず強い声で由依がきっぱりと言った。

志保もこれには驚いた様子で、顔が一瞬固まる。ややあって、「そうかな？」と呟くと、由依はこくんと頷いた。

「だから、私も許せないんだと思う。受験のことに関しても、本気かどうかわからないのに、本気でやってる相手に対してあんな聞き方をするのは無神経だわ」

自分でも言い過ぎたと思ったのかもしれない。そこまで言って、由依がふっと視線を和らげ、改めて志保を見た。「ごめんね」とまた言う。

「せっかくの機会だったのに、志保ちゃんにも嫌な思いをさせて、本当に申し訳なかった。でも、よければまた会おうね。次は、久美子はもう誘わないから」

風が出てきて、少し寒かった。いつの間にか、すべり台をやめた真亜子ちゃんが由依の近くに立って、お母さんの服の裾をつかんだ。由依は学生時代から、おとなしくて真面目な子だった。その彼女がこんなふうに声を荒らげるのは裕にとっても意外だ。真亜子ちゃんも、心配そうに母親を見上げている。

志保が「うん」と頷いた。興奮する由依をなだめるように「近いうちにまた会おう」と呼びかける。

✤

一体、裕がいなくなってから何があったというのか――。

志保がぽつぽつと説明し始めたのは、由依たちと別れた帰りの車中だった。

遊び疲れたのか、車の後部座席では、子どもたち二人がすでにくかーっと気持ちよさそうに口を開けて眠っていた。

驚くべきことに、久美子が何かを言った相手は、由依ではなく、志保だったそうだ。

「ごはん食べ終わって、そろそろお店を出ようかって頃に、琉大と美然ちゃんでお菓子の取り合いになったんだよね。お店の店員さんが、小さい子へのサービスですけど、あげても構いませんか？　って、ミニパックのビスケットを持ってきてくれて」

「うん」

「美然ちゃんが先に食べ終わったんだけど、琉大はその頃まだビュッフェで持ってきたプリンの方に夢中で、ビスケットはテーブルの上に置いたままだったのね。そしたら、自分の分を食べ終わった美然ちゃんがぱっと琉大の分を手に取って」

「ああ……」

小さい子ども同士の集まりではよく見る光景だ。まして、琉大も美然ちゃんもともに二歳児。まだ、自分のもの、他人のもの、という概念は薄い。

「琉大がそれに気づいて、怒って。かといって美然ちゃんにつかみかかるわけでもなくて、『りゅちゃんのー！』とか言いながら、手をぶんぶん、カマキリが人間相手に鎌を振りあげるみたいに主張してたの」

「それはなんか目に浮かぶなぁ……」

まさに〝蟷螂《とうろう》の斧《おの》〟という故事成語があることを思い出す。強い者に対して、自分の実力を顧みず挑んでいくことのたとえだが、琉大の場合は、相手を叩かないで抗議できるようになったのだとしたら、それは大成長だ。保育園でも、相手を嚙《か》んだり叩いたり、逆に嚙まれたり叩かれたり、の揉め事は多い。

志保が続ける。

「美然ちゃん、結構どっしり構えててね。琉大に何を言われても堂々としてたんだ。ビスケットの袋を持ったまま、じーっと琉大を見てるだけで全然返そうとしないし、冷静なの。くーちゃんも、『ほら、美然、ダメよ。返して』とか最初は言ってくれたんだけど、そのうちむきになった琉大が泣き出して」

「……主張は豪快だけど、小心者だし、ビビりだからな。琉大」

「うん。私も、琉大はその前もプリンをちょっと食べ過ぎだったし、堂々としてる美然ちゃんがすごいなーくらいの気持ちで笑いながら見てたんだけど」

裕の言葉に一瞬微笑んだ志保が、しかし、その後で小さなため息をつく。

「その時に、くーちゃんが言ったんだよね。『すごーい。保育園児に勝ったー』って」

「えっ」

思わず、助手席の志保を見る。怒ったり、不愉快に思っている様子こそないが、困惑した表情をしていた。

「言われた時は、私はただびっくりして、茫然としちゃってただけで、その場は何もなく終わったんだけど。その後で、お店を出てから、くーちゃんだけ別方向に先に帰ったのね。この後買い物で寄りたいところがあるからって」

「うん」

「そしたら、二人だけになってから、由依ちゃんに謝られたの。今日、せっかく来てくれたのに、嫌な思いをさせてごめんね。あんなこと言うなんて信じられないって」

「そうだったんだ……」

志保と由依のやり取りを思い出す。悪気があったわけじゃないと思う、という志保に対して、由依がきっぱりと言った。悪気も、悪意もあるよ、と。

志保がため息をつく。

「美然ちゃんはまだ幼稚園に入ってないけど、琉大がもう集団生活してること、ごはんの時から気にしてる様子だったし、ひょっとすると、ちょっと引っかかるとこがあったのかもね。たぶん、そこまで深い意味があって言ったことじゃないと思うんだけど。──ものすごく無邪気な声だったし」

由依の言うような悪気や悪意、というのとは少し違うかもしれないけれど、思わぬところに本音が覗いたのは確かなのかもしれない。

働いている、働いていない。

それにより、子どもがもう集団生活をしているかどうか。

そういえば、久美子は、由依のところの真亜子ちゃんが二歳からキンダースクールに通っていたことの方にもだいぶ反応していた。

志保が幼稚園ママのことを「いいな」と感じるように、幼稚園ママが志保のような保育園ママを羨ましく思うことだってきっとあるのだろう。まして、久美子は自分から望んで仕事を辞めたというわけでもないようだった。

『保育園児に勝った』という久美子の発言は、幼稚園より、保育園に預けられた子どもの方が早くから集団生活をしていたり、長時間親から離れるため逞《たくま》しい子どもになるはずだ、という前提があるからこそなのだろうけど、それだって子どもの個性によるし、偏見だと感じられなくもない。

しかし、だからといって裕には、我が子をバカにされたとか、ひどいことを言われた、という当事者としての怒りや不愉快さは、不思議とそこまで湧いてこなかった。志保と同じく、呆気に取られて茫然とする感覚に近い。

志保が言う。

「まあ、難しいよね。——今日の由依ちゃんの話を聞いてもそうだけど、早いうちから子どもにいろんなことをさせてる人を見ると焦る気持ちは誰にでもあるだろうから。私は仕事してるからまだ諦めがつく部分もあるけど、そうじゃなかったら、由依ちゃんみたいな人を前にしたら、私だって、何もしてない自分は怠けてるんじゃないか、子どものためを思ってないんじゃないかって、もっと責められてる気持ちになったかもしれないし」

信号待ちで車が停まると、志保が窓の外をぼんやり見ていた。「お受験もそういうところがあるのかも」と続ける。

「子どものためによりよい環境を目指して頑張ってるお母さんたちの、言ってみれば、お受験は〝仕事〟みたいな面もあるわけじゃない？　目に見えて成果が出る、自分の目標であり使命。横の誰かがそれを実行してるのに、やらない自分は〝母親の仕事〟を放棄してるんじゃないかって焦っちゃったりするんじゃないかな。かといって、飛び込むにはあまりにも大変な世界に思えるから、いざするかどうかも迷う」

「確かに、くーちゃんの様子見てると、お受験に興味はありそうだけど、真剣に考えてるかどうかはまだわかんない感じだったね」

――本気かどうかわからないのに、本気でやってる相手に対してあんな聞き方をするのは無神経だわ。

怒りに震えた由依の声を思い出す。

由依があそこまで久美子に怒っていたのは、何も志保のためばかりではないのだろう。

今日話を聞いていても思ったことだが、お受験の世界は、その世界を知る人たちだけが入れる鉄壁の守りを誇る城のようなものだ。その中に入って真剣にやっている身からすれば、興味本位であれこれと詮索されたくないのかもしれない。

案の定、志保が言った。

「裕も見てて気づいたかもしれないけど、由依ちゃん、くーちゃんと会うといつもあんな感じでセレブってからかわれたり、質問攻めに遭ったりで最近はあんまり二人で会いたくなかったみたい。だから、私たちも一緒ならって思ったんじゃないかな。おかげで今日はいろんな話が聞けて私も楽しかったけど」

「様子見てると、由依ちゃんもくーちゃんからは相当これまでもいろんなこと言われてそうだもんなぁ」

志保が「うん」と頷く。

「不思議なもので、女同士って、自分が言われた時には大っぴらに怒れないようなことが、隣の友達がやられると怒ってもいいような雰囲気になったりするんだよね。一緒に自分の怒りまで噴き出して、それで止まらなくなる。——裕がいなくなった後も話を聞いたけど、虹ヶ宗幼稚園、やっぱりママ友の間もすごく大変そうだった。そんな中、からかうみたいにセレブとか言われたら、そりゃちょっとムッとするかも」

「虹ヶ宗のママ友、やっぱり大変なんだ？」

自分が見た、坂の上から降りてくる優雅な親子連れの一団を思い出しながら尋ねる。

お受験するのが当たり前、という環境の中ならば、ママ同士、当然話は合うだろう。けれど、志望校が重なることもあるだろうし、お互いがライバルにもなる。不思議で特殊な関係には違いなかった。

「『どんな方々とおつきあいするかも、ちゃんとご自身で選んでください』って言われるんだって。園や幼児教室の先生から」

「そんなことまで口出されるの？」

「今日聞いた話ですごいな、と思ったのは、離婚して、シングルになっちゃったお母さんの話。お受験って、両親が円満であることもひとつの条件だから、それだと状況が絶望的になっちゃうらしいんだけど、年少さんの時に離婚したご家庭があって。その時にみんな、あ、じゃあこれで受験しないのね、かわいそうですけどおつきあいはここまでですねって雰囲気になっちゃったんだって」

「……何、それ」

絶句する。お受験の城の中は、そんなルールで回っているのか？　と気が遠くなる思いがした。そんなの、差別じゃないか。

志保が続ける。

「由依ちゃんはそこまで仲良かった人じゃなかったみたいなんだけど、それからしばらくしてそのおうちの子は幼稚園を転園したみたい。すごい世界だなぁって、その話聞いて思ったよ。だから、夫婦生活が破たんしててもお受験が終わるまでは仮面夫婦で通す人たちも多いって」

「そういえば、由依ちゃん、俺と会った時も周りにすごく気を遣ってる感じがしたもんなぁ」

偶然出会った電車の中で、その場にいるお母さんたちに、あ、こちら学生時代の友人で、公認会計士をしてて、奥さんも同期で——と裕のことを紹介する由依は、考えてみれば、知り合いの身元が確かなことを周りに必死に説明していたのではないだろうか。裕にしてみれば恥ずかしかったけれど、周りからどう見られるかということをまず第一に気にしていたのかもしれない。

——しかし、そうか。

黙ったまま再び窓の外を見ている妻の横顔をちらりと見る。ふと、心配になって尋ねた。

「志保、大丈夫？」

「え、何が」

「くーちゃんに言われたこと。落ち込んだりしてない？」

「ああ」

志保が今気づいたというように頷いた。すぐに「私は大丈夫」と応える。

「そのことは別にいいの。それより私が今日気になったのはもっと……」

「もっと？」

その時だった。

後部座席で寝ていた琉大が、チャイルドシートの上でがくん、と大きく頭を動かす。その弾みで起きてしまったのか、そのまま、びえええ、と泣き出した。寝ぼけたのかもしれない。

「わあー、どうした？　大丈夫？」

志保があわてて振り返る。

「車、どこかに寄って一旦停めるか？」

裕も言う。志保が後ろに手を伸ばし、「大丈夫、大丈夫」と琉大の足をなでる気配があった。それとともに、琉大の泣き声がだんだんと穏やかになる。

車はちょうど、虹ヶ宗幼稚園の近くを偶然通りかかっていた。幼稚園のある丘に続く、きれいな並木道。フロントガラスの上の方を見上げる裕の視線に気づいてか、志保も石畳のおしゃれな舗道を見た。

裕が説明する。

「そういえば、このあたりが虹ヶ宗幼稚園のある場所だよ」

「きれいでおしゃれな道だね」

並木が道の両脇をトンネルのように覆う、木漏れ日の注ぐ坂道を眺め、志保がそう、呟くように言った。

裕が再び、虹ヶ宗幼稚園のあたりに出かけたのは、それから一ヵ月ほどしてからのことだった。

例の、お孫さんに虹ヶ宗幼稚園を検討しているという事務機器メーカーの社長さんとの会食打ち合わせがまた入ったのだ。

時間は前回と同じ。会食が終わったのも、ちょうど幼稚園のお迎えのお母さんたちと同じ時間帯になった。

「お。また例のお母さんたちか」

レストランを出て、通りを眺めた荒木が遠慮のない口調で言う。この日は、社長は別件の打ち合わせにすぐに行かなくてはならないとかで、裕たちより一足先に店を出ていた。

幼稚園からの帰り道を歩くお母さんたちは、秋口になって、高価そうなケープや薄手のコートを羽織っている人も多かった。その全部がまた、当然のように黒一色。最初に見た時ほどのインパクトはないが、それでも何か特別な世界だという感じは相変わらず受ける。

ケープやコートの裾に、控えめに刺繍《ししゅう》やファーがあしらわれている。由依に話を聞いた今となっては、そうしたお母さんたちの各自の個性を出す努力がなんだか涙ぐましく、尊いものにすら思えた。

「お前の友達、またいるんじゃないか？　この間、電車で会った」

「ああ。確かに――」

そう言って、坂道を上の方まで見上げ、裕は言葉を止めた。

今まさに、由依と真亜子ちゃん親子がこちらに向けて降りてくるところだった。軽く挨拶でもしようかと思ったが、声をかけるとまた他のお母さんたちを前に気を遣わせてしまうかもしれない、と少し迷う。

どうしようかな、と彼女たちを改めて見つめたところで、ふと、違和感を覚えた。

何かが――おかしい。

歩くお母さんたちは、たいがいが親子何組かで小さなグループを作って歩いているように見えた。だいたい三組から四組。その中で、由依と真亜子ちゃん親子の二人だけが、グループとグループの間でぽつんと離れて歩いているように見えたのだ。

この間電車で見た時、由依たちもまた、他の親子連れと一緒に何人かのグループにいた。その時の他のお母さんたちの顔ぶれは覚えていないけれど、少なくとも、今、由依が歩いている前後に、彼女たちと親しげな様子の人はいないように見える。

真亜子ちゃんの手をつないで歩く由依の顔つきが、微かに暗いように感じた。気分でも悪いのか、視線を落としがちにして歩いていて、裕の存在にも気づいている様子がない。

その時。

丘の上の虹ヶ宗幼稚園の方から、親子連れが一組、新しく降りてきた。真亜子ちゃんと同じくらいの背丈の女の子を連れたお母さんが、足早に由依に近づき、何か声をかける。

由依がはっと顔を上げてそのお母さんの方を見る。

相手のお母さんは、本当に一言、二言、といった感じで由依にそそくさと何かを告げると、そのまま、そんなやり取りなどなかったような顔をして、子どもの手を引き、由依たちを追い越して早足で道を降りていく。裕の前も、あっという間に通り過ぎた。

由依の横の真亜子ちゃんと、そのお母さんの連れた女の子の二人だけが、互いに名残惜《なごり》しそうな視線を向け合っている。真亜子ちゃんが小さく手を振るが、手を振り返す暇もなく、その子はお母さんに引っ張っていかれてしまった。

――由依に話しかけるのは、今日はやめた方がいいかもしれない。

自分に声をかけたお母さんが行ってしまった後も、由依の表情は硬かった。やりきれないような表情で、自分の前を去っていった親子連れの背中を見続けている。

心ここにあらずといった様子で、裕の前を通る時も、こちらに気づいた様子が、一切なかった。

「お受験っていうのは、親の自己満足って気もしないでもないけどな」

荒木がそう言ったのは、虹ヶ宗幼稚園の最寄駅から事務所まで戻る途中の車中のことだった。

電車に乗り込む時には、同じ車両に虹ヶ宗幼稚園からの親子連れもいたが、彼らは途中の駅で降りて、今はもういない。平日の昼間だけあって車内は空《す》いていたが、それでも裕は周りの耳が気になってドキリとする。どこにどんな立場の人がいて、聞いていてもおかしくない。

「そうかな？」

荒木は虹ヶ宗幼稚園のお迎えの列を見て、そう思ったのだろう。裕が曖昧《あいまい》に首を傾げると、彼が続けた。

「周りからもよく聞くよ。奥さんがお受験に一生懸命になってるっていう話。情熱を注いでる奥さんには悪いけど、我ながら、親の価値観の押しつけなんじゃないかって迷う時があるって。子どものためにいい環境を探してるっていうよりは、子どもの学歴をブランド品みたいに、うちの子の学校はここですって言いたいがためにやってるような気になってくるってさ」

はっきりそうとは言わないが、口調から察するに自分の顧客の話をしているのかもしれない。裕たちの事務所のお客さんは確かに自営業の裕福な人も多い。お受験させる率も高そうだ。

荒木がため息をついた。

「そんなこと奥さんに言おうものなら大喧嘩だから、絶対に口にはできないらしいけど」

「そりゃそうだろ。お前もそういうこと、大声で話すなよ」

「そうか？」

裕が注意すると、荒木が軽く肩をすくめた。

お受験は夫婦が一丸となって子どものためにやることには違いないけれど、それでもやはり必要なのは、母親のやる気と頑張りであって、夫の側に求められているのは頑張りというより〝協力〟なのだ。

由依と会った帰り道、志保がお受験に邁進する母親の姿勢を〝使命〟や〝仕事〟という言葉で表していたことを思い出す。男親であっても熱心な人はもちろんいるだろうけれど、母親のその使命と仕事の前に、夫はやはりどこか添え物のような扱いにならざるをえないのかもしれない。

荒木が続ける。

「だけど、一桁台の受験番号をもらうために夜中の十二時から願書を出しに並んだとか、聞けば聞くほどすごい世界なんだよなぁ。やってる旦那さんたちには頭が下がるよ」

「え。どうして一桁の方がいいの？」

「それだけ熱意があるって見られるからだろ。だから、並んでる間はスマホも開かないし、本も読まない。ただみんな、無言でじーっと、朝になって願書の受付時間になるのを待ってる」

「ええー！　暇じゃないか」

「だろ？」

荒木が微かに笑った。

「並んだ当人も、ねえ、バカみたいでしょう？　ってオレには言ってたけど、そんなことでも効果があるって言われたら縋《すが》りたくもなるんだろ。一桁台の受験者が全員合格するわけもないって頭ではわかってるけど、塾とかでそう指導されたらそういうもんかって常識が揺らぐ」

バカみたいでしょう、と言えるのは、荒木にその話をした家庭がすでにお受験を終えた後だからこそなのかもしれない。しかも、いい結果が出た後でなければ、人にもそうやすやすと話せないだろう。

「受験までの間は、子どもにもペーパーテストを相当な数やらせたりなんだりで大変だったみたいだよ。身長分のペーパーをやらせるように塾から言われて、試験の前日までにどうにか到達できたって、奥さんが泣いて喜んでたって」

「……身長分？」

さっき坂道ですれ違ったばかりの真亜子ちゃんの姿を思い出す。莉枝未と同じ年の彼女の身長は多分百十センチを超えている。これから年長さんになるにあたってはもっと伸びるだろう。一メートルを超える紙の山を想像すると大袈裟でなく気が遠くなる。

荒木がうんざりしたような表情になる。

「その家は結局、第一希望の国立にはくじ引きで落ちて、第二希望だった私立に入れたみたいだけど、当時のことを思い出すと、どうしてそこまでやってたかもう自分でもわからないって言ってたよ。お受験対策に追われた子どもが表情が乏しくなって、泣きながら奥さんに『僕はできないから悪い子だね』って自分から言ってる姿を思い出すと今でも胸が痛むってさ。他にもお絵かきがうまくできなくて、『僕にはこう見える！』って画用紙を真っ黒に塗りつぶしたとか」

「それはまた……」

この間の様子を見ていると、真亜子ちゃんはお母さんが大好きな様子で、礼儀正しく、潑剌《はつらつ》とした女の子だった。習い事などにも楽しんで通っている様子だったけれど、大人でも混乱するような問題がたくさん並んだペーパーテストの練習を何度もさせられ、みっちり対策をされるお受験の準備過程では、嫌がって追い詰められてしまう子どもも当然いるだろう。

本人に意志ややる気があるとしても、それは、親の価値観の中で育てられた六歳に満たない子どもの意志だ。その意味では、幼稚園や小学校の受験は、親の価値観が反映されたものだ。しかも、何が正解の対策か、行動なのかも、すべては志望校の意向にかかっていて、正確なところがわからない。だからこそ、おかしなジンクスだってたくさん生まれてしまうのだろう。

自分の大好きな両親に嫌われたくない、褒められたい一心でがんばる子どもたちの姿を想像すると、裕もまた他人事ながら胸が痛む。それは、「ぼくは悪い子だね」と我が子に言われた当の親たちだってそうだろう。自己嫌悪に苦しみながら、それでも親子の共同作業としてお受験に取り組む。その先に、子どもと自分の明るい未来が開けると信じて。

「ただささ」

なんとも言えない気持ちで裕が言うと、荒木がふっとこっちを見た。続ける。

「そうやって必死になるお母さんたちも、何も特殊な人たちってことじゃないんだと思うんだよ」

志保が言っていたことを思い出す。子どものためにもう何か始めている人がいるかもしれない、と考えると、それをやっていない自分は怠けているんじゃないかと、責められているように感じる——。それは多かれ少なかれ、誰にでもある感情ではないだろうか。早期教育や習い事に関してはきっとみんな特にそうだ。

「やりすぎに見えるとしても、それはきっと、自分が今動かなかったことで子どもに損をさせてしまうんじゃないかっていう強迫観念みたいなものが働いてるってこともあると思うよ。俺にも多少は気持ちがわかる」

お行儀がよくて野菜もしっかり食べる真亜子ちゃんを見て、うちももっと食事やマナーに気を遣うべきだろうか、と思った記憶がまだ生々しい。

「損、ねえ」

荒木が頷いた。感心したように裕を見る。

「子どもに得をさせる、じゃなくて、損をさせるんじゃないかって考えるのは新しいな。そんなふうに思ったことなかった」

「基本的にみんな真面目なんだと思うよ。何ものすごく得をしたいってわけじゃないんだと思う」

言いながら、今度は裕がため息をついた。荒木を見る。

「しかし、お前、独身のうちから余計な情報を入れすぎじゃないか？　このままじゃ、結婚するの嫌にならない？　あ、だから結婚しないとか？」

「確かになぁ。一年分の月謝だと思ってた子どものお受験塾の金額が実は一ヵ月分だった、なんていうホラーな話を聞いた後だと、確かに夢も希望もない気持ちになるけど」

荒木からの返しに、裕もまたそれはホラーだ、と背筋が凍る。けれど荒木がにやっと笑ってこう続けた。

「二十世紀前半のアメリカの弁護士の言葉でこんなのがあるの知ってるか？

『人生の前半は親に台無しにされ、後半は子どもに台無しにされる《The first half of our lives is ruined by our parents and the second half by our children.》』

初耳だった。しかし、お受験に関しては妙に頷ける言葉だ。荒木が言う。

「自分の価値観を押しつけてくる親に潰される子どももいれば、子どものために金も体力も時間も注いで振り回されて潰れる親もいるってことだな。お受験に関しては、どうしても子どもが親のせいで割を食ってるって論調になるけど、実は問題は表裏一体で、子どもの陰で親の方だって消耗してる」

「お前はその言葉、どこで知ったんだ？」

子どももいないのに――と思っていると、荒木が嫌そうに目を細めた。

「親父に言われた。大学卒業しても親父の事務所に厄介になるのはごめんだって話したら殺し合いみたいな喧嘩になって、その時に」

「ああ――」

大先生が言うところが想像できた。不肖の息子として罵《ののし》られたのであろう荒木が
「まぁ、今となったらこれでよかったと思うけど」と呟くように言う。

「親も子どもも、互いに迷惑をかけあいながらどっちもどっちでやってくしかないってことなんだろうな。自分の事務所を継いでほしいっていう親父から見たら、オレは親父の人生を潰すバカ息子に見えたんだろうし、そういう親父のエゴに縛られたって意味じゃ、オレは自分の人生を親に制限されたって言えなくもないいんだろうし」

電車がそろそろ事務所のある町に着く。

日が陰り始めた空を車窓に見ながら、ふと、今日すれ違った由依の暗い表情を思い出す。

何があったのかはわからないけれど、彼女も彼女の世界の中でおそらく今、葛藤《かっとう》や闘いの

真っ最中なのかもしれない。


「えー！　じゃあ、由依ちゃん、虹ヶ宗の中で孤立してるってこと？」

帰宅して食卓に着くと、志保が目を丸くして言った。

二人の子どもが横で「いただきまーす」とカレーライスを食べ始めたのを見届けながら、裕は「いや」と否定する。

「そんなふうに見えたっていうだけの話で、実際に孤立してるのかどうかはわからないけど。ただ、ちょっと変な感じはしたんだよな。だから気になって」

「そうなんだー」

志保がピッチャーに作った麦茶を取りに行くついでにエプロンの紐《ひも》を解《ほど》く。

親の話が気になるのか、皿から顔を上げた莉枝未が「何が？　何が変なの？」と尋ねるのを、裕は「んー、こっちの話」と曖昧にごまかす。最近になってこういうことが本当に増えて、言葉使いや話題には気をつけなくては……と、ひやひやすることが多い。莉枝未も親の態度に慣れているのか、少しだけ不満げな視線を向けただけであっさりとまたカレーに向き直る。

お茶とともにテーブルに戻ってきた志保が言う。

「実はさ。ちょっと前にくーちゃんからも連絡があって、由依ちゃん大丈夫かなって私も気にしてたんだよね」

「え？　何が？」

「うん。くーちゃん、今月、幼児教室に美然ちゃんと見学に行ったんだって。お受験をどうするかはひとまず置いといて、試しに通ってみるのもいいかなって。それで、真亜子ちゃんが通ってるところを紹介してほしいって頼んだみたいなんだけど……。新年長の順番待ちしてる方じゃなくて、大手の方」

「ああ」

会食の際、由依は「私に教えられる程度のことは相談に乗るよ」と話していたけれど、彼女の久美子に対する気持ちは複雑そうだ。真亜子ちゃんの志望校についてもお茶を濁していたし、ひょっとすると教室も知り合いとはかぶりたくないかもしれない。

てっきり教室の紹介を断られたという話だろうと思ったのだが、志保が続けた言葉は予想に反していた。

「そしたら、『紹介はするけど、その教室、うちはもう辞めることにしたんだ』って。『それでもいい？』って返事が来たって言ってた」

「え？　そうなの？　でもまだ前に会ってから一ヵ月くらいしか経ってないのに」

裕の横で、莉枝未が薄切りの玉ねぎを嫌そうに横に出している。

一皿全部食べることは鶴峯家でルールになっているから、弾いたところで後でまとめて食べることになるのにな、と少しかわいそうになった。少しずつ食べた方がきっと気にならないのに。横では琉大がカレーに大量のらっきょうを入れて食べていて、こちらもこちらで渋好みだなぁと思う。

同じく子どもたちの手元を覗き込んでいた志保がふっと視線を逸《そ》らす。

「そうなんだよね。で、くーちゃんも『どうして辞めちゃうの？　何かあったの？』ってメッセ送ったんだけど、そこはあんまり説明がなくて『他のお稽古と重なったから』みたいな理由だったって。『教室自体は熱心ないいところだから見学に行ってみたら？』って教室の名前は教えてくれたんだけど、『うちはもう辞めるから、教室で名前を出してもあんまり紹介者としての意味はないかも。ごめんなさい』って謝られたみたい」

由依らしい律儀さだ。しかし、逆に言えば、教室で何かがあって、自分の名前を出してほしくないと言外に伝えるような印象もなくはない。

「くーちゃんは結局、その教室に行ったの？」

「教えてもらってすぐに行ったって。見学だけなら、と思って」

裕だったら知り合いが辞めた教室には、何か訳ありなものを感じてまず行けない気がする。別のところを探しそうなものだが、そこはさすがに久美子だ。

志保も同じことを思ったようで、苦笑いを浮かべている。「くーちゃんらしいよね」と。

「先生にも由依ちゃんの名前を出したって言ってたよ。先生たち、『真亜子ちゃんは急に辞めてしまわれて残念です』って話してたって」

久美子としては、ちゃんとした紹介者がいるのだ、と話すことで、先生たちに真剣さをアピールしたいと思ってのことだったそうだ。裕の目から見ても、真亜子と由依の親子はお受験コミュニティに溶け込んだしっかりとした親子に見える。彼女たちの友人なんです、と教室で名乗りたい気持ちはわからないでもない。

「で、ここからがさらにくーちゃんらしいなってとこなんだけど、見学に行った帰り道に、くーちゃん、他のお母さんたちにも話しかけたんだって。由依ちゃんにこの教室を教えてもらったんですって。そしたら何人かのお母さんから『ああ』って反応があって、それでびっくりするようなこと言われたって」

「びっくり？」

「うん。『真亜子ちゃんは、有力なコネが見つかったんでしょう？　よかったですね』って」

「コネ？」

「そう、コネ」

志保がすごいでしょう？　というように裕の顔を覗き込む。

「『よかったですね』って言いながらもお母さんたちの顔は全然笑ってなくて、くーちゃん、ちょっと怖かったって。で、どういうことですかって聞いたらしいんだけど」

「うん」

「その塾、本格的に入ると、先生たちからとにかく志望校にコネを探すようにって言われるらしいんだよね。で、コネが見つかったら毎月一回贈り物をしろとか、それも食べて消える、枯れて消えるものにするようにって指導される」

「ええっ。それって裏口入学みたいなもんなんじゃ……」

「まあ、現金が動くわけじゃないし、それをやったから受かるのかどうかもわからないから、グレーゾーンの話なのかもしれないけど……。コネもピンキリで、事前面接をしてもらえたりするような場合もあれば、まったく何もない場合もあるみたい」

「事前面接⁉」

それはまたフェアじゃない話だ。

国立の小学校で、子どもの試験の後にくじ引きがあると聞いて、学力に関係ない運なんて理由で落とされてしまうのか、と思った経験がある。しかし、あれは、国立はコネと無関係であることを示す目的で行われているらしい。――落ちた方はたまったものではないだろうけれど、実際にコネが通ってしまう可能性があることを考えると、無理からぬことのような気がしてきた。

しかし、と裕はため息をつく。

「くーちゃんはそれ、その場にいたお母さんたちから聞いたの？　よく聞き出せたね」

「向こうも急に辞めちゃった由依ちゃんの事情に興味津々って感じだったみたいよ。急に塾を辞めたのは、自分たちにも教えたくないような有力な何かが見つかったからじゃないかって」

志保が深呼吸する。

「由依ちゃんはその教室のこと〝大手〟って言い方をしてたけど、結構経営者の方針が極端なことで知られたところではあるみたい。お母さんたちの中には、どういう種類のコネが見つかったのか報告しないのは抜け駆けだし、教室の先生に対しても裏切りだって遠回しに非難してる人もいたって」

なんだか食欲がなくなってくる話だ。

しかし、そう考えると、今日裕が見た虹ヶ宗の帰り道の光景にも説明がつくような気がした。

由依が、一人、抜け駆けのようにして強力なコネを見つけたのだとしたら、彼女たち親子が周りの親子と距離を取るように歩いていたことや、後からやってきた別の親子連れがそそくさと彼女に何か――おそらくは注意か嫌みのようなことを言ったとしてもおかしくないのではないか。

「くーちゃんも、だからって由依ちゃんに直接聞けるような種類のことじゃないし、だけど心配だからって、私のとこに連絡が来たんだ。私も、ちょっと気にはなってた」

「あの子で聞けないんだったら、もう誰も直接聞けないよ」

苦笑しながら裕も頷いた。

志保が頷き返しながらも、少し困ったような表情になる。

「でも本当に心配だね。コネの噂が真実だとして、それがいいか悪いかはともかく、そういうのって人知れず動かなきゃいけないことでしょう？　周りにバレちゃってるんだとしたら、幼稚園もまだ年中さんなのに、居心地悪いかもね」

裕にしてみれば、特別扱いのコネは十分に抵抗のある考えだから、「いいか悪いかはともかく」という妻の発言はいただけないが、それでも志保の心配はよくわかった。こっそり動いていたはずのものが周りに知られる事態に陥っていたのだとしたら、そこにもまた不穏さを感じる。

久美子に「コネが見つかったんでしょう？」と話したお母さんたちにしても、誰かの秘密を知りたいという好奇心と、それを密かに広めてしまいかねない恐怖を感じる。由依が娘の志望校を曖昧なままにしていたように、お受験の世界では聞き役に徹して自分のことをあまり話さないのが正解なのかもしれない。

——けれどまた、話さないなら話さないで、そのこともまた「教えてくれなかった」と問題になりそうなのが恐ろしいところだ。皆がお受験をする、という共通の環境の中でも心を許し合えないというのは考えるだけで疲れるし、なんだか寂しい気さえする。

とはいえ、ただの友人である自分たちがいくら心配したところで由依親子のためにできることなど何もないのだが。

思っていたその時、志保が急に顔を上げ、裕を見た。

「由依ちゃん、今ただでさえ大変なんじゃないかな。たぶんだけど——」

「あ」

志保の言葉に、裕も思い当たる。そして、ため息をついた。

何もできない。かけられる言葉さえないけれど、由依たち一家にはどうか穏やかに日々を過ごしてほしい。

やりきれない気持ちでそう願ってしまう。

何もできないし、かけられる言葉なんてない——と思っていた由依と裕たちの再会は、ひょんなことからあっさり実現した。

週末の土曜日、裕たちは前に由依と久美子とともに集まったあのレストランに家族でランチに出かけることにした。

「あの、ごはん取り放題のところ？」と莉枝未が目を輝かせるのを見て、志保が「取り放題なんて言葉どこで覚えたの？」と苦笑している。「それを言うなら、食べ放題だよ」と訂正するが、あのおしゃれなビュッフェ形式のレストランにそれもまたミスマッチな言葉だ。

前と同じ近くの駐車場に車を停め、レストランに向かう途中で、裕の先を歩いていた志保と莉枝未が足を止めた。

「真亜子ちゃんのお母さん！」

莉枝未が声を上げる。

レストランの奥の道から、由依がこちらにやってくるところだった。今日はカーキ色のトレンチコート姿で、鞄もレストランでみんなと会った時と同じキャンバス地のものだ。カジュアルな装いだったが、今日は一人きりで真亜子ちゃんを連れていない。

「ああ」

由依もまた、裕たちに気づいた。近くまで来て足を止め、志保に向けて「ひさしぶり」と微笑む。

その顔は、この間裕がすれ違った時よりもいくらか柔らかい印象だったが、相変わらず顔色が悪いように見える。——少し痩せたようにも感じた。

「偶然だね」と志保も笑いかける。

「ええ。今日はみんなでランチ？」

琉大を抱っこした裕が追いつくと、由依が「いいわね。今日いい天気だし」と裕にも微笑みかける。志保が頷いた。

「うん。教えてもらった穴場のお店を勝手に使ってごめんね。でもすっごくおいしいし、子連れにも優しいから教えてくれて本当に感謝してる」

「ううん。気に入ってもらえたならよかった」

由依が微笑み、莉枝未の目を覗き込む。「こんにちは。莉枝未ちゃん」と挨拶してくれる。

「今日は真亜子いないんだけど、また次に会ったら仲良くしてね。真亜子、莉枝未ちゃんと遊んだこと、とっても楽しそうに話していたから」

「うん」

莉枝未が満更でもなさそうな顔で、少しだけ照れくさそうに顔を逸らしたが、すぐにまた由依に向き直る。そしておもむろに「ねえねえ」と由依のコートの裾を引いた。

同じ年の女の子がいて慣れているのか、由依の方もそれに「なあに？」と優しく膝《ひざ》を屈《かが》めて応じてくれる。

次の瞬間だった。莉枝未が聞いた。

「真亜子ちゃんのお母さん、おなかに赤ちゃんいるの?」

無邪気な問いかけに、一瞬、由依の顔が固まった——ように見えた。

当惑した様子の掠れた声が、少し遅れて「え」と彼女の喉《のど》から漏れるのを聞いて、裕と志保の両方があわてる。志保が思わずといった様子で「こら、リエ」と娘を叱る。急いで由依の方を見る。

「ごめん、由依ちゃん。違ってたら、本当に申し訳ない。実はこの間、うちでそうなんじゃないかなって話になって」

先日、カレーライスを食べながらお受験の話をしていた時のことだ。

「由依ちゃん、今ただでさえ大変なんじゃないかな。たぶんだけど、ひょっとするとおなかに二人目がいるんじゃない?」

あの日、志保は裕にそう言った。

その指摘に、裕も初めて「あ」と思う。自分はまったくそんな気配を感じなかったが、言われてみれば、由依のあの顔色の悪さは体調に由来するところもあるかもしれない。

志保が言う。

「この間会った時も顔色が悪かったり、ちょっと体調悪いのかなって感じたんだ。ごはんもほとんど食べないでずっとハーブティー飲んでたし、裕が見かけた時も、ひょっとしたら具合が悪かったんじゃないかな。つわりのせいもあるのかも」

「確かに由依ちゃん、あの日、ほとんど食べてなかったね」

女性同士は特に感じるものがあったのかもしれない。まだ確定した話ではないが、志保があの時点でわかったのだとしたらたいしたものだ。少なくとも裕にはまったくできない発想だった。感心した気持ちで頷いていると、横の莉枝未が「何が？」と耳ざとく顔を上げて両親の顔を覗き込んできた。

「何が？　真亜子ちゃんのお母さん、赤ちゃんいるの？　真亜子ちゃん、お姉ちゃんになるの？　リエと一緒？」

たちまち目を輝かせて尋ねてくる莉枝未に、志保が「んー。まだわからないけど、そうかもしれないって話」とだけ説明した。

その時はそれだけで話は終わり、その後莉枝未が覚えているとも思わなかったのだが……。

娘がまさか本人にいきなりそんなことを言ってしまうとは思わず、志保が恐縮しきった顔で由依に謝る。

「おかしなこと言ってごめんね。勘違いだったら、忘れてね」

「……ううん」

茫然とした様子だった由依が、少しだけ視線を落とす。やがて、細い声で「どうして？」と尋ねてきた。

「どうして、そう思ったの？」

「……この間会った時に、元気そうだけど食欲がなさそうだったし、ハーブティーをずっと飲んでるの見て、ひょっとしてって」

志保が躊躇いがちに説明する。

「そしたら、このレストランが、広告や宣伝をほとんどしない方針だって言ってたの思い出して。――この道の奥に、由依ちゃんやくーちゃんたちが通ってた有名な無痛分娩のクリニックがあるって言ってたでしょ？」

「……ええ」

「それで何となく、最近も由依ちゃんはこの辺りに来ることがあって、このレストランのことも知ったのかなぁと思ったの。深く考えたわけじゃなくて、単純にクリニックのことが思い浮かんで、じゃあ、ひょっとしてそろそろ二人目なのかなって。違ってたらごめん」

「ううん」

由依が首を振った。まだ微かに表情は硬いが、口元が和らぐ。志保を見た。

「あたりだよ。そろそろ三ヵ月目に入るところ」

「そうなの⁉　わあ、よかった。おめでとう」

志保がほっとした表情を浮かべた。

「よかったね。真亜子ちゃんがお姉ちゃんかぁ。じゃあ、今もひょっとして産院からの帰り？」

「ええ。土曜日の受診は混むから、今日は、真亜子を主人に見てもらってて……」

「楽しみだね。予定日はいつ？」

尋ねる志保の足元で、莉枝未が「赤ちゃん⁉」と顔を輝かせる。叱られたことで一時むくれていたのも忘れたように、再び由依の近くに行って、母親の真似をするように「おめでとうー」と声を張り上げた。

「男の子？　女の子？　リエ、女の子がいい！」

「まだわかんないよ」

今度は裕があわてて注意する。妹がよかったなんて初耳だ。琉大の時にあれだけ「赤ちゃんが来る！」と喜んでたのに……と抱っこした琉大の耳が気になるが、琉大も首を傾げたようにしながら、裕の腕の中でにこーっと微笑んでいる。

子どもというのは不思議なもので、赤ちゃんや妊婦さんが好きだ。保育園でも妊娠中のママが、目に見えておなかが大きいというわけでもないのに妙に子どもたちに囲まれたりしていることがよくある。

「本当によかったね。おめでとう」

裕も言う。

その時だった。

裕たち一家に囲まれ、おめでとう、の言葉を受けていた由依が唇をぎゅっと噛みしめる。黙ったまま、視線を下に向けた。

志保も、由依の様子に気づいたようだった。はしゃぐ莉枝未を制するように無言で抱き寄せる。

やがて、由依の唇の間から、「……そうだよね」という声が漏れた。

由依がようやく顔を上げた。睫毛《まつげ》の先が微かに濡れていて、彼女が細い指でそれを拭《ぬぐ》った。

「そうだよね。二人目は、嬉しいことなんだよね」

裕たちには意味がわからなかった。けれど、志保が頷いた。少し間を置いた後で、躊躇うことなく「うん」と。

そして、ごく自然な言い方で聞いた。

「何か、あったの？」

その声に、由依が再び俯く。「ごめんなさい」と言いながら、目頭を強く押さえた。

取り乱した様子の由依を誘い、一緒にレストランに入ってからも、彼女は何度も「ごめんなさい」という言葉を繰り返していた。由依は昔から本当に真面目で、気遣いがすぎるくらいの人だ。

「せっかくの家族水入らずなのにごめんね」と尚《なお》も繰り返すのに、志保が苦笑しながら

「もう、気にしないでよ」と首を振る。

そんな二人の様子を見ながら、裕は子どもたちと一緒にビュッフェの食事を取りに行く。オムレツを目の前で焼いてくれる列に並びながらふと振り返ると、由依と志保が深刻そうな顔で話している様子が見えた。

この一ヵ月、由依の心を満たしていた心配事は、裕たちが心配していたようなお受験にまつわるコネなどではなかった。

「二人目ができたことを、園になかなか言えなくて、実は密かに困ってたんだ」

「それはどうして？」

「――怒られるから」

料理を取って戻った裕の耳に、二人のそんな会話がいきなり飛び込んできた。

怒られる、という子どものような言い方を怪訝に思っていると、由依が力なく微笑んだ。

「新年長になる今の時期に妊娠してるなんてわかったら、出産はちょうど受験が追い込みになる頃とぶつかるでしょう？　受験の本番も、私が乳飲み子を抱えてる時期になっちゃう。だから」

「そんな」

裕が絶句するが、由依の口調は淡々としたものだった。

「何年か前の卒園生でそういう人がいて、その家は志望校に落ちたっていう話も聞いてたし、なるべくなら周りにわかるギリギリまで黙って過ごそうかって考えてたくらい。——本当は、主人にも言わないうちに、一人でどうにかした方がいいのかなって、思ったこともあったんだけど」

一人でどうにかする、という言葉の意味するところは裕にも志保にもわかった。そんな極端な——、と言葉を失うが、由依もさすがにそう考えたことは後悔しているのか、静かに首を振った。

「でも、やっぱりそういうわけにもいかなくて。そうこうしてるうちに、つわりが始まって、体調がどんどんつらくなってきて。結局、真亜子の幼児教室も、もともと個人の方に絞るつもりだったから、大手の方は早めに辞めることにしたり、調整してたんだけど」

おととい——と、由依が続ける。

裕がちょうど彼女たちを虹ヶ宗幼稚園からの帰りに見かけた日のことだ。

「園で、保護者会があって、ずっと立ちっぱなしで話を聞くのがつらくて、思い切って園の先生たちに相談したんだよね。妊娠しているから、椅子に座っていてもいいでしょうかって」

「うん」

怒られる、という言い方を由依はしたが、裕にはまだ半信半疑だった。まさか、そんなおめでたいことを他人がどうこう言えないだろう。そう思っていたが、由依が泣き笑いのような表情を浮かべる。

「そしたら、やっぱり怒られちゃって」と続ける。

「『今がどういう時かわかってるんですか、信じられない』って言われたわ」

「えぇー!?」

志保がさすがに声を上げ、顔を顰《しか》めた。

「それで？」と由依に尋ねる。

「由依ちゃんは、それで先生たちになんて返したの？」

「——謝った。ごめんなさいって」

　志保と裕がともに息を呑んで由依を見る。由依はまだ苦笑するような表情のまま、「謝っちゃうんだよ。もう、そういうものだから」と言う。悲しそうな、やりきれない声だった。

「『いいですか。受験はお母さんと子どもの戦いであり、お母さんの受験なんですよ』って言われて、それは、確かにそうだから。私も自覚が足りなかったんだと思う」

「そんなの、謝らなくていいよ。だって仕方ないじゃない」

　志保が憤慨した様子で言うが、由依は疲れたように微笑むだけだ。

「『二人目が欲しかったなら、もっと時期を早くに考えればよかったのではないですか？』って言われて、私も、それはそうだったかもって思ったし」

「そんなことないよ。子どもがいつできるかなんて、それこそ神の領域っていうか……」

　志保がやるせなさそうに眉間に皺を寄せる。

「そんなふうに考えなきゃいけないってことが、そもそも寂しい考え方に思えるよ。だって別の時期に子どもができたとしても、それは、今おなかの中にいるその子じゃないんだよ。そんなふうに考えないで」

　志保の言いたいことが裕にも察せられた。

　子どもはよく授かりものだと言われるが、その通りだと裕も思う。今、二人の子の父親になってみると、莉枝未と琉大は来るべくしてうちに来たと思える。別の年、別のタイミングで子どもができていたらこの子たちは生まれなかったのかもしれないと考えると信じられない思いがするし、二人ではない別の子が生まれていた可能性の方は今となってはもう考えられない。

先生とはいえ赤の他人がそんなデリケートな問題をとやかく言えるものなのか。思っていると、由依が小さく首を振った。

「先生たちからは、『妊娠したっていうことは、新年長前のこの大切な時期にそういう行為があったっていうことですか？　ふしだらな』って言われたよ」

「ふしだらって……」

今度は裕が思わず言ってしまう。それは一体いつの時代のどんな世界での言葉なんだ、と理解が追いつかない。

「そう言われて、私もあわてて、『他のお母さんたちにはまだ話していないので、このことはまだ先生たちだけで』って口止めのお願いをしたんだ。その時は先生も『当たり前です。こんなこと、他のお母さんたちにとても言えません』って言ってたんだけど」

「うん」

由依の目から光が消える。宙を見つめ、静かに唇を震わせる。

「実際に保護者会が始まったら、みんなの前で言われちゃった。椅子を指さして、『あの方は妊娠されているので座ります』って」

志保が眉間に皺を寄せる。由依が目を伏せ、何かを諦めたような顔つきになる。

「そうしたら、他のお母さんたちからも『あー、そうなんだ』って雰囲気をすごく感じて。『かわいそうに』とか『あの親子、失敗しちゃったんだ』みたいな声が、聞こえてきそうな感じがした。誰も私に話しかけないし、一時間、一人だけ椅子に座って、みんなの視線で公開処刑されてる気持ちだった」

虹ヶ宗幼稚園は、『どんな方々とおつきあいするかも、ちゃんとご自身で選んでください』とさえ指導される名門幼稚園だ。前に、シングルになった家庭が周りからおつきあいはここまでですね、という雰囲気になった、というのを聞き、その時も十分ひどい話だと思ったが、今回の由依の話の衝撃はそれ以上だった。

まさか、本来ならおめでたいはずの二人目の存在がそんな対象になるなんて想像もできない。

「園のお母さんの中には何人か、後でこっそり『気にすることないよ』とか、隠れて小声で『おめでとう』って言ってくれる人もいたんだけど、みんな、どことなく、自分じゃなくてよかったって思ってる空気があって。後ろめたそうに声をかけて、すぐに私から離れてくの。——余計なこと言って、自分まで先生たちに目をつけられたら大変だからそれも仕方ないんだけど」

「……ひどい」

それがあの日、裕が見かけた光景だったのだろう。由依にこそこそと何かを囁いて足早に去るお母さんは、由依に注意や嫌みではなく、あんな雰囲気の中で密かにお祝いと励ましを伝えていたのだ。

あまりのことに、裕は何から言っていいのかわからなかった。

第二子の存在を怒られ、咄嗟に謝ってしまった由依も、それを怒って当然と思う先生たちも、妊娠を失敗と捉えて遠巻きに見る他のお母さんたちも、すべてが裕の知る常識では明らかに間違っていると思えるのに、自分の知らない世界では、それが正しいのだ。〝そういうもの〟として、それが普通で常識になる。

「でもさ」

その時、ずっと黙って話を聞いていた志保が顔を上げた。目線を下げた由依の手に、そっと自分の手を重ねる。

「……そうは言っても、それでも、由依ちゃんは二人目、嬉しいんでしょ？　旦那さんも真亜子ちゃんも、喜んでくれたんじゃない？」

由依がゆっくり、黙って顔を上げる。志保が、裕の横でべしゃべしゃとご飯を食べる二人の子どもを見つめながら、「かわいいよ。二人目」と続けた。

「莉枝未一人の時ももちろんすごくかわいかったけど、子どもが増えると、下の子がかわいいことはもちろん、上の子が下の子にがんばってお姉ちゃんっぽく接してるのがまたすごくかわいく思えてくるんだよね。これから、楽しいことがいっぱい待ってるよ」

「――ええ」

由依が頷いた。控えめに、小さく、こくんと顎《あご》を引く。

「主人も、真亜子もすごく喜んで楽しみにしてる。――主人には、これからお受験なのにっていう不安も話したんだけど、『そんなことどうでもいいじゃないか』って言われて、ああ、この人は受験のこと、やっぱり何にもわかってないんだって失望もしたけど」

「それは、俺、旦那さんの気持ちもわかるからあんまり責めないであげてほしいんだけど」

裕が苦笑して言う。

由依の旦那さんは、確か虹ヶ宗系列の幼稚園の卒園生ということだったけれど、たとえ自分が体験していたとしても、男親の方がどうしたってお受験社会への実感は薄そうだ。

案の定、由依がため息をついた。

「うん。だから、保護者会であったことについても、まだあの人に何も話せてないの。これから真亜子と園でどうやって過ごしていこうって、不安でいっぱいなのに」

「私は、由依ちゃんのこと、悪いとは思わないよ」

志保が言う。しっかりと由依の目を見る。

「二人目を授かるのは、嬉しいことだよ。それは誰が何と言ったってそう。おめでたいし、後ろめたく思わなくてもいい。由依ちゃんは、堂々としてていいんだよ」

由依の置かれた環境と、志保や裕の暮らす環境は違う。

常識も、何が正しいのかの尺度もまるきり違うだろう。

けれど、由依に向け、志保が今、断言するようにあえてそう言う気持ちが裕にはわかった。狭い世界の常識に縛られ苦しんでいる時こそ、別の世界の考えを入れて、その常識がすべてではないということを知ることは大事だ。でないと、逃げ場がまるきりなくなってしまう。

由依のような真面目な性格では、相当追い詰められてしまうだろう。

ややあって、由依が小さな声で言った。ようやく、志保の顔をまともに見る。

「ありがとう。……おめでとうって言ってもらえて、すごく、嬉しい」

考えてみれば、周囲から社交辞令のように言われる二人目への「おめでとう」の言葉さえ、この三ヵ月、由依はほとんど言われたことがなかったのかもしれない。

まだ疲れの残る顔で、静かに笑う彼女の目が、莉枝未と琉大を見る。

普段は喧嘩ばかりの子どもたちが珍しく一緒に並んで互いの皿を並べ、そっくりな横顔をこっちに向けているのが、裕にも今日は一段とかわいらしく思えた。

それからさらに時が経ち、クリスマスが近づいた頃、志保がふたたび、由依と久美子の二人に食事に誘われた。

久美子はもう誘わない、と言っていた由依だったけれど、結局また三家族で、ということになったらしい。衝突したり、つきあわないと宣言した後でも平然とまた何もなかったように集まるのは、女同士ではどうやらよくあることのようなので、裕もそこにいちいち疑問を挟むのはやめておいた。

場所はまた、由依の通う産院に近いあのレストランで、裕も誘われたが、今度こそ遠慮する。

「女子会を楽しんできなよ」と、志保を送り出した。

莉枝未は志保に預けたものの、ゆっくり楽しんでこられるように、と琉大の面倒は一日裕がみる。レストランで長時間座っていられるのは、こういう時やはり女の子の方だ。由依のところの真亜子ちゃんも莉枝未に会えることを楽しみにしてくれているようだった。

ランチに始まり、店をうつしてお茶、その後、暗くなる頃まで近所の公園で子どもを遊ばせながらずっと女子トークをしてきたとかで、帰宅後の志保は微かに興奮していた。

「まったくさあ、今日は私がくーちゃんに怒っちゃった。ちょっと失礼なんだよ、聞いて」

久美子は結局、見学に行った幼児教室にそのまま美然ちゃんを通わせることにしたのだという。

彼女らしく明け透けに「私は通うことにしたけど、ぶっちゃけ、あの教室でなにか嫌なことあったの？　教えてよ」と由依に尋ねた。由依の妊娠の事情を聞き、「なあんだ」と少しばかりつまらなそうに唇を尖らせていたそうだ。

「有力な〝ご縁〟があるなら、私にも教えてほしいなって思ってたのに残念」

お受験の世界は、確かに飛び込むまではハードルが高そうだが、いったん飛び込む決意をしたら、あとはその価値観に染まるのも早そうだ。幼児教室に通い始めてまだ一ヵ月に満たないというのに、久美子は前回会った時とは比べ物にならないほど都内の小学校お受験事情について詳しくなっていたという。

コネのことを〝ご縁〟と呼ぶ、その響きひとつとってもそう感じた、と志保が呆《あき》れがちにこぼしていた。

「真亜子ちゃんの志望校って、きっとどこそこでしょ？　私、今考えてるのはどことどこなんだけど、とか、志保ちゃんも、今から莉枝未ちゃん、頑張れば、あの学校だったらきっといいよ、とか学校名あげてずっと話してて、由依ちゃんが苦笑してた」

それまで考えたこともなかった価値観が急に浮上してくるのも、お受験の世界のテンションとしてはありそうなことだ。

志保が一番辟易《へきえき》したと言っていたのは、「莉枝未の蝶結び」だという。

「レストランのグラスに巻きついてた飾りのリボンを莉枝未がほどいて結び直してたら、

くーちゃんから『すごーい。教室に通ってないのに蝶結びができるの？　どうして？』って聞かれた。――バカにしてるよ！　そんなのお受験対策で習わなくたって、日常で教えてるからに決まってるじゃない!!　私、アパレル業だよ？」

ランチビールで少しアルコールも入っているのか、志保が憤慨した様子で言う。それを「まあまあ」と宥《なだ》めながら、裕も苦笑する。

そんな久美子もまた、由依の妊娠については「おめでとう」と祝福していたという。

「いいなあ！　うちも二人目欲しい！」と無邪気にはしゃいでいたと聞いて、ちょっとほっとする。


由依はあれから、園の保護者会の様子を旦那さんに伝えたそうだ。

彼女いわく「公開処刑のようだった」一時間のことを聞いた旦那さんは絶句した後で、由依にこう言ったそうだ。

「『周りがどんなことを言ったって、新しい子ができたのは嬉しいことだし、それで受験に落ちるなんて決めつけられたのも不愉快だ』って、ものすごく怒って。園の先生たちに抗議に行くっていうのを、やめてほしいってどうにか止めたんだ」

困ったように言いながらも、そんな夫の様子を伝える由依はとても嬉しそうだった。

「『二人目が受験の時期に生まれるなんて理由で受からないなら、それは真亜子の力もそこまでだったってことかもしれないし、なら、受からなくてもそれでいいじゃないか』って。『そんなことに関係なく、真亜子ならきっと大丈夫だし、こうなったら意地でも受かってみせる』って、今は私よりやる気なの。びっくりだけど、家でも真亜子のペーパーテストの練習を一緒にやってくれたり、むきになって一緒に頑張ってるわ。――かえってよかったかも」

照れくさそうに、由依が言っていたそうだ。

「園の先生に抗議に行くって言った時の主人は、ひさしぶりにちょっとかっこよく思えたかな。実際にこれ以上園と揉めるのは御免だけど、私も前よりは堂々とできるようになってきたよ。二人目がまだ小さいのに受かったなんて、それはそれでかっこいいかなって。他のお母さんたちの視線が気になる時もそりゃああるけど、今は主人と一緒で、それを見返してやろうって思えるくらいにはなってきた」

由依はその後で、「あ、でもね。万一受からなかった場合でも、今は小学校や幼稚園のお受験より中学受験を選択する家庭も増えてててね。ちょっと調べたら、中学からの受験の場合は――」と、都内の中学校の受験事情を、志保も久美子も唖然とするほどの熱意を持って話して聞かせたという。

「たくましかった」と志保が裕に伝える。

「由依ちゃんてさ、もともと真面目すぎておとなしいくらいの子だって思ってたけど、実は違ったのかもね。あの分じゃ、たぶん小学校受験がダメだったとしても、次の目標を見つけてきっとやっていけると思う」

「そっか」

裕も微笑む。

お受験に関しては、添え物のような扱いになることが多い男親が、すんでのところで由依を救ったような気がして、会ったこともない旦那さんに向けて、良かったですね、とでも伝えたい気持ちになる。

何が普通になるのか、常識になるのか、正解になるのか、やりすぎになるのか。

親になってから、裕も確かにいろんな価値観が揺らいだ。今自分が〝普通〟と信じていることだって、ひょっとすると別の誰かから見れば限定的な世界の中でしか通用しない〝不正解〟かもしれないのだ。

そんな中で、皆、迷いながらどうにかこうにか手探りで〝常識的な親〟を目指すしかないのかもしれない。

――人生の前半は親に台無しにされ、後半は子どもに台無しにされる《The first half of our lives is ruined by our parents and the second half by our children.》。

荒木から聞いた言葉を思い出す。

しかし、考えようによっては、このままでは親に台無しにされる、と思うからこそ子どもは親から自立したいと願うようになるのかもしれない。そして、「子どものお受験にこんなに使って」「こんなことにまでつきあって」と話す親もまた、子どもに自分の金や時間を注ぎ込んで台無しにされていく感じが決して嫌いではないのだと思う。倒錯的な喜びかもしれないけれど、そうでなければ親だって子育てなんかやっていられないだろう。

　最初に聞いた時にはネガティブな印象しかなかったけれど、実はポジティブな格言なのかもしれない。

「あのさ」と志保に話しかける。

　視界の隅では子どもたちが、最近琉大用に買ったブロックを広げて一緒に遊んでいる。「くるまー」とか「お城」とか言いながら作っている作品群は親の贔屓目《ひいきめ》にはよくできているが、いざお受験、となったら粘土やお絵かきで求められる能力はまた全然違うんだろうなぁとなんとなく考える。真亜子ちゃんの描く猫がキャラクターではなくひげも毛並みも写実的だったように。

「ん？」

　志保がこっちを向いた。

「志保は今回、まったく感化されなかったの？　周りのお受験の話聞いても」

「まあ、小学校受験は考えるだけで大変そうだから、やる前から音を上げたっていうのが本音だけど。――ただ、由依ちゃんが言ってたみたいに、中学受験は考えてもいいかなぁとは思う」

「え、そうなの？」

「うん」

夫婦間であっても初耳の話だ。志保が平然と頷く。

「まあ、中学で受験しないにしても高校も大学も、行かせるとしたら受験は必要なわけだから。親になった以上いつかはぶつかる問題なんだよ。そういう先の苦労をさせたくないから、みんな、エスカレーター式の幼稚園や小学校の受験を早くから頑張ったりもするんでしょ？」

「……言われてみれば、そうか」

自分の大学受験の時に両親がどれだけピリピリしていたかを思い出す。そして改めてため息をついた。

今はなにも考えずに、「ぶーん」とか、「えいっ」とか、かけ声とともに遊ぶ子どもらの姿をしげしげと眺める。

まさか自分があの当時の自分の親たちのような「受験生の親」の立場を経験する日が来るなんて、と不思議な気持ちになる。

そんな日が、いずれは来るかもしれないけれど。

どうか今くらいはまだ、すくすく好きなことだけするのんきな日々を送れよ、と心の中で、子どもらに呼びかける。

それは半分、子どもたちのためで、半分は、何よりもまず親である自分のために。身勝手な親で申し訳ないけれど、そんなことを思った。

chapter_04

お誕生会の島

無数のバルーンに、青空を思わせる淡い水色の壁。

月や星、ハートが散った天井の真ん中に、一際《ひときわ》大きな文字の『HAPPY BIRTHDAY』。

部屋に入ってまず、淡いパステルカラーの壁に目を奪われた。

その壁の前、薄紫色の大きなバルーンを中心に、それより小さな黄色やピンクのバルーンが飾られている様子は、まるで花畑が広がったようで、裕は思わず息を呑む。横で、莉枝未が「わあー、すごーい！」と声を上げる。

天井からぶら下がる星やハート形のオブジェは、まるでプラネタリウムだ。足元にはふわふわの絨毯が敷き詰められ、その上にたくさんのぬいぐるみが並んでいる。まるで遊園地の特設コーナーかレストランのような雰囲気で、とても個人宅の内装とは思えない。

「プリンセスの映画みたい！」

莉枝未とは別の女の子が言って、ゆらゆら揺れるオブジェに手を伸ばした。

子どもたちのその様子を見ながら、今日の主役である琴乃《ことの》ちゃんのママが「みんなで後で写真撮ろうねー」と笑っている。

今日は、莉枝未の保育園での仲良し、琴乃ちゃんの五歳の誕生会だ。

一月の第三日曜日。

仕事で来られない志保に代わって、今日は裕が莉枝未と琉大の二人を連れてきた。

子連れ同士のママ会パパ会は、誰かの家でのホームパーティーになることが多く、裕もこれまでいろんな家に遊びに行かせてもらってきた。琴乃ちゃんの家にも、だいぶ前だけど来たことがある。

しかし、今日は一歩中に入った途端に度胆を抜かれた。

ベランダに面した日当たりのいいリビングの一角が様子をがらりと変えている。パステルカラーで統一された飾りつけに、たくさんのバルーン。天井から下がる『HAPPY BIRTHDAY KOTONO!』の形に切られた紙細工は、とても素人が切り抜いて作ったものには見えなかった。

「えー。すごーい。この飾りつけ、琴ちゃんママたちが全部やったの？」

裕と同じ気持ちだったのだろう。別の子のママが感嘆の声を上げる。から揚げを山盛りにしたお皿をキッチンからリビングに運んでいた琴乃ちゃんママが、照れくさそうに「うん」と頷く。そのから揚げの料理皿にも子どもたちが好きそうなマークが描かれた爪楊枝の旗がさまざまに立てられている。

「バルーンと、『HAPPY BIRTHDAY』の紙細工はお願いできる業者さんがあったからそこに頼んだの。だから、見た目ほど大変じゃないよ」

「壁は塗り替えたんですか？」

バルーンの雰囲気とよく似合う水色の壁は、リビングの中でそこだけ色が違う。前に来た時には他の壁と同じ色だったはずなのに。

裕が尋ねると、琴乃ちゃんママが「まさかまさか」と首を振った。

「これも、壁の上から重ねて貼れる専用のシートを売ってるの。後で取り外せるから、今日だけ」

「へえー。今は便利なものがあるんだね。うちも今度やろうかな」

他のママたちからたちまち賞賛の声が上がる。琴乃ちゃんママが説明する。

「実は、本当にあんまり手間はかかってないの。ちょっと前に雑誌の特集で、子どものお誕生会についての記事が載ってて、このバルーンの業者さんや壁シートのことも出てたんだよね。部屋全部をお誕生会仕様にするのは大変だけど、一部だけ整えて、記念写真の撮影もそこですればいいって書いてあって。それで今年は思い切ってやってみたの」

言われてみると、室内はまるで映画か何かの撮影セットのようにその一部分だけが非日常の雰囲気になっている。

普段と違う楽しそうな内装にさっそく心を掴《つか》まれた子どもたちが、リビングに用意された料理そっちのけでまずはその一角に固まっている。莉枝未が琴乃ちゃんと一緒にオブジェに手を伸ばし、琉大が足元のぬいぐるみに囲まれている様子は確かに写真映えしそうだ。

「ねえ、写真撮っていい？」

「いいよー。そのためにやったんだもん。どんどん撮って」

ママたちがそんなふうに言うのを聞きながら、裕は一人、なるほど、と思っていた。お誕生会で大事なのは、記念の写真を残すことなのか、と。確かに写真におさめてしまえば、凝った飾りつけをしているのがたとえ部屋の一部分だけだとしても、家全体がそんな雰囲気だったような感じになる。

お誕生会の主役である琴乃ちゃんは今日、ディズニープリンセスが着るようなスカートがふわふわに膨らんだドレスを着ていた。

「いいなあ。リエも着てくれればよかった」

琴乃ちゃんの格好を見て、莉枝未ががっかりした口調で言う。同じようなドレスを去年の園のハロウィンパーティーで着たから、その服のことを思い出しているのだろう。

莉枝未に向け、琴乃ちゃんが首を振る。

「ダメだよー。今日、琴ちゃんが誕生日なんだもん」

莉枝未の顔がたちまちむっとするのを見て、裕はあわてて、莉枝未のそばまで行く。

「そうだよね」と琴乃ちゃんに話しかける。

「ごめんごめん。今度、莉枝未の誕生日の時は逆にお祝いしてね」

仲がいい、と思っていてもちょっとしたことですぐに大喧嘩に発展したり、誰かが泣いたりするトラブルは子ども同士の集まりでは日常茶飯事だ。父親が急に間に入ってきたことが不満なのか、莉枝未が「ねえねえ」と裕のシャツを引っ張った。

「何？」

「リエのお誕生日の時も、今度はこれして。お部屋、プリンセスのお部屋みたいにして」

「……ママに聞いて、いいって言ったらね」

子どもにわがままを言われて断れない時、「ママに聞きなさい」「パパに聞きなさい」とたらい回しにしてしまうのは、あまりよくないと思いつつ、ついついやってしまうことのひとつだ。

きれいに飾られた部屋の一角を見つめ、ため息をつく。

こんなすごい飾りつけをされたら、きっと「うちでもやりたい」と言われるに決まっていると思ったけれど、案の定だ。うちでは琴乃ちゃんの家のように友達を呼んでのお誕生会はこれまでしたことがなかったが、今年の莉枝未の誕生日には、うちでも、という話になりそうだ。

気持ちを切り替え、裕は琴乃ちゃんママを探す。志保から預かったものがあるのだ。

「あ、すいません。これ、うちの妻からです。今日は来られなくて申し訳ないって恐縮してました」

「わあ、すいません。ご丁寧に」

料理を運ぶ琴乃ちゃんママを呼び止めて、志保に託されたワインを渡す。すると、横から別の女の子のママが「鶴峯家さすがー！」と話しかけてきた。

「こういう集まりに男親一人で参加できるなんて、さすが鶴峯さんのとこだよね。うちは絶対無理。うちのパパ社交性ないし、私も安心してまかせられないし。たとえまかせるって言っても絶対にやだって逃げられるに決まってるもんなぁ」

「いやー……。うちも志保がどうしても仕事で外せない用事があって。莉枝未が琴乃ちゃんのお祝いに参加できなくなるのもかわいそうだったんで」

裕だって、進んで参加したいわけではない。

今日招待されているのは、園で琴乃ちゃんが特に仲良くしている女の子の友達五人組だ。そのすべてが今日はお母さんと二人での参加で、父親参加も、弟を連れてきたのも裕だけだ。主役である琴乃ちゃんのお父さんはいるけれど、あとは、男性はお姉さんたちに囲まれて遊んでいる琉大くらいのものだ。

砕けたタメ口が飛び交うママ友たちの中で、どうしても丁寧語で話してしまう裕だって、社交性が高いとまでは言えないだろうが、子どもの行事につきあうのは苦ではない。志保が仕事の出張と重なり、莉枝未が「じゃあ、行けないの？」と涙目になっているのを見て、「あ、じゃあ俺が行くよ」と躊躇いなく言える程度には、こういう場所に抵抗がなくなっている。

仲良しの子のお誕生会に行けない、ということは莉枝未の中では大問題だったようだ。珍しく、「パパ、ありがとう」とお礼を言われると、それだけで報われた気持ちになってしまう。

「それにしても志保ちゃん、最近輝いてるよね。今日だって出張なんでしょ？　どこだっけ？　台湾？」

「あー、そうです。向こうの会社と新規で取り引きができそうだって、打ち合わせに」

〝輝いてる〟という言葉の響きに若干、圧倒される。すると、それを言ったママが「いいなぁ」と声を上げた。

「最近も雑誌出てるの見たよ。髪、いつもよりウェーブかかってる気がしたけど、あれ、ヘアメイクさんとかついてるの？」

「つく時もあればつかない時もあるみたいですね。雑誌とか、取材してくれる方が用意してくれる場合もあるって」

言いながら、後で見栄っ張りの志保から内情をバラしたことを怒られないといいけど、と少し気にかかる。すると、他のママたちが「かっこいいなぁ」と呟くように言った。

「志保ちゃん、最近ますますきれいになった気がする。やっぱり仕事が順調だと違うのかなぁ」

「ねえ。パパとしては心配でしょ？　内心、複雑なんじゃない？」

「へ？」

一瞬、何を聞かれたのか素でわからなくて、きょとんとした顔になる。しかし、それを聞くママがにやにやと続けた。

「奥さん、あんなにきれいになってくと、出張とか心配にならない？」

「いやー、それはなんとも」

正直考えたこともなかった。聞いた方も深い意味があって聞いたわけではなさそうで、彼女がすぐにまた「いいなぁ、私も台湾行きたい」と軽やかに口にする。誕生会用に飾りつけされた例の一角の方に行ってしまう。

「はい、チーズ」

声がして、パステルカラーの壁の一角を見ると、琴乃ちゃんママが子どもたちの前で手を伸ばし、何かを上に掲げていた。

一瞬、カメラを持って自撮りしているのかと思ったが、少し離れた場所で実際にカメラのシャッターを切っているのは旦那さんの方だった。

なんだろう……、と思って目を凝らすと、どうやら、長方形のフォトフレームのようだった。裕の視線に気づいたのか、琴乃ちゃんママが「あ、これも今日のために用意したの」と教えてくれる。

裕の手に、渡して見せてくれた。

真ん中がくりぬかれた長方形のフォトフレームは、ちょうどプリクラか何かのフレームのようになっていて、周りに紙粘土や厚紙、フェルトなどを使って、果物や花、動物などがちりばめられている。下には『お誕生日おめでとう』の文字が毛糸でつけられていた。

おそらく、写真を撮る時にこれを持って撮れば、日常の写真がプリクラのようにフレームがついた状態になる、という商品なのだろう。

琴乃ちゃんママが説明する。

「これはネットで見つけた業者さんなんだけど、オーダーするときに、どんなイメージのどんなものをって伝えると、その通りに作ってくれるんだ。他にも、子どもや家族の写真を送れば、向こうでその子のイメージに合うのをおまかせで作ってくれたり」

「へえ……」

今は本当にいろんなアイテムがあるんだなぁと感心してしまう。琴乃ちゃんママにフレームを返しながら、それが案外アナログなことにも驚いていた。今はデジカメの写真を加工すれば、スマホでだってすぐに写真にフレームを付けることくらいできる。わざわざ手に持って撮る、という方法がなんだか微笑ましい。

「すごく人気なんでしょ、それ。三ヵ月待ちだって聞いたけど」

「えっ……！」

別のママが言って、裕が思わず声を上げる。琴乃ちゃんママが、はにかむように笑った。

「うん。だからちょっと前に注文しといた。間に合ってよかったよ」

そう言って、またフレームを上にかざす。いつの間にか料理の前に集合し、ケーキに見入る子どもたちの姿を、フレーム越しに琴乃ちゃんの両親が撮影する。


「ねえ、そういえば、室沢《むろさわ》さんは呼ばなかったの？　呼ぼうかどうか、迷ってなかった？　琳《りん》ちゃんのこと」

「ああ……」

囁《ささや》くような声が聞こえたのは、裕が琉大をトイレでのオムツ替えに連れて行き、部屋に戻ろうとした時だった。

料理を食べ、仲良しの子たちとプリンセスのような部屋で遊べるということで、子どもたちはみんなバルーンのあるあの場所に夢中だ。

ママたちが集まって話す時は、裕にとっては際どい話題に踏み込むことも多いから、声が聞こえて、つい身構えた。部屋に戻る足を止める。向こうも、親しいママ同士では話せても男親にはあまり聞かれたくないことだってあるだろう。

今彼女たちの会話に出た室沢琳ちゃんは、今月に入って莉枝未のクラスに転園してきたばかりの女の子だ。〇歳・一歳の頃には苦労する保活だが、莉枝未の年になると幼稚園に通う子がいたりして、認可保育園であっても定員枠に余裕が出る。琳ちゃんはそんな中、一月に入ってから別の幼稚園から転園してきた。

とても活発な子で、入ってすぐの頃から気後《きおく》れすることなくクラスの中に溶け込み、まだ数週間なのに、すっかりクラスの中心人物のような貫禄がある。莉枝未や琴乃ちゃんのグループと仲がいいと先生たちからも聞いていた。

年少さんに上がる前くらいまでは、子どもたちの集まりは親同士の仲の良さという要因のみでやることが多かったけれど、莉枝未くらいの年になると集まりのメンバーは、子ども同士の仲の良さで決まることも増えてきた。男子と女子とで差はあるかもしれないが、そんなところにも我が子の成長を感じる。

けれど、言われてみれば、琳ちゃんたち親子は今日の集まりには来ていない——。裕も今更ながら思い当たる。

琴乃ちゃんママの声が、少し小声になった。

「うん……。琳ちゃん、琴乃とも仲がいいから、ダメ元で声だけかけようかとは思ったんだけど。忙しいだろうけど、私も来てもらえたら嬉しいかなって思ったし」

琴乃ちゃんママがそこで子どもたちが遊ぶ一角を眺めながらため息をつく。

「うちのホームパーティーくらいじゃ、室沢さん呼ぶのはちょっと気後れするけど」

「えー、そんなことないよ。琴乃ちゃんのおうち、広いし、見晴らしもいいからうちは羨ましいけどなぁ」

別のママからすかさずフォローが入るが、裕には琴乃ちゃんママの気持ちもわからなくはない。

琳ちゃんのお母さん――室沢明日実《あすみ》は、ファッション雑誌などで活躍していた元モデルだ。

同じ園になるまで裕は知らなかったが、志保たちの同世代ママの中では昔から有名な存在だったらしく、彼女たち親子が園にやってきた数週間前は大騒ぎだった。「アスミちゃんが園に来たって本当!?」とその時期送り迎えを裕まかせだった志保も興奮していた。

裕が彼女を「知らない」というと驚いた様子で、「『KANON《カノン》』のアスミちゃんを知らないの？」と言われたが、どうやら「アスミちゃん」というのが彼女が活躍していた雑誌『KANON』での愛称らしかった。十代の頃からモデルの仕事をしていて、二十代後半で結婚すると同時に引退。ただし、出産してからは、そのことでまた雑誌にコラムを書いたり、特集記事に出たりするようになっているらしい。

存在を知らなかったとはいえ、彼女が娘の琳ちゃんを通わせるようになってからは、裕もどの人がそうか、すぐにわかった。

長身のすらっとした体軀《たいく》に、びっくりするくらい小さな顔。頭身バランスも骨格も、一般人とは明らかに違う存在感で、月並みな言い方をすれば芸能人オーラがある。

娘である琳ちゃんも、ママに似てすらりとした体格で、切れ長の目をした美人だ。莉枝未が仲良くしていると聞いて、裕も志保も「莉枝未、すごい」と我が子ながら尊敬めいた思いを抱いたほどだ。

琴乃ちゃんママが続ける。

「でも、やっぱり私たちとは感覚が違うんじゃないかな。住んでる世界が違うっていうか。……実はこの間お迎えに行った時に、ちょっと気まずいことがあって」

「気まずいこと？」

「お誕生日が近づくと、クラスの前にさ、その子の写真が貼り出されるじゃない？　何月何日、誰々さん、お誕生日おめでとうっていうメッセージつきで」

「あー、あれかわいいよね。今、琴乃ちゃん貼られてるけど」

「うん……」

園の全クラスでやっていることで、裕も志保も自分の子がそうやって誕生日を貼り出されるのは楽しみだ。他の保護者から、「莉枝未ちゃん、誕生日今週なんだねー」と声をかけてもらえたりすると嬉しいし、先生たちが忙しい合間を縫って写真を撮り、全員分作ってくれているのかと思うと感謝を覚える。

しかし、琴乃ちゃんママが次に告げたのは、思いもよらない言葉だった。

「この間、お迎えの時間が一緒になった時に、室沢さんがうちの子の誕生日の写真を見て て――先生に言ってたんだよね。『この写真と誕生日を出すやつ、絶対に全員貼らないといけないんですか？　断ることはできないんですか？』って」

「ええーっ」

ママたちの声が揃って上がる。みんな、大声になった。

「何それ？　貼られるのが嫌だってこと？　嬉しいじゃない、あれ」

「個人情報とかそういうことなのかな？」

「わからないんだけど、ともかく、うちの子の写真を指さしてそう言われてるのを見たら、なんだかお誕生会に誘うような雰囲気じゃないなって思って。――琳ちゃんのことは呼びたかったけど、やっぱり室沢さんはうちとはちょっと違うのかも……」

「あー、それはちょっとわかるなー。私も話しかけたけど、秘密主義なところあるよね」

別のママが言う。

「うちの保育園に来たのは、引っ越しか何かですか？　って軽く聞いたんだけど、『違うんですけど、ちょっと』とかはぐらかされちゃったんだよね。挨拶くらいはするけど、なんかあんまり話しかけないでっていう空気が出てない？」

「そうそう。美人だからそう見えるのかなって思ってたけど、明らかにお高くとまってる感じが出ちゃってるよね。アスミちゃん、十代の頃大好きだったからショックだなぁ」

「あー、わかる。あの頃、元気系ファッションっていうとアスミちゃんだったよね。だから私生活ももっと庶民的かと思ってたけど、そっかぁ……」

「聞いた話だと、琳ちゃんが前に通ってた幼稚園、セレブが通わせることで有名なあそこでしょ？　ママたちもみんな芸能人みたいにきれいな……」

「どうしてうちみたいな普通の区立にきたんだろ？」

ママたちが盛り上がる中、裕はだんだんいたたまれない気持ちになってくる。お高くとまってる、という言葉を日常生活で聞くことがあるとは思わなかった。

ちょっと気まずい気持ちで、琉大と一緒にリビングに戻る。すると、ママたちがぱっと表情を変えて、「あー、琉大くん。お帰りー。すっきりした？」と話しかけてきてくれる。

彼女たちもまた、せっかくのお誕生会で誰かの陰口めいたことを進んで話したいわけでもないのだろう。

「そろそろケーキ切ろうか！」

琴乃ちゃんママが言って、それきり、その話はおしまいになった。

「ただいまー、莉枝未、琉大！」

玄関からの声に、裕の作ったオムライスの夕食を食べていた莉枝未と琉大がぱっと顔を上げる。

そのままスプーンを置いて「ママ⁉」と椅子を降りて走り出したのを、裕もゆっくりとした足取りで追いかける。台湾出張から戻った志保との四日ぶりの再会だ。

「おかえり。お疲れさま」

「ただいまー！」

裕が声をかける頃には、子どもたち二人が「おかえりー」とさっそく母親に抱きついていた。二人を腕に抱きながら、志保がほーっとため息をつく。

「あー、疲れた。莉枝未、琉大、元気にしてた？　裕も本当にありがとうね」

スーツケースを靴の脇に置いたまま、子ども二人の頭を顔の方に引き寄せる。

「あー、リエとリュウの匂いだー」

甘い声を出す志保に、莉枝未と琉大が笑いながら「やめてよー」と返す。二人とも志保が今日帰ってくるのを心待ちにして、さっきから玄関の方で物音がするたびに気にしていた。

たった数日離れただけでも、子どもの匂いがそうやって懐かしくなる感覚は、裕にもわかる。

とはいえ、子どもは現金なもので、抱擁そっちのけで莉枝未がさっそく「ママ、お土産は？」と尋ねる。志保が立ち上がって「ああ、はいはい。ちょっと待っててね」と玄関で靴を脱ぎ、スーツケースを中に引き入れた。みんなでリビングに戻る。

「台湾はどうだった？」

「楽しかった。行かせてくれてありがとうね。向こうの新進気鋭のイケメンデザイナーに会って癒《いや》されたよー。芸能人並みに人気のある人で、あちこち案内してもらったり、助かった」

「取り引き、うまくいきそう？」

「うん。それはもうばっちり。来月くらいからさっそく、彼のブランド含めていくつか向こうのキッズラインをうちで扱わせてもらうことになりそう」

志保が晴れやかな口調で答え、微笑む。

琴乃ちゃんの誕生会で、ママ友たちから「志保ちゃん輝いてる」「出張なんて心配にならない？」というようなことを言われたが、イケメンに会ったことをこんなふうに明け透けに語るうちは、そういう雰囲気はないよなぁと思う。

お茶を淹《い》れ、台湾土産のパイナップルケーキを食べながら、志保が続けて「留守中何か変わったことなかった？」と尋ねた。

家や保育園での様子を一通り話した後で、琴乃ちゃんの家のお誕生会についても話す。飾りつけがすごかったこと、プレゼントには志保に言われた通りディズニープリンセスの色鉛筆セットを買って持っていったことなどをスマホで撮影した写真を見せながら伝えると、志保が「本当にありがとうね」と申し訳なさそうに微笑んだ。

「琴乃ちゃん宅《ち》のパパがいるとはいえ、女子親の中に男子一人は肩身狭かったんじゃない？　リエのクラスのママ友たち、みんなお喋《しゃべ》り好きだし、女子度高いから。琉大も連れてだと大変だったんじゃないかって心配してた」

「いや、そこは琉大がいてくれて逆に助かったよ。正直ガールズトークの中で琉大の世話もない状態だったら、することがなくて困ったと思う。周りも気を遣うだろうし」

三十も過ぎて子どもの親になっても、〝女子親〟とか〝男子〟〝女子度〟という言葉で自分たちについて話すことになるなんて、独身の頃には夢にも思わなかった。

そのあたり、親になったからといって急にこれまでと違う存在になるわけでもなく、自分たちは自分たちのままなんだよなぁと思い知る。自分が子どもの頃は、親というともっと圧倒的に達観した大人の存在なのだと思っていた。

「誰が来てた？　あ、そうだ。誘おうか迷ってたみたいだったけど、あの子は？　室沢琳ちゃん」

「ああ、そのことなんだけど」

裕がかいつまんで立ち聞きしてしまったことについて話す。クラスの前に貼り出されたお誕生日の写真を見て彼女が言っていたという内容を伝えると、志保が「えーっ！」と声を上げた。

「それ、本当？　アスミちゃん、会えば挨拶してくれるし、すごく感じがいい人だと思ってた。みんなが言うような、そんなお高くとまってるとか、話しかけないでっていう空気は、少なくとも私は感じたことないけど」

「あ、そうなんだ」

「うん。実際に仕事してたっていう人たちを何人か知ってるけど、仕事相手からの評判もいいよ。ちゃんと編集者やカメラマンにも気遣いができるいい子だって話しか聞いたことないけどな」

「そっかぁ。確かに、目立つ人ではあるから、ひとつ何かがあっただけでそんなふうに噂が感じ悪く広がっちゃうことはあるかもね。だとしたら気の毒だけど」

きっかけは、やはり、琴乃ちゃんママが見たというお誕生日の写真事件なのだろう。

『絶対に全員貼らないといけないんですか？』と先生に聞いていたというのは、確かに裕が聞いても印象がいいことではない。

「前に室沢さんがいた幼稚園については知ってる？　琴乃ちゃんママたちは、セレブが通わせることでも有名なとこだって言ってたけど」

「あー、はいはい。聖ルシア幼稚園ね」

志保からすぐに返事があった。よく知ってるなー、と相変わらずの妻の情報網の広さに圧倒されるような、呆れたような気持ちになる。

「そこも由依ちゃんの娘さんが通ってる虹ヶ宗みたいなお受験系なの？　フォーマルスーツで送り迎えするような」

本当はお受験系ではなく、「喪服系なの？」という言葉が喉まで出かかったが呑み込んだ。志保が「うーん」と眉間に皺を寄せる。

「聖ルシアは虹ヶ宗みたいなガチガチのお受験系じゃないよ。入園に対しても縁故とか面接とかそこまで厳しくないって聞いてるし、中にはお受験する子たちもいるだろうけど、どっちかっていうと、地元の子たちが多く通ってる感じ。ただ、地元って言っても、広尾《ひろお》だから、必然的にやっぱりある程度は収入がある人たちってことになるのかもしれないけど」

広尾は高級住宅街としても知られているエリアだ。裕が首を傾げる。

「室沢さんは、もともと家はうちの近くのこっちの方なんだよね？　転園は、別に引っ越したからじゃないって言ってたみたいだけど」

「うん。聖ルシアは、モデルや芸能人の親も多いから、ひょっとしたら家が離れてても、誰か友達に誘われたりして、それで入ったのかもね。インターとまでは行かなくとも、英語教育とかも結構してくれる園だってことで、旦那さんに海外転勤があるママたちにも人気高いみたい」

志保の言う「インター」は、「インターナショナルスクール」の略だ。もともとは国内の外国籍の子どもたちが通う学校として設立されたものだと言われているが、今は、そうした環境の中で英語や国際的な感覚を身に着けてほしいと、日本人の親が子どもを通わせる場合も多い。

保育園といい、幼稚園といい、今は子どもの段階から本当に進路の選択肢が無数に存在するんだなぁと改めて思い知る。自分自身は関係がないのに、そんなことにやたらと詳しい志保にも感服する思いがした。

「室沢さんの旦那さんは何してる人なの？　企業の社長さんか何か？」

「あ、違う違う。確か美容師さんだよ。自分でサロン持ってるから、社長といえば社長だけど」

「あ、そうなんだ」

セレブ、という言葉から単純に社長という言葉を連想したのだが、少し意外に感じた。美容師で自分のサロンを経営している親なら、莉枝未と琉大の保育園にも何人かいる。セレブというと自分たちとはとんでもなく違う、遠い人たちというイメージがあるけれど、美容師のような技術系の仕事ならば親近感があった。

「確か、もともとは雑誌撮影も手伝うヘアメイクだったんじゃないかな。結婚のことは、雑誌でも特別ページで報告記事が載ってて、読者もみんなお似合いのカップルだって祝福ムードだったからよく覚えてる」

「今回保育園に来たってことは、アスミちゃん自身もモデルに復帰するとかそういうことなのかな？」

　認可保育園に入園するのは、親が働いているということが多くの場合、条件だ。志保につられて、裕もつい「室沢さん」から「アスミちゃん」という呼び方になって尋ねると、志保が頷いた。

「かもね。もともと、引退したっていっても、メディアから完全に消えたわけじゃないから、本格的にまた復帰するつもりなのかも。かっこいいよね、ママモデル。今はママタレとか、ママになってから逆に仕事が広がる場合も多そうだしね」

　志保が言いながら、スマホを手にする。海外でもメールはできただろうけど、日本に戻って仕事の状況でチェックしたいこともあるだろう――となんとなくその様子を眺めていると、ふいに、志保が「えーっ！」と声を張り上げた。

　悲鳴のような大きな声に、テレビを観ながらパイナップルケーキを食べていた子どもらがびくっと背筋を正してこちらを見た。裕もびっくりして、思わず「どうしたの?」と尋ねる。

スマホの画面から顔を上げた志保が、あわてた様子で「ちょっとごめん。電話してきていい?」と断って、リビングを出ていく。

仕事関係で何かあったのだろうということは予想がついた。しかし、時計を見ると、もう九時近い。こんな時間に電話するということはよほどのことだ。

志保が消えたリビングで、莉枝未が「ママは?」と尋ねる。

「ママ、お仕事? かわいそうだね」

幼い娘から出た〝かわいそう〟という単語に苦笑してしまう。口が達者になったなぁと思いながら、裕は「大丈夫だよ」と娘にこたえる。

廊下で電話する志保の声が微かに漏れてくる。相手は誰かわからないけれど、「ちょっとどういうこと?」「これ、今からじゃ無理だよ」と話す声は怒っているようでもあり半泣きのようでもあり、少し心配になる。

十分ほどして戻ってきた志保の顔はげんなりと疲れていた。

「どうしたの?」

「――商品の大量キャンセル。フランス製高級子ども肌着の」

志保の目が泣きそうに歪《ゆが》む。「あー、もう」と呟いた。

「普段なかなか注文入らないような、上下セット一万円の超いいやつだよ。今もう取り寄せる発注かけちゃってるのに、急にキャンセル。しかも、三十着。今更もう仕入れ元にキャンセルできないから、たぶん、うちで買い取ることになりそう」

「それは……」

裕も同情して、「どうにかならないの？」と声をかける。志保が首を振った。

「多分、無理。海外からの商品だとキャンセルが難しい場合も多いから、一定期間後のキャンセルはしないでくださいって、サイトでもメールでもあんなに書いてるのに！」

「今の電話は八瀬《やせ》さん？」

「うん」

八瀬さんは、志保の会社に勤める社員の女性だ。〝merci〟を立ち上げる時からずっと会社を手伝ってもらってきた、志保にとってはいわば仕事上のパートナーとでもいうべき存在だ。

志保が大きなため息をついた。

「今日の昼間、キャンセルの電話があったらしくて、相手にはもうキャンセル不可の時期にきちゃってるって説明したらしいんだけど、とにかく、そう言われてもうちでも困るので、の一点張り。で、その後は向こうに電話が通じないみたい。メールも返信なし」

「その相手は個人のお客さんなの？　三十着も？」

「うん。業者じゃなくて、個人のお客さん。会社なら、お互い、何かやりようがあるかもしれないんだけど……」

「どうするの？」

「どうにかしたいとこだけど」

志保の顔つきが曇る。

「明日、またそのお客さんに連絡取ってみるつもりだけど、相手と連絡がつかないんじゃ、もう、今回は別のお客さんに買ってもらうしかないかなぁ。高級すぎて、難しいかもしれないけど」

「……だよね」

すぐに成長してしまう子どもの肌着に一万円だ。買い手を探すのは難しいかもしれない。三十着の大量注文をしてきたお客さんにしてもよほど生活にゆとりのある人なのだろう。それこそ、さっき話に出ていたセレブでもない限り、できない発想だ。

「はー。ひさびさに大口のいい取り引きだと思ってたのに……。帰ってきて早々、頭が痛いよー」

志保が言い、それを聞きつけた莉枝未が振り返る。

「ママ、がんばれ！」

話の内容がすべてわかったわけではないだろうけれど、おしゃまな様子で、こっちに向け、ガッツポーズを作る。


志保が帰ってきた翌日の保育園には、二人で一緒にお迎えに行くことができた。

仕事の後でそれぞれ園に向かい、待ち合わせるようにして一緒に琉大の待つイチゴ組へ、次に莉枝未の待つメロン組の部屋に向かう。

イチゴ組で会った顔見知りのママから、「二人でお迎えなんていいなぁ」と声をかけられた。

「うち、パパが忙しすぎて絶対に無理だよー。今日もたぶん十二時過ぎると思う」

「うちもなかなか普段は無理なんだけど、今日はずっと家を空けてた罪滅ぼしもあって。ひさびさに外食」

志保が笑う。

そのママと別れ、莉枝未の待つメロン組の前に行くと、そこでは、琴乃ちゃんのママたちが集まっていた。この間のお誕生会で一緒になった親子数組が廊下で何やら封筒を渡し合っている。

やってきた志保の姿に気づいて、何人かが顔を上げ「あ、志保ちゃん」と声をかけてくる。

「みんな、お迎えおつかれー。琴乃ちゃんのお誕生会、行けなくてごめんね」

「いいよ。気にしないで。でも、会えてよかった。今、ちょうど、その時の写真を渡してたとこなの。莉枝未ちゃんの分もあるよ。はい」

「え、本当？　見てもいい？　うちのパパに聞いたけど、飾りつけ素敵だったんでしょう？」

志保が封筒を受け取り、盛り上がる横で、裕もまた琴乃ちゃんママたちに「どうも」と軽く会釈する。クラスの中を覗き込むと、先生たちが莉枝未を「今日も元気でしたよー」と連れてきてくれた。

写真のやり取りをしているママたちの横で、それぞれの子どもたちもまた「見たい！」「見せて！」と手を伸ばしてくる。

――と、その時だった。

莉枝未の荷物を廊下のフックからまとめて持ち帰ろうとしていると、部屋の入り口に室沢琳ちゃんが立っているのに気づいた。母親譲りの姿勢のいいまっすぐな立ち姿で、写真を手にした友達の方をじっと見つめている。今日は、お迎えはまだのようだった。

普段仲のいい子たちのグループ内であったお誕生会の話は、ひょっとすると、子どもたちの間でも出ていたのかもしれない。琳ちゃんが自分だけ呼ばれていないことを気にしていたらかわいそうだな、と咄嗟に思った。女の子だったら余計にそのあたりはもう気になるのかもしれない。

琳ちゃんの視線に、ママたちが気づいた。気を利かせたふうの琴乃ちゃんママが、「あ、今度、琳ちゃんも来てね」と微笑んだ。

「お誕生会、来年もまたすると思うから、その時には琳ちゃんも来てくれると嬉しいな。ね、琴乃」

「うん」

母親の呼びかけに、琴乃ちゃんもこくりと頷く。横から、別のママが「うちのお誕生会にも、よかったら来てね。もう再来月だから」と重ねて言った。三月生まれの、遊菜《ゆうな》ちゃんのママだ。

琳ちゃんが大きな瞳をこちらに向けたまま、無言で頷いた。顔立ちが整っているせいで、無言でそうされると迫力があった。

「そういえば、琳ちゃんはお誕生日いつなの？　何月生まれ？」

志保が尋ねる。すると、琳ちゃんの顔にはっきりとした変化があった。相変わらず黙ったままではあるが、目をわずかに見開き、そして俯《うつむ》いてしまう。

それを見て、志保も裕も、あれ？　と思う。

子どもにとって、お誕生日は重要なことだ。名前と、年齢の次くらいに覚える自分の大事なアイデンティティ。一年の時間経過自体についてよくわかっていなくても、莉枝未も周りの子たちも、「リエ、十月！」とか声高《こわだか》に友達と教え合っていたりする。

琳ちゃんの様子を見た志保が、「もう終わっちゃったかな？」と助け舟を出すと、琳ちゃんが無言で頷《うなず》いた。それを見て、別のママが尋ねる。

「あ、じゃあ、琳ちゃんももう五歳なんだ？」

軽い問いかけだったが、琳ちゃんの顔にまた、はっとした表情が浮かんだ。瞳がますます翳《かげ》り、唇をすぼめるようにして、答えた。

「ううん。違う」

「え、お誕生日もう来たのに？」

「うん。琳、四歳」

利発そうな琳ちゃんには似つかわしくない、要領を得ない答えだった。裕と志保は思わず顔を見合わせる。

「四歳ってことは——、お誕生日まだなのかな？」

裕が尋ねると、琳ちゃんはさらに困惑するように視線をさまよわせる。やがて頷いた。

「じゃあ、そう」

じゃあって——、と、投げやりな言い方が気になった。

しかし、琳ちゃんをこれ以上困らせるのもどうだろう。裕は曖昧に「そうなんだね」と言うだけに留《とど》めておいた。

他のママたちも気になる様子だったが、それ以上は何も言わず、後は子どもたちが互いに「琴ちゃんは一月だよ」とか「リエ、十月！」と好き勝手に話しだす。

その時だった。

「お疲れさまです」

挨拶の声がして、振り返ると、琳ちゃんのママ――室沢明日実がこちらに向かってやってくるところだった。

お迎えを待っていた琳ちゃんが、明日実の登場に「ママッ！」とぱっと顔を輝かせる。

「琳、遅くなってごめんね」

笑顔で娘の方に駆け寄る明日実は、先日みんなで話していたような〝感じの悪い人〟には間違っても見えない。他のママたちにも礼儀正しく会釈している。

中でも驚くのが、莉枝未を含め、子どもたちがみんな明日実に屈託なく話しかけていることだ。「あー、琳ちゃんママ！」と嬉しそうに言う女の子たちに、明日実が「あー、リエちゃん」とか「琴乃ちゃん、髪切った？」とか話しかけている。

琴乃ちゃんママにも「髪が短いの、琴乃ちゃん、よく似合いますね」と微笑みかけた。

それに琴乃ちゃんママが「ありがとうございます」と応じる。敬語同士のやり取りではあるけれど、いい雰囲気に見えた。

いるせいもあり、そうされると、逆にまるで誠意がないような印象を受けてしまう。彼女たち親子が行ってしまってから、取り残された遊菜ちゃんママが残念そうにため息をついた。

「勇気出して誘ってみたけど、無理だったね」

「――予定が見えたところでって言ったけど、誕生会の日付も聞かれなかったもんね」

ママたちが話す横で、ふいに、琴乃ちゃんが「ねえねえ」と莉枝未に話しかけるのが聞こえた。囁くような声で続ける。

「琳ちゃんて、欲張りなのかなぁ」

欲張り、という大人の世界でもなかなか使わない言葉に、一体どこで覚えたんだろう、と呆れながらも感心する。

「欲張り？」

首を傾げる莉枝未に琴乃ちゃんが頬を膨らませる。

「だって、お誕生日、もう終わったのにまだって言ったり、きっと、お誕生会、二回やりたいんだよ。プレゼントも二回欲しいんだよ」

「そんなことないでしょう？　琳ちゃんはきっと、何か勘違いしてるんだよ」

琴乃ちゃんママが言い、「帰ろうか」と娘の手を引く。

なんとなく、今のやり取りにやるせない気持ちになりながら、裕も志保と一緒に、子どもたちと玄関に向かった。

夕食のため、保育園近くのピザカフェに家族四人で入る。オープンテラスもある開放的な雰囲気の店で、店内には裕たちのような園や学校帰りの親子連れの姿も多く見られた。店の方でも子どものためにレジの横に自由に読める絵本を置いていたりするので、子連れで来るには気が楽だ。

案内された席は、四人掛けできそうなテーブル席だったが、手前に大きな観葉植物が置かれていた。そのせいで椅子が三つしかない。

気を利かせた店員が「今、もうひとつテーブルをくっつけますから」と言ってくれたが、裕は「椅子だけあればいいですよ」と答える。

「オレ、お誕生日席でいいよ」

店員が持ってきてくれた端の椅子を指さし、志保にそう言うと、莉枝未が不思議そうな顔で志保を見上げた。

「なんでお誕生日席って言うの？」

「んー？　お誕生日の子がお誕生会で座る席みたいでしょ？　ひとつだけぽこってはみ出

て特別そうだからそう言うの。この間、琴乃ちゃん、お誕生日の時にこういう席に座ってなかった？」

「あ、琴乃ちゃんは長テーブルの真ん中で、お誕生日席じゃなかったんだよ」

娘の代わりに裕が答える。そんな言い方をすると、莉枝未は自分が座ると言い出しかねないな――と思っていると、案の定、莉枝未がぱっと顔を上げる。

「リエ、そこ座る！」

「狭いよ」

「いいのー！」

「ねえね、りゅちゃんもー」

「琉大はダメ！　ママの横！」

結局、揉めながらも、お誕生日席には莉枝未が座ることになり、満足した様子の莉枝未がそのままレジ横の本棚に絵本を選びに行ってしまう。琉大はまだ「ねえね、ダメー」と不満げにぐずっている。最近ようやく「パパ」と「ママ」以外に「ねえね」と姉を呼べるようになり、莉枝未ともちょっとしたことでさらに衝突しやすくなってきた。

そんな琉大を横の席に座らせながら、志保が裕に、「ねえ」と呼びかけてきた。

「何？」

「さっきのアスミちゃん親子のこと、気になるよね。琳ちゃんが自分のお誕生日、もう来たって言ったり、まだって言ったりしてた」

「ああ。あれ、確かに謎だね」

四歳なのか、五歳なのか。曖昧な返事をしていたことを思い出す。子どもは自分の年には誕生月以上に敏感だから、裕も気になった。

テーブルにできた空席の〝お誕生日席〟を見つめ、その時、ふと、裕が思いついて言う。

「お誕生会が嫌だからだったりしてね」

「え？」

「アスミちゃんがお誕生会の誘いを断るの、案外、娘のお誕生会を開くのが面倒だから、とか、そんな程度の理由だったりして。莉枝未もそうだけど、誰かの誕生会に行くと、子どものことだから自分もやってほしいってなりがちだろ？　そのことで琳ちゃんと喧嘩《けんか》か何かしたとかさ」

琴乃ちゃんのお誕生会に呼ばれた際のすごい飾りつけや、数ヵ月待ちのオリジナル写真フレームのことを思い出した。あれは親の準備も相当大変そうだ。莉枝未に同じことをしてほしいと言われたことを思い出すと今からもう頭が痛い。

何気なくそう思って口にしただけ――のつもりだった。しかし、話しながら、おや、と思う。裕の話を聞く志保が目を見開いてそのまま表情を固めている。

あれ、と思いながら「どうした？」と問いかける。

「まあそんな理由だけのはずがないから、やっぱり他に事情もあるんだろうけど。確かに気になるよな」

「裕――」

「ん？」

「裕って、たまに鋭いよね。どうしてだろ。やっぱり育児してママ友の中にいても、そこは男目線だからなのかな。ママ友社会の常識ど真ん中にいるわけじゃないから、ちょっと俯瞰《ふかん》して見られてるのかも――」

「どういうこと？」

話が見えなくて首を傾げる裕の前で、志保がますます意味深な表情になる。呟くように言った。

「本当に、そうなのかもしれない」

「え？」

「知り合いのママから聞いた話を思い出した。ひょっとすると――」

そこまで言った志保が、ふいに口を噤《つぐ》む。どうしたのだろう、と顔を覗き込むと、店内の奥の方を見ていた。

裕も気づいた。

視線の先に、琳ちゃん親子が座って食事をしている。どうやら、彼女たちも今日はここで夕飯にしたのだ。

絵本を手に戻ってきた莉枝未が、席に着く前に「あー！」と声を上げる。

「琳ちゃんだ！」

ついさっきまで一緒だったはずだが、園の外で友達に会えたことが嬉しいようで、琳ちゃんたち親子のもとに、止める間もなくぱーっと走りだしてしまう。

志保が立ち上がり、あわてて後を追う。

「あら？」

突然やってきた莉枝未に、明日実が顔を上げる。琳ちゃんが「あー、リエちゃん！」とはしゃいだ声を上げた。

「偶然ですねー」

莉枝未に追いついた志保が言う。明日実が「あ、リエちゃんのお母さん」とこたえる。

「よく来るんですか？」

「ええ。いいですよね、このお店」

母親二人が話す横で、莉枝未が持っていた絵本を琳ちゃんに見せている。二人でそのまま並んで座ろうとするのを、志保が「リエ、自分の席でごはん食べてからにしなさい」と注意している。

「すいません」と明日実に謝ると、彼女も「いいえ。会えて嬉しいです」と笑顔で応じてくれた。

莉枝未を席から立たせた志保が、その時、ふと明日実を見つめた。思い出したように話しかける。

「そういえば、室沢さんって久住《くすみ》さんとお友達なんですよね。『ELISE《エリセ》』の編集長の」

「あ、ええ」

久住さんの名前も『ELISE』という単語も裕は初耳だったが、編集長ということは、『ELISE』は雑誌名なのだろう。少し怪訝《けげん》そうな顔の明日実に志保が説明する。家であれだけ〝アスミちゃん〟呼ばわりしているのに、実際に話すと志保であっても〝室沢さん〟呼びになる。

「私、仕事の関係で、今ちょこちょこお会いする機会があって、先月もちょうどごはん食べたばっかりなんです。この間、久住さんのインスタグラムを見たら室沢さんと一緒に撮った写真が載ってたので、あ、仲がいいんだって思って」

「あー、そうなんですね」

明日実がようやく警戒を解いたように笑顔を浮かべる。

「はい。真由《まゆ》さんには昔からお世話になって、よくしてもらってます」

「素敵な人ですよねー。私もいろいろ仕事のことで相談に乗ってもらったりしてます。

——そういえば、久住さんのところ、今もうお子さん、小学生ですけど、前は確か室沢さんと同じ幼稚園でしたよね？　聖ルシア幼稚園」

「ああ……」

　明日実が頷く。前の幼稚園の話はあまりよくないんじゃ……と裕が思っていると、案の定、明日実が少し躊躇いがちに頷いた。

「そうです。学年は違いましたけど……」

「あ、それでですね。さっきのお誕生会のことなんですけど。琴乃ちゃんママたちが言ってた」

「――はい」

　明日実の顔にはっきりとした緊張が走ったように見えた。裕も一体何を言い出すのだろうと気が気じゃない。すると、底抜けに明るい声で、志保がやや申し訳なさそうな口調になる。

「うちの保育園のお誕生会、聖ルシアのと比べると全然小規模の、こぢんまりとした集まりなんですよ。集まるのも仲のいい子が四、五人って感じで、場所も個人のおうちでやることがほとんどなので、琳ちゃんにしたら物足りないかもしれないんです」

　明日実が目を見開いた。

　しかし、志保が、その表情に気づかないようにあっけらかんとした言い方で続ける。

「持参するプレゼントも色鉛筆セットとかハンカチくらいのものなので、もしよければ本当に、気軽な気持ちで来てくださいね」

「あ、はい」

一気に話し終えた志保の雰囲気に押されたように、明日実がこくりと頷いた。志保も志保で、言うだけ言うと、「じゃあ、また」と微笑み、彼女たち親子の座る席をあっさり後にする。莉枝未を連れ、裕たちの方に戻ってきた。

「おまたせ、裕。ごめんねー。注文しようか」

「いや、大丈夫だけど……」

ちらりと様子をうかがうと、娘と向かい合って座った明日実が何かを考え込むように黙って宙を見ている。彼女がこちらを見る気配があったので、あわてて目を逸らした。

「今の、どういうこと？」

「うん？」

尋ねると、メニューを開いた志保が、意識的に明日実の方を見ないようにしているのがわかった。呟くように短く答える。

「――裕の言う通り、逆だったのかもしれないなって、思って」

「逆？」

「さっきの琳ちゃん。琴乃ちゃんが、誕生日が二回来てほしいんじゃないかって言ってたけど、実は、その逆。琳ちゃんは誕生日、ないことにしたいんじゃないかな。少なくとも、ママたちにそう言われてるとか」

「へ？」

ますますわけがわからない。莉枝未が琉大と一緒に、「チーズにはちみつかけるピザ頼んで！」とメニューを開いて好きなものを指さし始める。

すると――。

「あの」

声がして、顔を上げる。琳ちゃんの手を引いた明日実がテーブルのすぐ横に立っていた。驚いて、裕と志保はともに短く息を呑む。すると、明日実が言った。

「ごはん、ご一緒してもいい、かな？　――席を移って、横に来ても」

少し遠慮がちに、裕たちの横の空いた席を示す。思ってもみない申し出だった。しかし、その声に志保が笑顔になる。

「どうぞ！　喜んで」


「――バカみたいな話なんだけどね」

明日実がそう語りだしたのは、裕たちが料理を注文した後、すぐのことだった。

莉枝未と琳ちゃんが楽しそうに絵本を開く中、明日実が子どもたちをどこか遠い目で眺める。

口調がそれまでの敬語のです・ます調から少しくだけたものになっている。そうされても悪い気はしなかった。むしろ、さっきまでの構えたような礼儀正しさよりぐっと人間味があって、彼女は本来、こういう話し方をする人なのだろうと思えた。

「実は、私、前の園で子どものお誕生会に疲れ果てちゃって。もう、新しい園ではお誕生会とか、ママ友付き合いとか、そういうのはもう、ちょっといいかなって。少なくとも、今年はもう関わりたくないって、そんなふうに思ってたんだ」

え、と裕は声にならない声を呑み込む。しかし、志保はまるでそれをわかっていたかのように頷く。「そうなんだ」とこたえる彼女の口調も軽く、明日実に対して親しげなものになっていく。

「すごいみたいだもんね。聖ルシアのお誕生会。半年前から準備したり」

「うん。楽しいことは楽しいんだけど、やっぱりもう、疲れ果てちゃって」

半年前!?　と声が出かかる。

明日実がさっきから〝疲れ果てた〟という言葉を使っていることにも、裕は衝撃を受けていた。ただの〝疲れる〟では足りないくらいの〝疲れ果てる〟という響きには迫力が感じられる。

「聖ルシアのお誕生会って、そんなにすごいの？」

　この間の琴乃ちゃんのお誕生会も飾りつけに凝っていたり、だいぶすごい印象があった。裕が控えめに尋ねると、志保が明日実を気にするように見た。

「確か、クラスの子を全員呼ばなきゃいけないんだよね？　園の方針で、お誕生会をするなら、仲間外れになるおうちが出ないよう全員を呼ぶか、それか、やらないかっていう選択肢しかない」

「ええーっ！　それ、男子も女子も呼ぶの？」

「うん。男子も女子も。自分の子どもがどっちの性別であっても、全員招待」

　確かに、呼ばれた・呼ばれていないで仲間外れになる子が出てしまうのはよくない。しかし、やんちゃ盛りの幼い子どもたちが一クラス分集まるのは大変なことだ。

　明日実が苦笑する。

「やらないっていう選択肢もあるにはあるんだけど、やっぱり他の子がみんなやってるのにうちだけやらないっていうのは、琳にもかわいそうだし、うちも、去年は頑張ってやったんだけど」

「それ、場所はどこでやるんですか？　クラス全員じゃ、どっか個室を貸し切りにでもしない限り――」

「うん。だから、だいたいがレストランか、ホテルの宴会場のことが多いかな。子どもはみんな走り回るし、貸し切りじゃないと他のお客さんやお店にも迷惑がかかるから」

明日実が、「たとえばあそことか」と名前を挙げたレストランは、裕が昔、友人の結婚式で行ったことのある恵比寿のレストランだった。大人にも人気の、値段もそれなりにする高級店だ。

「……結婚式の二次会みたいですね」

思ったままの感想をつい口にすると、明日実があっさり「だから何百万もかかったりします」と答えたので絶句する。敬語に戻って言ったが、敬語でも使って自分と距離を取らなければ到底明かせないのかもしれない。

「でも、結婚式の二次会だったら会費をとりますけど、お誕生会はそうじゃないですよね？　もらえるのはせいぜいその子へのプレゼントくらいで」

「それどころか、プレゼントもらっても確か、その分のお返しをお土産としてみんなに持たせるんだよね？」

志保が言って、裕はまたも「え」と息を呑む。それじゃ、本当に引き出物つきの結婚式ではないか。

「そうなの。天体望遠鏡とか子ども用ミシンとか、うちもいろいろもらったなぁ」

「てっ……」

天体望遠鏡!?　と言葉を失う。

それをクラスの人数分用意するところを想像すると、その値段と大きさに気が遠くなる思いがした。第一かさばる。場所だって相当取るだろう。

「そりゃあ……、確かに何百万もかかるね……」

やっとのことでそう言う。そんな凄そうなお誕生会に呼ばれたら、プレゼントは何を持っていけばいいのかと思っていたが、それもきっとお土産に見合うようなものでなければ許されないだろう。色鉛筆セットやハンカチではまず釣り合わない。

明日実がため息をついた。

「そのうえ、やる場所やお土産は絶対に他の子とかぶらないようにっていうのが暗黙の了解だから、親は毎年、まずは場所探しに追われるんだよね。そのために他のママたちとこまめに情報交換しなきゃいけなかったり、先にお誕生会をした子と万一重なっちゃったりすると、もう顔が真っ青になる。キャンセルして、急遽《きゅうきょ》別のところ探したり、それでも見つからなかったら、みんなに『誰々ちゃんと同じところだけどごめんね』って謝って、許してもらったりする」

「じゃあ、それ、お誕生日が遅い子は不利なんじゃ……」

別に場所が重なってもいいじゃないか、とも思うし、不利、という考え方自体もおかしな話だ。そもそも、謝ったりする必要なんかないのに、ともどかしい思いもする。

明日実が寂しそうに微笑んだ。

「でもやっぱり、先にお誕生会をそこでしたおうちにとったら真似されたような気持ちにもなるだろうし、もうそういうことになってるから仕方ないんだ」

「すごい人だと、あそこのテーマパークを貸し切りにしたって言うよね？」

志保が口にしたのは、日本最大規模のテーマパークの名前だった。

裕がこれまでで一番大きな声で「えええーっ！」と声を上げると、志保が「久住さんが行ってきたって言ってたけど」と、明日実と共通の知り合いである編集長の名前を挙げる。

「これまでの中では、そのお誕生会が一番すごかったって。最初に聞いた時は、私も今の裕みたいに『ええーっ』って絶叫しちゃったんだけど、そしたら『あ、もちろん、時間制よ』って久住さんに言われて」

「いや、あそこ貸し切りにしてる時点で時間制とかそんな問題じゃないだろ」

「あー、でもそれは……」

明日実が苦笑する。

「それはさすがに真由さん、ちょっと大袈裟に言ってるよ。話としてはそっちの方がおもしろいかもしれないけど、多分、テーマパーク全部を貸し切りにしたわけじゃなくて、パーク内のレストランのひとつくらいだと思う」

「あ、そうなんだ」

「うん。パーク全部を貸し切りにするには、お金の問題以外に最少催行人数が必要なの。

前に調べたっていうママが言ってたことある。残念ながら人数が足りないから諦めたって」

それでも、やろうと思って調べた人はいるのか……と、そこでもまた裕は住む世界の違いを感じる。テーマパーク貸し切りなんて、自治体の成人式でもなければ思いつかない発想だ。

明日実が続ける。

「家が広いおうちは、それでも、自宅でやる場合もあるんだけど、その場合は本当に広いおうちで、うちとはまるで規模が違うの。だだっ広い体育館みたいなガレージに、お寿司の職人さんとか、スイーツの出店とか屋台が並んでて、まるで何かのお祭りみたいだった。実際に金魚すくいができるようなコーナーもあったりして。夏生まれの子だったから、ちょうど雰囲気もよかったのかもしれないけど」

「いやいやいや！　夏生まれとか、そういう問題じゃないでしょう！」

裕が言うと、明日実が「リエちゃんパパ、突っ込み面白いね」と笑う。美人にそう言われて悪い気はしないが、正直、面白いのはどっちだよ、という気持ちだった。

「ともあれ、そんなわけで、お誕生会があると、半年か、下手すると一年前から親はもう準備に追われるんだよね。楽しんで毎回プラン立ててる家ももちろんあるんだけど、うちはパパの方が音を上げて。頼むから、今年はもうやめてほしいって言われた」

「——ひょっとして、園をかわったのもそれが理由？」

「もちろん、それだけが理由じゃないけど」

控えめに尋ねた志保に、明日実が少し、俯いた。

「でも、うちはパパが普通のヘアメイクだし、やっぱり年商何億みたいな社長さんたちとは違うから。パパがサロンの二店舗目を出すか出さないかっていう大事な時期でもあったし、私も、仕事にもう少し本腰入れて復帰しようかなって考えてるタイミングで、正直、もう子どものお誕生会に振り回されるのは無理だなって。——毎回、お呼ばれのたびにプレゼント選びにも本当に気を遣って、私ももう限界だった」

「ひとつ、聞いていい？」

志保が言い、明日実が顔を上げる。志保が、莉枝未と一緒にピザを頬張り、絵本に見入っている琳ちゃんの方を見た。

「琳ちゃん、お誕生日、何月なの？」

明日実の顔にはっとした表情が浮かんだ。彼女もまた、自分の娘の方を見る。琳ちゃんが、自分の話をされているのがわかるのか、絵本から顔を上げてこっちをきょとんとした顔で見つめた。

明日実が答える。

「今月末。もう、来週」

裕と志保は無言のまま、明日実を見つめた。それでは、本当に転園は彼女のお誕生日が来る前のギリギリの決断だったのだ。まるで、お誕生会をしないで済むタイミングを狙い、逃げるように園を移ってきたようにも思える。

——バカみたいな話なんだけどね。

話し始める時、明日実が前置きとして話した言葉が耳に蘇る。子どものお誕生会に疲れ果てた、という理由が決定打になって転園を余儀なくされたことに対しては、彼女の中でも釈然としない思いが残っているのだろう。そんなことくらいでバカみたい、と思っても、それでもそうせざるをえなかった。

明日実が言った。

「前の園のお友達とも中途半端な時期に別れて、琳には申し訳ないことをしたなって思ってる。でも、琳に、園をかわってもお誕生会はできるよね？　前の幼稚園の子たちも呼ぼうよって言われて、ついかっとなって」

明日実の顔が悲しげに曇る。

「今年は、お誕生会はしない。琳には、今年はもうお誕生日来たことにしなさいって、そんなふうに言って、怒っちゃったんだ。家族だけでお祝いはしてあげるつもりだったけど、きっと自分の中でも、気持ちの整理がついてなかった。お誕生会をしてあげられない申し訳なさみたいなのもあって、私も後ろめたかったんだと思う。琳に当たって、かわいそうなことをしたわ」

ああ——と、ようやく合点がいく。

琳ちゃんは、今日園で答えていた通り、まだ四歳なのだ。けれど、もう誕生日が来たと言い張ったことの、それが理由だ。

志保の言う通りだった。

琳ちゃんはお誕生日やプレゼントを二回欲しがったわけではなくて、お誕生会をやらないために、むしろお誕生日をなくすために、健気にそう言っていただけなのだろう。

「新しい保育園でも、お誕生会の風習がまたあったらどうしようって、とりあえず、今年は様子見したいなって思ってたの」

それが、クラスの前に貼り出されたお誕生日の写真を見ての先生への態度にもつながったのだろう。みんなにお誕生日を知られて、お誕生会を開くことになったら、と心配した。

「風習って」と、志保が苦笑する。

「聖ルシアみたいな風習がある方が珍しいと思うけど……、でも、最近あちこちの園で増えてることではあるみたいね。子どものお誕生会の規模がどんどん大きくなってる」

ねえ、と志保の声が優しくなる。「規模、小さくてもいいから、無理のない範囲で考えたら？　お誕生会」と続ける。

「うちの園は幸い、みんな一斉にこうしなきゃっていう決まりもないし、琳ちゃんがやりたいっていうなら、頑張りすぎなくていいから、無理のない範囲でお祝いにお友達も呼んだら？　琳ちゃんが主役の会なら、きっと、莉枝未や琴乃ちゃんや、みんな、喜んで来ると思うよ。準備が大変なら、一緒に遊園地かどこかに行ってもいいし」

「うん……」

明日実が小さく吐息を洩らした。話したことで少し気が楽になったように、「本当は」と言う。

「本当は、琳のためにも何かはしてあげたいって気持ちも、少しあって。でも、今の園のお友達にどう声をかけていいかわからなかったんだ。前の幼稚園で疲れた分、今年はもうママ友づきあいには無縁でいようって思ってたけど、無縁で居続けるのも、それはそれで難しいなって思ってた」

それが、明日実のそつがなさすぎる態度に表れていたのだろう。

今、敬語が取れてざっくばらんな口調で話す明日実は自然体で、これならきっとお高くとまってる、なんて言われる心配もない。

それにしても――、と、打ち解けた様子で話す志保と明日実のママ二人と、絵本を読む子どもたちの間に座りながら、裕は静かにため息をつく。

もともとは子どものためにするはずのお祝いのお誕生会が、親の義務になっておかしなルールが増える。親が逃げ出したいほどの負担に変わり、当の子どもにも誕生日がもう来たと嘘をつかせてしまうというのは皮肉としかいいようがない。

しかし、裕だって他人事ではないのかもしれない。

聖ルシア幼稚園のような極端な話ではなくても、たとえばこの間の琴乃ちゃんの家の飾りつけみたいなことを他の子が全員始めたら、当然、莉枝未だってやりたがるだろうし、できないことをかわいそうに思ってしまうだろう。

何が〝普通〟になるのかは、誰にもわからないのだ。

他から見てどれだけ異質でおかしなことだったとしても、自分が属している社会でそれが〝普通〟になるのだとしたら、感覚はどんどん麻痺していくのだろう。それはおそらく、生態系が独自の進化を遂げたガラパゴス諸島のようなものなのだ。狭い範囲のお誕生会の島が、どんどん独自ルールで進化し、止まらなくなる。

――ただし、たとえどんな進化を遂げたところで、お誕生日を祝う気持ちのもとにあるのは、その子の成長を祝い、願う、親の純真な気持ちのはずだ。

「琳」

明日実が、娘に向けて呼びかける。琳ちゃんが親たちの方を見た。

「お誕生会したい？　莉枝未ちゃんたちも呼んで」

明日実が尋ねる。きょとんとしていた琳ちゃんが、母親の問いかけに目をパチパチさせる。そして次の瞬間、彼女が微笑んだ。

「うんっ！」

琳ちゃんが力いっぱい頷く。明日実が泣きそうな目をして、娘の手を自分の方にぎゅっと引き寄せた。


一月最後の日曜日。

明日実の自宅で行われた琳ちゃんのお誕生会には、園での琳ちゃんの仲良しのメンバーが全員、顔を揃えた。

「急な呼びかけだから、無理のない範囲で」と明日実は伝えたらしいが、琴乃ちゃんのお誕生会にも来ていた女の子たちが、みんな喜んでやってきた。

お誕生会用の特別な飾りつけはしていないと聞いていたが、さすが人気モデルだっただけあって、招かれた室沢家は家具も内装もセンスがよい、素敵な家だった。

あのピザカフェに居合わせたというだけの縁で裕と琉大も招待され、明日実の手作りだというお誕生日ケーキを一緒にいただく。

「アスミちゃんの家に来られるなんて嬉しいよー。私の十代の頃の憧《あこが》れだったからさぁ」

「本当！　思ってた通り、すっごくかっこいい家だね」

砕けた口調でそんなふうに話すママたちは、あれから明日実とお誕生会のためにLINEでやりとりをする機会があったようだ。数週間前とはまるで距離感が違い、呼び方も、今度こそ面と向かって〝アスミちゃん〟になっている。

みんなと打ち解けたことで、明日実の表情もまた、今日は生き生きとしていた。

会の途中、琳ちゃんにみんながプレゼントを渡すタイミングになった。

たくさんのプレゼントの包みを前に、琳ちゃんがわくわくしている様子が伝わってくる。

天体望遠鏡や子ども用ミシンの話を聞いてしまった後では、裕は内心、琳ちゃんが前の園と違ってプレゼントの内容が手軽なものになっていることをがっかりしないといいけど――と心配していたのだが、みんなからの包みをひとつ開けるごとに、琳ちゃんの顔が「わあ！」と輝いていく。

「見て、ママ！　プリンセスのカチューシャだよ！　すごい！」

興奮した様子で髪にプレゼントをはめるその姿に、明日実が「よかったね」と微笑んでいる。それを見て、裕もつくづく思い知る。子どもの喜びの価値観は金額や規模の大きさだけでは測れないのだ。

莉枝未が持っていったプレゼントは、プラスチック製の宝石箱のおもちゃだった。しかし、それを渡した後で、今度は志保が明日実に向けて「あと、これももしよかったら」と別の包みを手渡す。

普段よく目にする志保のブランド〝merci〟の包装紙だったので、ひょっとして、と思っていると、中から上品な光沢の肌着のセットが現れた。

これには、琳ちゃんより先に明日実の方から「わあ！」と声が上がった。

「えぇー！　すごく素敵。いいの？　こんな高級そうなものもらっちゃって」

「あ、いいのいいの。うちの商品で申し訳ないんだけど、琳ちゃんなら似合いそうだからぜひもらって」

「しかもフランス製じゃない」

肌着についていたタグを見て、明日実が言う。恐縮しきったその口調に、志保が「本当に気にしないで」と答えた。

「実は、それ、大量注文が入って仕入れたはいいんだけどキャンセルになっちゃった商品なの。新しく買い手がついてくれたらいいんだけど、ちょっと難しいかなって思ってるから、使ってもらえたらうちも助かるんだ」

「ママ、これ、すべすべ！」

琳ちゃんが嬉しそうに取り出したばかりの肌着を撫《な》でる。その横で、他のママたちが
「えー、キャンセル大変だね」と志保に声をかけた。

「それ、どうにかならないの？　キャンセルした相手に買い取ってもらうとか」

「それが連絡つかないんだよー。うちも困る、とかそんなやり取りがあっただけで、もう

全然電話もメールも応答なし」

　志保が苦笑しながら言う。

「まあ、こういう商売だから仕方ないのかな、とは思うけど」

「それ、どれくらいの数の注文だった？」

「え？」

「大量注文って、どれくらい？」

　明日実が尋ねる。志保が恥ずかしそうに首を振った。

「大量って言っても正直、そんなにたいした数じゃないよ。三十着。うちみたいな小さな会社は、ほとんどが個人客相手だから、それぐらいでも大きい取り引きのうちに入るんだよね」

「ねえ。私、それ、どうしてかわかるかも」

「え？」

「どうして、キャンセルしなきゃならなかったのか」

　明日実の声に、志保と裕は顔を見合わせる。琳ちゃんが手にした高級肌着のセットを見つめ、そして、あ――、と気づいた。

琳ちゃんのお誕生会からの帰り道、親子四人で並んで歩く後ろを夕日が追いかけるように照らしている。

「しっかし、そういうことだったとはねえ……」と志保が呟くように言う。裕もまったく同感だった。

横では、まだじゃんけんができない琉大相手に、莉枝未が「じゃんけんぽん！」と雰囲気だけ勝負を仕掛けて、「チ・ヨ・コ・レ・イ・ト！」と、歩道を片足でけんけん跳ねている。

――かぶっちゃったんじゃない？

明日実にそう言われ、志保と裕もさすがに気づいた。

フランス製の一万円の高級肌着セットは、確かに天体望遠鏡の金額と釣り合うくらいに思えた。

違うかもしれないけど、と前置きして、明日実が言う。

「お誕生会のお土産でみんなに持たせようとしたら、別の子のお誕生会できっと同じような肌着セットをお土産にした家があったんじゃないかな。だから、注文した家では急遽キャンセルせざるをえなかった」

「確かに」

志保がはっとした表情で頷く。

「冷静に考えたら、個人で三十着も頼むのは、それくらいしか理由がないね」

「でしょう？　しかも子ども用なら、絶対にそうだと思うの。たとえ、うちの前の園とは別の園だったとしても、子どものお誕生会、今は規模の大きな園もたくさんあるから」

志保ちゃんには申し訳ないけど――、と明日実が続ける。

「キャンセルした方も、本当は泣きそうだったのかもしれない。他の家とかぶらないようにせっかく考えて注文してたのにそれが台無しになって、本当に困ったんだと思う。だから、電話もメールも無視し続けてるのかも」

確かに、一万円の肌着セットを三十着だ。キャンセルできないとなったら、それだけで単純に三十万円の出費だし、そのうえでその家は別のお土産だって代わりに用意しなければならないのだろう。

しかし――、とここでもまた裕は絶句する。かぶるのは、そんなにいけないことなのか。肌着なんてどれだけ高級であっても所詮《しょせん》消耗品なのだから、何枚あってもいいのではないか。

けれど、それを口にするのは、それもまた野暮というものなのだろう。何しろ、そこは〝お誕生会の島〟なのだから。

独自の文化と進化のはびこる場所に、外の世界の常識は通用しない。

――裕ってたまに鋭いよね、と志保に言われたことを思い出す。

しかし、それは裕が鋭いからというよりは、ただ、常識の外にいるからにすぎないのではないかと思う。いろんな独自ルールや〝常識〟のはびこるママ友を中心とした文化に、男目線で入るからこそ気づけることがあるというだけのことなのかもしれない。

「だけど、よかった」

夕焼けの帰り道を歩きながら、志保が微笑む。

「アスミちゃんが、聖ルシアのお友達に誰か、肌着をお誕生会のお土産にしないか聞いてみるって言ってくれて。これで、あの商品キャンセルもどうにかなりそうだし、ほっとしたよー」

「うん」

たとえ、彼女のいたクラスですでにお土産に肌着を持たせたところがあったとしても、他の年齢のクラスに聞けばおそらく誰かは必要とするはずだ、ということだった。琳ちゃんが実際に着てそのママたちに商品を見せてくれるなら、それはすごい宣伝効果にもなる。

商品の肌着は幸い、年少さんから年長さんの間までなら着られそうなフリーサイズだ。

「ねえー、ママ。これ、今食べてもいい？」

今日の琳ちゃんのお誕生会でお土産にもらった明日実の手作りクッキーを莉枝未が掲げる。

夕焼けのオレンジ色に、小分けのビニール袋のパッケージがキラキラと光を弾くのが、とても、とてもきれいだった。

chapter_05
秘密のない夫婦

その疑惑——というか、違和感の始まりがいつだったのかを考えると、それまでもいろいろあったような気はするけれど、おそらく、保育園に子どもらを送っていった、あの二月の朝だったのだと思う。

莉枝未と琉大を各クラスに送り届け、職場に向かおうと玄関を出たところで、莉枝未と同じ年の圭杜くんのママ、杉田さんから、「あ、ちょっとリエパパ！」と呼び止められた。

「あ、おはようございます」

「おっはよー。ねえ、あのイケメンって志保ちゃんの友達なんでしょ？」

「は？」

突然それだけ言われても話が見えない裕に、杉田さんが「あの台湾の」と続ける。

「今度公開予定の、日本と台湾の合作映画に出てる彼だよ。映画の衣装も担当してるとかいう」

「ああ――」

そこまで聞いてようやく理解した。

志保が台湾出張の際に知り合ったイケメンデザイナーの彼だ。名前は確か、李《リ》さん。下の名前も聞いたけど、語学力の乏しい裕には発音が難しかった。志保も単純に李くん、と呼んでいる。

杉田さんは映像制作会社でプロデューサーをしている。夫も確か芸能事務所関係だ。だから、国内国外を問わず映画に明るいし、興味があるのかもしれない。

「志保に聞いた話だと、向こうでは芸能人並みに人気がある人らしいですね。本業はあくまでもデザイナーってことらしいですけど」

「元俳優で、今デザイナーなんだよね。だから、今回映画に出てても演技も違和感ないの。日本でも話題になると思うなぁ。いいな、志保ちゃん、彼のこと何か言ってた？」

「公開に合わせて来日するらしいので、その時にはごはんを一緒に食べに行くようなことを言ってたけど……」

その日には莉枝未と琉大を頼んでいい？　と予定を聞かれた記憶がある。

杉田さんに敬語とタメ口の混じった口調で答えるが、ママ友たちと会話していると、こういう口調になることが多い。あんまり砕けすぎるのも抵抗があるし、逆に丁寧すぎると、いつまで経っても相手と打ち解けられない。

裕の答えに、杉田さんが「えー。いいなあ！」と声を上げた。

朝の保育園の廊下は、ちょっとした混沌《カオス》だ。子どもを連れてきたお母さんたちが、次々「おはようございます！」の挨拶もそこそこに靴を脱ぎ、子どものための着替えやおしたくをセットして、またあわただしく園を出ていく。

そんな中、玄関で立ち話をすることに抵抗があって、裕と杉田さんは二人して園の外に出た。門の前の桜の木のところで、杉田さんがスマホを取り出し、「志保ちゃんに連絡してみよ」と呟いた。

「私にも李くん、紹介してほしいって頼んでみよう。彼、これから日本でも人気出るんじゃないかな」

まだ二月で陽射しがそこまでないにもかかわらず、レンズの大きなサングラスを額に載せ、重そうな書類をどっさり詰め込んだヴィトンのトートバッグを肩から提げた杉田さんは、見るからに〝業界人〟といった雰囲気だ。靴だって、常におしゃれなデザインのピンヒールを履いている。

裕がただ「うん」と返事をするしかない横で、彼女がちらっとこっちを見た。

「ねえ、知ってる？　李くんって、恋人、日本人なんだって。これから来日の機会も増えるかもね」

「あ。そうなんだ？」

「らしいよ。向こうの映画雑誌で記事になってた。最近できた大事な人ですって、本人が存在を明かしたんだけど、そういう堂々としてるところも好感持てるよね。スター然としててかっこいい。まだ若いのに」

裕自身は、志保に話を聞くだけで、実際の李さんのことは写真でも映像でも見たことがない。

「何歳？」

「二十六」

尋ねると、杉田さんが笑った。その目に微かに楽しむような、悪戯《いたずら》めいた光が浮かぶ。

「どうする？ 李くんの恋人って、案外、志保ちゃんのことだったりして。仲、いいんでしょ？ 来日の忙しいスケジュールの合間にごはん食べるくらいに」

「いやー、そんな若い子が志保みたいな主婦に興味持つはずないよ。会食だってきっと何人かでって話だろうし」

「あ、その発言って差別だと思うな。リエパパ、ひどい」

「え？」

「志保ちゃん、かわいいよ。たとえ既婚者だって子どもがいたって、女は三十代くらいの時期って輝くんだから。二十代までとは別の、一番きれいな時がやってくるの。自分の妻だからって軽《かろ》んじてると痛い目見るんじゃない？ リエパパ、最近、志保ちゃんのこと、女として構ってあげてる？」

あっけらかんとした物言いに、言葉に詰まった。

杉田さんのところは、圭杜くんの上にも確かもう小学校高学年になる長女と中学年の次女がいる。若く見えるが、杉田さん自身も年はもう四十半ばで、三十五歳の志保や裕とは十歳近く離れている。

その彼女から先輩然とした口調でそう言われると、妙な説得力があった。

「いや、そこそこ構ってますよ」

冗談めかして言うが、我ながら白々しい答えだった。杉田さんは「そう？」と試すように裕を見つめた後で、「だったら羨ましい話だけど」と微笑んだ。

「うちのパパみたいに、男の方が家の中で大きな子どもみたいになるパターンもあるしね。もう本当、今は旦那のことまで一緒に子育てしてるような気持ちだよー。結婚前にあれだけ感じてた男気はどこ行っちゃったのかね」

裕は曖昧に「ははは」と笑ってごまかす。

夫のことをそんなふうに言う杉田さんの口調も、どこか幸せ自慢の惚気《のろけ》のような感じだ。

言うだけ言って、「じゃ、また」とさっさと歩きだす。

裕も、彼女と別れ、反対方向にある駅へと向かう。

歩きながら、今言われた「女として構ってあげてる？」という言葉を改めて反芻《はんすう》した。

うちに限らず一般的な話だと思うが、結婚すると夫婦はどうしても恋人同士から家族になる。中にはいつまでも恋人気分が持続できるカップルもいるかもしれないが、志保と裕の場合も、今はもう恋人というより圧倒的に家族だ。

志保とは、学生時代、サークルの同期という形で出会い、友達の期間を経てからつきあい始めた。告白したのは裕からだったけれど、お互い自然とそんな空気になったという感じで、大恋愛だったかと聞かれると自信がない。

それでも、旅行ひとつ行くにも、互いの両親に隠していた恋人時代と違い、結婚すれば当然関係性は社会的なものになるし、子どもができればなおさらだ。優先すべきはお互いより子どものことになりがちで、志保のことも、正直今は、妻というより〝子どもたちのお母さん〟だと思っている面が強い。

先日あった琴乃ちゃんのお誕生会で、「志保ちゃん輝いてる」と他のママたちからも言われたこと、杉田さんにさっき「志保ちゃん、かわいいよ」と言われたことも、身近すぎてピンとこないのが本音だ。

志保は自分で起業し、さまざまな人たちと仕事をしているせいか、確かに二十代の頃よりも垢抜《あかぬ》け、洗練された。鎖骨の出たワンピースなどを着こなす姿にはドキッとすることもある。ただし、それが異性として魅力を感じているということなのかどうかは裕自身にもはっきりとはわからない。

——しかし、まあ、それもお互いさまな話だ。裕だって、志保から男扱いされていると感じることが少なくなっているし、それで当然だと思ってしまっている。しかし、愛情という部分だけで言えば、家族愛は子どもが生まれてからの方がずっと強くなった。志保がそんな裕に不満を感じている、と思ったことも今のところない。

もともと友達同士だったからか、他の家庭と比べても、自分たちは互いに秘密がない夫婦だと感じる。子どものことも仕事のことも、何かあればいつでも時間をとって話し合う。

——ただ、そういえば、最近はずっと手を繋《つな》いでいないかもしれない。

裕も志保も、どちらかの手が琉大か莉枝未の手を摑んでいることが多く、たとえ、子どもがいなくて二人だけになった時でも、今は手を繋ぐことがほとんどない。深い意味があってそうなわけではなくて、今更照れくさいのだ。

そんなことを思いながら、駅から電車を乗り継ぎ、荒木会計事務所に向かう。

席につき、仕事に取り掛かる前に、パソコンで、志保の友人である台湾の有名デザイナーの名前と、うろ覚えの映画名を入れてみると、画面に台北《タイペイ》であったという制作発表会見の写真がすぐにヒットした。

例の彼は、長身で頭が小さく、スタイルがいい青年だった。主演の俳優たちが微笑む壇上で隅の方に立っている。おしゃれな黒フレームの眼鏡がよく似合っていて、知的な印象だった。そして、若い。

日本と台湾、合同制作だという映画には、裕も知っている日本人の女優も出演していた。

——志保がいくら一般人レベルで輝いていようとまるでレベルが違う美人が、李さんの横で微笑している。

裕はふうっとため息をつくと、荒木が出勤してきて画面を覗きこまれる前に、すぐにネットの画面を閉じた。

ところが——。
二度目の違和感は、その日のうちにやってきた。

二月は確定申告の始まる時期でもあり、そこからの二ヵ月間は裕の会計事務所も一年で最も忙しい日々を迎える。

午後イチで事務所にやってきた岡野紀子《おかののりこ》は、志保や裕よりひとつ年上の服飾デザイナーだ。勤めていたアパレルメーカーをやめてフリーになるにあたり、志保の紹介で荒木会計事務所に税務の一切を任せてくれるようになった。妻の友人という縁で、事務所でも彼女の担当は裕が務めている。

先月の志保の台湾行きも、もとはと言えば彼女が誘ってくれたものだそうで、志保と一緒に彼女も台北に行っていた。

「今年もよろしくお願いしまーす」

明るい声で挨拶し、確定申告用の書類を裕にひとつひとつ示していく。裕も、妻の友人ではあるけれど「お預かりします」と事務所では敬語になって、丁寧に資料を受け取る。

例年通りの打ち合わせを一通り終えたところで、ふいに、彼女がこう聞いてきた。

「そういえば、この間は琉大くん、大丈夫だったの？」

何のことかわからなかった。裕が無言で見つめ返すと、紀子が続けた。

「ほら、台湾で、裕くんが志保ちゃんに電話してきた件。志保ちゃん、随分あわててたみたいだったけど」

「へ？」

心あたりがなかった。第一、志保とは台湾にいる間、LINEは何度かしたけれど電話は一度もしていない。しかし、紀子は裕の様子に気づかないのか、心配そうに少しだけ眉間に皺を寄せた。

「電話の後も志保ちゃん元気なかったから、ちょっと気になってたんだよね。次の日にあった商談の間も上の空っていうか、せっかくみんな集まってくれてるのに、ぼうっとしてる感じだったから、なんだか私まで向こうの皆さんにちょっと申し訳なくて」

「……琉大のこと、ですか？」

子どもの名前が出てくるなんて穏やかじゃない。しかし、裕には本当に覚えがなかった。

まるで自分のドッペルゲンガーにでも出会ったような不思議な気分で、何かあったっけ、とその期間の記憶を懸命に引っ張り出す。

台湾から日本の家の様子を心配する、「大丈夫？　変わったことない？」という志保のLINEに、「大丈夫」と返した記憶しかない。実際、変わったことなど何も起こらなかった。

「うん」

頷きながら、紀子の顔にも、ようやく、あれ？　という怪訝そうな表情が浮かぶ。戸惑うように、「しなかった？　電話」と裕に聞く。

「夜に会食終えて、私たちだけでホテルのラウンジで飲み直そうかって、日本から行ったみんなで話してた時に、志保ちゃんが携帯見て、一人だけ、抜けたんだよね。ごめん、日本から電話って」

話しながら、紀子の口調がだんだん自信なさげに、裕の様子を窺う調子になる。

「時間も時間だったし、海外なのにメールやLINEで済まさないあたり、何か大切な用事なのかなって思って……。だけど、志保ちゃん、それから二時間近く戻ってこなかったんだよね。戻ってきた時はもう、みんなも解散になるくらいの時間で」

「それ、何時くらいのことですか？」

「ホテルに戻ってからだから、多分、向こうの時間で九時くらいかな」

台湾と日本の時差は一時間ほどだ。先月志保が出張に行っている間は、志保のいる現地時間を、裕もなんとなく頭の片隅に置いて生活していた。

どの日であったとしても、その時間帯、志保と長電話をしたという記憶はない。台湾時間で九時、日本時間で十時頃は、子どものお風呂や寝かしつけでとてもそんな余裕はなかった。

その翌日にあったという商談で、志保が上の空だったということも気になった。たとえ私生活で多少抜けたところがあったとしても、志保はこと仕事に関してはいつでもできすぎなくらいしっかりしていると思っていた。

ただいまー、と、台湾出張から戻ってきた志保が、朗らかに笑って子どもたちを抱っこしていた姿を思い出す。帰国後の様子をおかしいと感じたこともなかった。

「戻ってきた志保ちゃんに、だから聞いたんだよね。電話、旦那さんから？　何かあった？　って。——そしたら、下の子のことでちょっとって、返事だったんだけど……」

そこまで言って、初めて紀子の顔にはっきりと、ばつが悪そうな表情が浮かんだ。「ごめん」といきなり謝られる。

「ごめん。変なこと言って。申し訳ないけど、今の話、忘れてくれる？　きっと、何か別の仕事関係のトラブルだったのかもしれない。相手、八瀬さんだったとか」

しかし、それも苦しい言い訳のように聞こえた。帰国したその夜、八瀬さんと志保が電話をするところを裕は見ている。高級肌着のキャンセル問題は、志保のような小さな会社にとっては一大事だ。あのことでさえ帰国後の報告だったのだから、出張中のその電話の相手は、おそらく彼女ではない。

「……ホテルに戻る前の会食っていうのは、台湾の商談相手の人たちとのものだったんですか？　あの、李さんっていうデザイナーさんとかもいる」

そう聞いてしまったのは、反射的にだった。なおも気まずそうな様子の紀子が「うん」と頷く。

「みんなと、翌日以降もよろしくお願いしますって話して、それで別れた後」

「その時、みんなと志保は連絡先、交換したんでしょうか」

本当はみんなと、ではなく、李さんと、と聞きたかった。

そんなことはない。考えすぎだ、と頭の奥で声がする。相手は芸能人で、志保なんか相手にするはずない。自分の妻に図々しいことを思うのはやめろ。

——冷静に、頭ではそうわかるのだが、思考が裕の意志とは関係なく深読みを始めてしまう。

いったん解散になった後で、親密な二人だけで連絡を取り合って別の場所で落ち合う、というのはよく聞く話だ。

二時間、という数字が気になっていた。

慣れない海外の都市で、一緒に行った日本の友人たちを待たせる時間としては長すぎる。それこそ仕事のトラブルか、実際に日本の家族に何かがあったという可能性以外は考えにくい。第一、電話の相手が裕であれ八瀬さんであれ、海外にいることがわかっている志保にそんなに長時間の電話をかけたりはしないだろう。用件だけで手短に済ませるのではないか。

「名刺は当然交換してたけど」

紀子が申し訳なさそうな表情になって、裕を見る。

「だけど、よかった。琉大くんに何かあったんじゃないなら。ちょっと心配だったから」

気まずかったのかもしれない。取ってつけたような笑顔で、ごまかすように口にする。だから裕も「ええ」と頷いた。

「たぶん、何か仕事関係の電話だったんでしょうね」

その可能性がないことを知りながら、どうにか微笑む。そして、そうなのだ、と改めて気づいた。

空白の二時間に、志保が何をしていたのかはわからない。しかし、それが何か後ろめたい理由によるものだったとして、嘘でごまかすなら、それは、「仕事」でよかったのではないか。

なぜ、そこで子どもの――琉大の存在を持ち出す必要があるのか。

後ろめたさがそうさせたのだとか、深い意味などないのだと言われたらそれまでのことかもしれない。しかし、裕にはしっくりこなかった。もしそれが不倫のような火遊びのための嘘だとしたら、なおのことわからない。志保は少なくとも、そういう時に子どもを言い訳に使うような、そんな人ではないと思っていた。

第一、もし、そんなことに琉大の名前を利用したのだとしたら、さすがに、裕だって許せない。

その時、ふっと、耳の奥で声が聞こえた。

——実際、不倫してるかどうかはこの際、どうでもいいんだよ。大人なんだから。

だいぶ前のことだけど、志保がそう言っていたことがある。

確か、家事代行サービスを利用していた美來ちゃんのママに不倫の噂が立った時のことだ。

あの時は、軽い気持ちで聞いていた。対岸の火事を見るような思いで、単純にママ友をかばっているぐらいに思っていた。夫の前で妻がそんなふうに明け透けに言えることそのものが自分たちの間にやましいことが何もない証明のような気もして、不倫を容認する志保の口ぶりをおもしろがってさえいた。

だけど、本当はどうだったのだろう。

裕にはわからなかった。今朝会ったばかりの、毎日一緒に暮らしている妻のことが、初めて、こんなにもわからなかった。

釈然としない気持ちを抱えたまま、夜遅い駅の改札を抜ける。

今週に入ってから特に仕事が忙しくなり、保育園のお迎えはほとんどが志保の担当だ。裕も事務所の近くで簡単な夕食を済ませてから帰ることが多くなり、帰宅すると、すでに志保と子どもたちが寝てしまった後のことも少なくない。

腕時計を見ると、十時半だった。

おそらく、帰ってもみんなもう寝ているだろう。それはつまり、明日の朝までは、志保と顔を合わせて話をする機会がない、ということだ。それがいいことなのか悪いことなのかわからないが、そう思うとほっとしている自分がいるのもまた事実だった。

秘密のない夫婦だと、自分たちのことを今朝までは思っていたのが、滑稽《こっけい》な冗談のような気がしてくる。なんでも互いに「あれってどういうことだったの？」と聞き合える風通しのいい関係は実は裕の思い込みで、傍《はた》から見ればそれはある意味子どもっぽい夫婦像ですらあったのかもしれない。

　杉田さんに言われた、〝イケメンデザイナーの日本人の恋人〟を本当に志保だと思っているわけでは、多分、ない。そんな話題の当事者が、こんなに平穏にしているなんてことがあるだろうか。当然ながら家の周りにマスコミの気配だって感じない。

　しかし、いくら状況証拠を積み重ね、だから大丈夫だと思っても、うっすらとした疑惑と違和感は残っていた。かといって、志保を問いただす気も起きてこない。

　そんなことを考えつつ、駅から十五分ほど歩いた場所にある家に帰る。寝ている家族を起こさないように、細心の注意を払いながら鍵を差し込み、ドアを開けたところで、すぐに「おかえり」と声がして、驚いた。

　志保の声だった。

「あ、ただいま……」

　部屋の奥に向けて呼びかける。

　リビングに向かう途中にある寝室をそっと覗くと、子どもたち二人はすでにダイナミックに両手を広げて寝息を立てているところだった。

「もう寝てるかと思ってたよ。起きてたんだ？」

「うん。なんだか目がさえちゃって」

　リビングと続きになったダイニングの明かりだけをつけて、パジャマ姿の志保が座っていた。化粧を落とした後のあどけない顔で、髪をゆるやかにまとめている。特に何をしていたという様子はない。テーブルには、飲み物や雑誌などは何も置かれていなかった。

「お疲れ様。ごはん食べてきたんだよね。すぐにお風呂入る？」

「ああ——、うん。そうしようかな」

やましいことは何もないはずなのに、どことなく裕の方が気まずい気持ちになりながら、とりあえず子どもたちのことについて尋ねる。

「今日、琉大と莉枝未、園でどうだったって？」

「元気元気。琉大は偉くてさ、今日は給食、野菜のお皿もピカピカにしてたってよ」

夫婦間で子どものことを尋ね合うのは、もう、形式的な挨拶のようなものだ。しかし、考えてみれば、こういうところも万事が子ども優先になった証拠なのだろうか。

コートと上着を脱ぎ、志保の向かいにある椅子の背もたれにかける。こうやって話していると、日中に紀子から聞いた話も自分の心配も、すべてが何かの間違いだったんじゃないかという気がしてくる。

けれどつい、聞いてしまった。

「今日、杉田さんから連絡あった？　朝、園で会ったんだけど、志保に台湾のデザイナーさんを紹介してほしいって言ってたよ」

「あ。李くんのことね。連絡あったあった。紹介してほしいとまでは書いてなかったけど、

『今度ごはん食べるの？　いいなー』みたいなノリだった。もう、裕、すぐ喋っちゃうんだから」

志保が軽く頬を膨らませる真似をする。そのコミカルな仕草には、とても後ろめたそうな様子など見られない。しかし、続けて志保が言った。

「……ねえ、裕。相談があるんだけど。私、中国語、習いに行ってもいい？」

「え？」

「あ、もちろん、すぐにってことじゃないんだけど。ちょっと調べてみてもいい？　近くに余裕持って通えるところがあるかどうか」

「台湾って、みんな中国語を話すんだっけ？」

尋ねる声がぶれそうになった。一拍置いて頭に混乱がやってくる。志保が頷いた。

「うん、そう。台湾語もあるけど、この間行った時はだいたいみんな中国語だった」

「それは今度デザイナーさんが来日する時に合わせて、勉強しておきたいってこと？」

「うーん。そうできたらいいけど、さすがに間に合わないかな。ただ、今後も取り引きが増えるかもしれないから、少しくらいはできたらいいなって思って」

「これまでも英語圏やフランス語圏の会社と取り引きはあっただろ？　どうして急に？」

「だって、アメリカやフランスはそうちょくちょく現地まで行く機会はなかったでしょ？　台湾や中国だったらこれからも顔を合わせる仕事が多くなりそうだから」

志保の言う、「これから」という言葉に邪推をしてしまいそうになる。

学生時代、留学をした友人が一番手っ取り早く語学を習得するには現地で恋人を作ることだと嘯《うそぶ》いていたことを咄嗟に思い出した。

裕が賛成とも反対とも言わないうちに、志保が薄暗い照明の下で「やっぱりダメかな」と俯いた。

「莉枝未も琉大もまだまだ手がかかるし、教室通うとなったら、夜の時間も使わなきゃいけないだろうし、あんまり現実的じゃないか」

「いや、志保が日中に自分の仕事の一部として教室に通ったりするなら大丈夫だと思うけど……」

疑いは持ちつつも、普段気の強い妻にしおらしいことを言われると、フォローしてしまいそうになる。口にしてしまってから、俺は何を言っているんだろうと情けない気持ちになる。

しかし、志保の表情は晴れなかった。「難しいよね……」と独り言のように呟き、裕からゆっくり目線を外した。

「――子どもの習い事にだって時間を思うように割けないのに、まして親のことだもんね」

「そりゃあ……、そう言われたらそうかもしれないけど」

「ねえ。あとさ、今の保育園って、習い事させるなら、きっと、上の子も下の子も一気にお迎えに行かなきゃダメだよね？　莉枝未を預けたままで琉大だけ連れてくとか、認可園だと許されないかな」

「え？」

話がいきなり飛躍した。

口にした志保も、裕の微妙な反応に気づいたようだった。すぐにはっとした表情を浮かべ、曖昧に「もしもの話」とだけ口にする。ごまかしにもならない、ごまかすような言葉だった。

認可保育園でも習い事をしている子たちはいる。共働きであったとしても、両親のどちらかが、この曜日の午後はお休みにすると決めてピアノやスイミングに通う子もいれば、おじいちゃんおばあちゃんの助けを借りて、お受験のための塾通いをしている子だっている。親切な塾や教室の中には、職員が直接園まで送迎してくれるような場合だってあるらしい。

志保は友達も多く、情報網も張り巡らせているから、お受験に関してまったく興味がないというわけではなさそうだし、周りに習い事をさせる親がいれば、自分も、という気持ちになったとしても、それは不思議ではない。その場合は確かに子どもは二人まとめてお迎えに行かなければならないだろう。保護者が子どもを見られる時間がある以上、片方だけを先に連れて帰ることは、今の保育園では認めてもらえない気がする。

しかし、問題は、志保の今の言葉の中身だった。

それは、どうして莉枝未ではなくて、琉大なのか、ということだ。

莉枝未は五歳。琉大は二歳だ。習い事をさせるなら、莉枝未の方ではないのか。

「琉大に何を習わせたいの？」

「あ。すぐに何をっていうわけじゃないんだ。ごめん。もし習い事させるとしたら、やっぱり二人一緒がいいんだろうなーって思っただけで」

志保の口調が不自然に早い。それ以上聞かれたくないのだということは、裕にだってわかった。

「もう寝ようかな。裕も早くお風呂、入っちゃったら？　寒かったでしょ、外」

「……ああ」

どこまで鈍感な夫のふりをすべきか悩んだ。志保が大袈裟《おおげさ》なアクビをしたのが演技のように見える。そのまま彼女が席を立って寝室に行く気配があったので、裕も黙ってコートと上着を椅子から持ち上げた。

その時、志保が「あ、ねえ」と振り返った。

これまでの会話の中で、一番、どうでもいいように。本当に、ことのついでだとでも言うように、そして続けた。

「来月の、私が李くんたちと食事するって言ってた日、裕、もともと空いてたよね？」

「空いてるけど」

確か、三月最初の土曜日だ。子どもたちを預かって面倒を見るのを引き受けたくらいだから、当然空いている。

「よかった」と志保が言った。

「その日、李くんたちとの会食、私、キャンセルすることにしたから」

「え？ どうして？」

「今日、ママから連絡があって」

志保が微笑んだ。薄暗い照明の下で、目の下にうっすらとしたクマのようなものが見えた。

「お父さんのお誕生日祝い、その日にやりたいんだって。帰ってきてって言われたから、裕も一緒に浦安までつきあってくれない？」

コートと上着をクローゼットに片付け、浴槽に身体を沈める間、湯気に白んだ視界の中で、ずっと考えた。

すぐには口に出せず、考える時間がそれぐらいは必要だった。

——間違っているかもしれない、と思う。

しかし、今夜を逃したら聞けないような気がした。一日、いろんな話を聞き、それらの全部が混ざり合う。ひょっとしたら、短い時間にこれだけの話を集中して聞かなければ、絶対にこんな発想は出てこなかったかもしれない。

だとしたら、それらの話が今日に詰め込まれたのは決して偶然ではないのだと思う。

風呂から上がり、着替え、もしリビングに戻った時に志保がまだ薄暗い部屋の中で起きていたら、面と向かって尋ねる決心がついた。

柔軟剤の匂いがするバスタオルを髪に載せ、リビングに入ると、果たして志保はまだ起きていた。本当に眠れないのだろう。裕が入ってきたことに気づくと、「あ、お茶でも淹れようか？」と顔を上げる。彼女の前には、相変わらず飲み物も雑誌もない。ただ黙って、考え込んでいたようだった。

「——台湾に行ってる間、ひょっとして、お義母さんから電話がかかってこなかった？」

間違っているかもしれない、と、その時はもう思わなかった。

夫の問いかけを受けた志保が弾かれたように顔をこっちに向ける。その顔を見て、裕は、ああ、やっぱり、と思う。

「紀子ちゃんに会ったんだ。今日、確定申告の打ち合わせで。その時に聞いた」

どうしてわかったのか、というのは、理屈ではなく直感に近い。それでも、わかって本当によかった。

「琉大のこと、何か言われたの？」

尋ねた、瞬間だった。

こっちを見る志保の目に、みるみるうちに涙が浮かぶ。瞳の前に膨れ上がった透明な膜を見て、志保の目の下のクマは照明による錯覚などではなかったことを知った。眠れなかった夜は、ひょっとしたら今日だけではないのかもしれない。

台湾で、母親から電話を受けた日も、きっと彼女は眠れなかっただろう。

「――どうして」

志保の口から問いかけが落ちる。裕が答えた。

「紀子ちゃんが言ってたよ。志保が戻ってきた時、『下の子のことで』って言ってたって。随分心配してた」

台湾で志保が作った、二時間の空白。

それがもし人にやましいところのある秘密の時間だったとしても、不思議はないかもしれない。しかし、それでもなお、裕にはひとつだけどうしてもしっくりこないことがあった。それは、琉大の存在を口実にしたことだ。自分の妻は、子どもの存在をダシにするような人ではないと、裕は信じている。

そう考えた時に、思い当たったのだ。

琉大のことで、わざわざ海外にいる志保に連絡を取る相手は、夫の自分以外にはいないと思っていた。しかし、例外が、一人だけいる。

それは、不倫相手などではもちろんない。

夜遅い時間であっても、娘が海外にいるのであっても、自分が思い立った時に長時間の電話を遠慮なくかけてもよいと無条件に思っている人物。

娘に、前々からの大事な予定を平然とキャンセルさせてしまえる存在。

志保の〝ママ〟はおそらく、そういう人だ。

裕の言葉に、志保は一瞬、放心したような表情を浮かべた。裕は一歩妻に近づき、無言で肩に触れる。薄い肩の中に細い骨の感触を感じたと同時に、志保が顔を伏せた。

うー、という小さな声ひとつを吐き出して、志保が裕の手を取り、泣き崩れた。


三月最初の土曜日。

浦安にある、志保の実家の駐車場に車を停める。

——ある程度予想はついていたが、志保の妹夫妻の車はなかった。「仕事で忙しいから、行くか行かないかはギリギリのタイミングで決める」と言っていたそうだが、志保がぽつりと「逃げるんじゃないかな」と呟いていた、その通りになったようだった。

後部座席では、おばあちゃんたちによく懐いた莉枝未が「おばあちゃんたち、いるかなー？」とか、「猫ふんじゃった、弾かせてもらえるかな」と琉大に話しかけている。子ども時代に志保が使っていたピアノをお正月に弾かせてもらったことを覚えているのだろう。それに呼応するように、琉大が「ばあばーとじいじ、おうち」と話している。「おうち」がまだうまく言えず、「おあち」と聞こえる。

その琉大の声を聞くと、微《かす》かに、裕の胸がきゅっとなる。

車を降り、家に入る前に、エンジン音を聞きつけたのか、「いらっしゃい」と声がして、志保の両親が娘夫婦を出迎えにきた。

義父のエメラルドブルーを基調としたストライプのニットは、義母が選んだものなのだろうか。若々しくセンスがとてもよく見える。「じいじー」と車から降りた孫二人を、よしよしと胸に抱き留めてから、裕にも、「今日はありがとうね」と義父が挨拶してくれた。

その横で、「いらっしゃい。ゆっくりしていってね」と義母が微笑む。

明るい茶色に染めた髪にさりげなくウェーブがかかり、首に花柄のスカーフを巻いていた。いつ見てもおしゃれな人で、彼女のそういうところが娘にも受け継がれたのだろうなぁと思う。

「ママ、これ、お土産《みやげ》」

「あら。ありがとう。そんな気を遣わなくてもいいのに」

微笑みながら、志保の手から伊勢丹の紙袋を受け取る。いつもだったら、気にもならない光景だが、今日はさすがに、志保の顔が微かに強張《こわば》っているように感じた。

「みんな、来てくれて嬉しいわ。お父さんのためにどうもありがとう」

広い庭を見渡せる大きな窓がついたリビングには、すでに義母が用意したちらし寿司や生ハムのサラダ、子どもの喜びそうな唐揚げといったご馳走が並んでいた。莉枝未や琉大の好きそうなジュースや、年始の挨拶に来たときにはなかったキャラクターもののコップも並んでいて、子どもらの目が「わあ！」と輝いた。

義父の六十五歳の誕生日を祝う間、あれこれとこまめに席を立って料理を気遣う自分の母親を、志保はよく手伝った。台所の方から、「ママ、これ、もう出しちゃっていい？」「ああ、これはね……」と平和で仲がよさそうな声が聞こえてくる。

遠慮することなく、互いに本音で罵《のの》り合うことができてしまうのも家族なら、そんな嵐のようなやり取りの後で何事もなかったかのようにこんなふうにふるまうのもまた、家族だからこそできることなのだろう。

今日、高速道路を降りる頃まで、車中の志保が「キレないか、自信ない」と言っていたことを、裕は思い出す。思い出しながら、「お義父《とう》さん、おかわりを」と、義父のグラスに追加のビールを注ぐ。


事の始まりは、裕が思っていたよりもずっと早かった。

志保によると、それは琉大がイチゴ組に進級したばかりの、一年前から始まっていた。

志保の母親からの電話の内容。――それは、琉大の言葉が遅いのではないか、ということだった。

「リュウちゃん、言葉増えてきた？　何か話すようになった？　って、電話のたびに、ママから聞かれるようになったの。最初は、時候の挨拶みたいなものだし、特に気にしてなかったんだけど」

実を言えば、琉大の言葉については、裕も薄々思うところはあった。しかし、その基準は、女の子でおしゃまな莉枝未と比べて、というものだったから、本格的に気にしていたというわけではない。二人目の子どもの育児には、親も一人目と比べると大雑把になる。

もともと志保も裕も、育児に関しては、あまりカリカリしたくないという主義だった。

莉枝未の出産前から、子どもの成長や教育に関してナーバスになるお母さんたちのニュースや雑誌の記事などを見るたび、それがどこか痛々しく思えて、「うちはこうならないように気をつけようね」と話したりしていたくらいだ。

ゆったりとその子の成長を見守るような子育てがしたい――。

「私は割と几帳面《きちようめん》なところあるし、結構すぐにカリカリしちゃいそうだから。裕がマイペースな人でちょっと安心かも」

志保もそんなふうに言っていた。

だから琉大の言葉に関しても、二人とも、そこまで心配はしていなかった。

少しずつではあるけれど語彙《ごい》は確実に増えているし、自分の名前も「りゅちゃん」とちゃんと言えている。もともと口数の少ない子なのかもしれない、と呑気に構えていた。

志保とも、同じクラスの口数が多い子を見て「あの子、もうペラペラですごいね」と話したりはしたが、その程度だ。

志保は義母からの電話に、「まあ、ゆっくりとやってくよ」とか「好きなものについては、指さして『あれ』とか言うよ」と、深く考えずに答えていた。

それでも毎回聞かれるので、時にはもういっそ、実際は話していない単語も話していることにしようか、と思ったこともあったそうだが、志保は「それだけは、なんかやっちゃダメだと思ったんだよね」と言っていた。

「なんか、そんなことしたら、琉大にかわいそうっていうか、実際の成長の先取りをしちゃったみたいで、琉大が逆にその単語を話せなくなっちゃうんじゃないかなって思えちゃって」

しかし、ある日、今度は志保の仕事中に義母から電話があった。

「今、ちょっと大丈夫？」と始まった電話は、平日の午前中にかかってきた。

仕事をしてるに決まってるだろうに、と思ったけれど、差し迫った急ぎの件もなかった志保は「大丈夫だよ」と答えたそうだ。

すると、義母からいきなり「琉大の言葉のことだけどね」と切り出された。これまでの挨拶程度に様子を聞くものとは違い、思いつめた口調だった。――夜じゅう考えて明日の朝になったら娘に電話をするのだと決めていたような、そんな雰囲気を感じたという。

「保育園の先生に相談しなさいよ。他の子と比べてどうなのか、先生たち、いろんな子を見ていると思うから」

志保は自分の母親によく懐いた娘だ。尊敬している、とよく言っているし、結婚式の時にも「お父さんとママのような素敵な家庭を築きたい」と手紙を読んでいた。子どものお受験に熱心で、習い事も多く通わせてもらった。ママといろんなことを勉強するのが楽しかった。何より、おしゃれで家の中を隅々までセンスよく彩ったあのママに育てられたからこそ、自分のセンスも磨かれたのだと思っている。ママの影響があったからこそ、今、アパレル業についているのだと思う。

感謝している、と常々、言っていた。

しかし、この時、志保は義母に咄嗟《とっさ》にこう答えた。

「——気にしてないよ」

自分の声がはっきり青ざめているように聞こえたそうだ。そして、そう口にしたことで志保自身、気づいてしまった。本当は、自分もまた琉大の言葉について気にしていたのかもしれない、ということに。

できるだけ子どもを信じ、見守ろうと考えてきたところに、露骨に踏み込まれたショックは相当なものだった。

「あなたが気にしてなくてもいいから、とにかく保育士さんたちに聞いてみて。リュウちゃんが、言葉の刺激を受けて伸ばせる時期にそうできないのはかわいそうだから」

「——裕に相談してみるけど」

「裕くんに相談なんかしなくてもいいじゃない。とにかく先生たちに聞いてみて。聞いた結果どうだったのか、ママにも教えて。ね？」

そう言われても、志保は気が進まなかった。親とともに子どもを見守ってくれている先生たちに、自分が琉大を過剰に心配しているように見えるのではないかと抵抗があったし、第一、子どもを信じていない親になってしまうような気がした。

けれど、何も動かないことは、それはそれで気になった。私は自分が不安に思いたくないあまりに、子どもの様子を直視できていないのではないか。私が自分のために楽観視をして動かないことで、実際に不利益を被るのは息子だ。母の言う通り、手遅れになってしまったらどうしよう——。

躊躇いがちに、志保はその日のお迎えで、琉大のクラスのベテラン先生である嶋野先生に聞いた。「うちの琉大、先生から見て、言葉が遅くて心配なくらいですか」と。

問いかけを受けた嶋野先生は、一拍、間を取って志保の顔を見つめ返した。その表情を見て、志保があわてて言葉を重ねる。

「私はそこまで気にしていなかったんですけど、琉大のおばあちゃんにそう言われてしまって」

「琉大くんは、確かに、言葉は早くはないです。でも、遅いかどうかは、今の段階では誰にもわからないことだと思います」

胸が震えた。

義母から「遅い遅い」と言われていた言葉を、嶋野先生が「早くはない」という言い方で引き取ってくれたことに、涙が出そうになった。

琉大と同じクラスにも、おしゃまな子たちは多く、その子たちの言葉が豊富なことに焦りそうになったけれど、その子たちが「早い」だけで、琉大が取り分けて「遅い」わけではないんだ、としっかり思えた。ただ、早くないだけ。実際、園には、琉大と似たり寄ったりの言葉を話す子たちもたくさんいる。そう考えたら、笑顔で「ママー」とお迎えの自分の方にやってくる琉大がいとおしく思えた。

「琉大くん、頑固なタイプだから、自分の中で納得できるまでは言葉をため込むタイプなのかもしれないですね。ある日水がたまるみたいにして一気に言葉が溢《あふ》れだすかもしれないです」

嶋野先生が微笑む。

「おばあちゃんたちって、たまにしか会わなかったりするから心配しちゃうものなんですよね。普段の様子を見てないから、わからないことも多いかもしれないし」

そんなふうにフォローしてもらい、志保はその夜さっそく義母に電話をかけた。

「園の先生たちに話したけど、他の子と比べて特に遅いわけではないって。早くないだけじゃないかって言われたよ」

「ああ、そう」

義母もその時はそんなふうにあっさり引いた。

それが、去年の夏ぐらいの出来事だったという。

すべて、裕には初耳の話だった。志保が園の先生にそんな相談をしていたことも知らなかった。

──裕くんに相談なんかしなくてもいいじゃない。

義母がそう言ったから、というわけでもないだろうけど、志保は明かさなかった。そして、その理由は、これまで志保と夫婦をやってきた裕には痛いほどわかった。

志保はおそらく、怖かったのだ。それを話して、裕が義母を悪く思うことが。自分の母親が夫に嫌われてしまう理由を作るのが怖かった。

志保はこのときも母によく懐いた娘だった。〝ママ〟を庇《かば》ったのだ。

娘に不躾《ぶしつけ》に孫の心配をぶつけた義母にしてみても、無意識のうちに後ろめたさのようなものがあったのかもしれない。だからこそ言ったのではないか。裕くんに相談なんかしなくてもいい――と。

その後、琉大は少しずつではあるが言葉が増えていった。しかし、志保が気にしていることが園の先生たちの間で申し送られたのか、志保がお迎え当番の日には、嶋野先生以外の若い先生たちも、積極的に志保に話しかけてくれるようになった。「琉大くん、言葉よく出てくるようになりましたねー」「今日、私のこと、〝せんせい〟ってはっきり呼んでくれましたよ」

そんな報告をひとつひとつ丁寧に受けるたび、志保は自分が過剰に騒ぎ立ててしまった気がして、なんだか申し訳なかった、という。

依然として、琉大は同じ年の子の中では無口な方ではあったが、志保も裕も、それならそれで、それがうちの子の個性だ、と好ましく思っていた。

その間にも、志保と義母は、いろんなことで連絡を取り合っていた。帰省の日程や、もらいものの果物のやりとり、義母が東京に出てきて、一緒に買い物などにも行っていた。

義母と琉大が会う機会も、何度かあった。

そのたび、志保は心の中で、琉大に、どうか新しい単語を義母の前で話してほしい、と念じるように思ってしまう気持ちを止めることができなかったという。そして、そんな気持ちが大きければ大きいほど、子どもは思うように動かない。

夏の終わり、裕が不在の時に、志保は莉枝未と琉大を連れて、義母と銀座のデパートで彼女の買い物につきあった。

買い物の途中、デパート内のカフェでパフェを食べた時、義母が琉大に「リュウくん、これは？　これはなんていうの？」とイチゴやブドウを指さして名前を言わせようとする。しかし、琉大は、普段であればそれらの名前がしっかり言えるはずなのに、にこにこ笑ったまま答えなかった。

すると、義母が言った。

「ねえ、区の保健センターっていうところに保健師さんがいるから、そこに琉大を連れて行きなさい。それか、病院」

咄嗟のことに、志保は口が利けなかった。保健センター、という言葉が義母の口から出て、母はきっと、この話がしたくて、どこに相談に行けばいいのか、ネットか何かで前々から調べていたのかもしれない、と思った。

病院、という言葉が、冷たく志保の心を砕いた。

「でも、保育園の先生たちは、単語も増えてるし、琉大くん、お喋りが上手になったたって言ってくれてるし……」

「今は保育園だって保護者との関係には気を遣うっていうでしょう？　先生たちじゃ、親に言いにくいことだってあると思うのよ」

「でも」

今日、〝せんせい〟って言ってくれましたよ、単語、たくさん出てきましたね、と言ってくれた先生たちの声が遠くに霞《かす》んだ。それを喜び、一緒に見守ってきた自分の気持ちがズタズタにされた気がした。

「病院は……」

「早くしないと、もし何か異常があった時にどうするの。言葉の教室に通ったりするのにも、予約待ちでどこもいっぱいで大変だって聞くわよ」

「琉大は言葉、遅いわけじゃないよ。早くないし、無口な方かもしれないけど、私たちには、イチゴやブドウって言葉もちゃんと伝えてくれるよ」

「……そう？　それなら、いいけど」

義母が琉大を見る。無邪気に莉枝未とパフェをつつく姿に、志保の息が詰まった。こみ上げてきた涙をこらえて、「お願い、ママ」と義母にその日、頼んだ。

「琉大の言葉の話題は、もうこれっきりにして。これ以上はもう、絶対にそのことを言わないで」

娘のはっきりとした物言いに、義母は驚いた様子だった。「ママだって、別に」と言い訳のように口にする。

「深刻に言ってるわけじゃなくて、行ってみたら？　って、軽く提案してるだけじゃない。志保ちゃん、冷静に聞いて頂戴《ちょうだい》。この間、昔お父さんが撮ったホームビデオを見たら、あなたたちが二歳の時には誕生日に不二家《ふじや》のケーキのプレートを見て、『ペコちゃんだよー』って物真似をしてて、ああ、そう言えばこんなにしゃべってたんだって思って。リュウちゃんじゃ、それは無理でしょ？　リエちゃんだって、言葉は早かったし」

「それは、私も美香《みか》も女の子だったからじゃないかな。リエだってそうだよ」

自分と妹の名前を出しながら、ああ、本当にそうかもしれない、と思う。志保は二人姉妹で、母親も女の子を育てた経験しかない。だけど、琉大は男の子だ。

孫と同じくらいの時期の娘のホームビデオを、母が実家で繰り返し観ているのだ、という事実も、その時はうすら寒い気持ちがした。

そして、思い出して、続けた。

「前に帰省した時、裕のご両親に聞いたけど、裕のところは、裕も弟さんも言葉はゆっくりだったって。三歳頃までほとんどしゃべらなかったって言ってた。向こうのお義母さんが琉大と遊んでくれてる時、私がちょっと気にして『言葉、ちょっと遅いんです』って言ったら、『リュウちゃんで遅いなんて言うくらいだったら、うちの裕たちはこの年の頃は無言も同じだったわよ』って言ってくれたよ」

妻と自分の母がそんな会話をしていたことを、裕は知らなかった。しかし、その裕の母の言葉は、志保にとっては本当に嬉しく、励まされるものだったそうだ。

しかし、義母はそれには何とも答えないまま、「だって、ねえ」と続ける。

「下の子は上の子の影響を受けて、本当はどんどん話すものなのよ。美香だってそうだった。ともかくお願い。ママの言うことを聞いて。保健センターには一度行って頂戴。それだけは今日、約束して」

それ以上、嫌だと言える雰囲気はなかった。普段は仲がいいはずのおばあちゃんと志保が険悪になるのを、莉枝未や琉大も気にするように見ている。——何より、志保も忍びなかった。会話の中に、何度も自分の名前が出てくるのだ。琉大だって気にするに決まっている。

「わかった。行く。だけど、ママ、お願いだから琉大と一緒にいる時はあんまりそういうことばかり考えないで。そんなんじゃ私だってママに琉大を会わせるたびに言葉のテストをされてるみたいで、実家にだって気軽に連れて帰れない。琉大を会わせられないよ」

志保がそう言うと、義母の顔色が変わった。自分の横に座った琉大を抱き寄せ、大声をあげる。

「リュウちゃん、聞いた？　私たち、会わせてもらえなくなってしまうって」

腕にざわっと鳥肌が立った。自分の方が悪いように言われたこともちろん癇《かん》に障《さわ》ったが、きょとんとした表情の琉大を味方につけるように抱き寄せられたのが、まるでペットや人形をそうするように見えて、息子の人格を無視されたような気がした。

気が進まなかった志保は、その後、区の保健センターには結局行かなかった。義母に対しては、しばらくしてから行ったふりをしてごまかした。

「保健師さんに相談したけど、もう少し自然に様子を見てもいいんじゃないかって言われたよ」

何かのついでに電話した際にそう言うと、義母は「あ、そう」とこの時も電話口で頷いた。

これまで育ててもらい、料理に関しても育児に関しても尊敬できた〝ママ〟に、この時初めて、志保はもう一段階、反抗した。

「だから、お願い。もう本当に琉大の言葉のことは、二度と口にしないで」

「わかったわよ。ママだって、志保ちゃんが約束を守って、ちゃんと相談に行ってくれたっていうなら、それで気が済むんだから」

すうっと、自分の顔から血の気が引くのがわかった。

気が済む、という言い方に、絶句する。琉大は、母の心配の種になるためにいるんじゃない。あなたの満足のためにいるんじゃない——。

それをどう伝えていいかわからないうちに、「わかったわよ、もう」と言って、電話は切れた。

怒りや悲しみより、何にともなく、ただ、情けない、という気持ちになった。

「——夏の終わり頃に、くーちゃんと由依ちゃんと、みんなで最初にごはんした時あったでしょ？　ちょうど、由依ちゃんにお受験の話いろいろ聞いてた時」

「うん」

「あの日、琉大と美然ちゃんがお菓子のことで揉めて、くーちゃんから『すごーい。保育園児に勝ったー』って言われて、それで由依ちゃんが怒ってくれてたけど、本当は、私が気になったのは別のことだったんだ」

そういえば、あの日の帰り、車の中で志保が何か言いかけていたことに、今更ながら思い当たった。

——そのことは別にいいの。それより私が今日気になったのはもっと……。

あの時は、琉大がぐずってしまって、話は途中で終わった。その後すぐに由依の妊娠が発覚したこともあり、裕はてっきりそのことを言いかけたのだとばかり思っていたのだが、実は――違っていたのだ。

「あの日、くーちゃんに言われたんだよね。たわいない口調で、『ねえねえ、琉大くんってしゃべらないの？』って」

裕は短く息を呑んだ。志保の口調は淡々として、瞳の色も澄んでいた。その時からだいぶ時が経っているからなのかもしれない。――あの日、言われた直後の志保は、本当はどんな目をして言葉の先を続けようとしていたのか。

琉大と同じ年の美然ちゃんは女の子で、言葉も達者だった。お菓子の取り合いをする時、もどかしい仕草で「りゅちゃんのー！」と手をバタバタさせる琉大より、遥かにたくさん、あの日も話をしていた。

志保が静かに自分の手元に目線を落とす。

「あっさりそう言われたら、言葉が早い子を育ててる人たちから見ると、琉大は少しずつ話してはいても、やっぱりそう見えちゃうのかって、ちょっと、気になった。世代の問題じゃなくて、友達ママからもそう見えるのかって落ち込みもしたんだけど、年末年始にかけて、琉大はまた言葉が増えてきて、パパ・ママの他に莉枝未のことも『ねえね』って呼ぶようになって、ようやく、ほっとしたんだ」

両方の祖父母についても、「ばあば」「じいじ」とはっきり口にするようになって、それは裕も安心していたところだった。年末年始に相次いで訪れた裕の実家でも志保の実家でも、祖父母と和やかに会話していた。

しかし、志保の心中は、穏やかなばかりではなかった。

義母が琉大に「これは？」と指さすイチゴを、今度こそ琉大は「イチゴだよー、ばあばったら」と答え、「これはりゅちゃんの」と頬張った。そんな姿を見つつ、ほっとする一方、内心では義母に対して「それ見たことか」という思いだったそうだ。

自然と言葉が増えてきた琉大にちゃんと謝ってほしい、という気持ちで、自分の母を見ていたという。

義母が大袈裟に騒ぎ立てたことを責めない自分にも感謝してほしい、とすら思っていた。

「そう、思ってたんだけど……」

志保には、二つ下に美香という妹がいる。

数年前に結婚し、夫の仕事の関係で名古屋で暮らしているため、普段はなかなか会う機会がないが、姉妹仲はいい。

しかし、志保と違い、美香は、実母とは仲がいいとは言えない。それどころか悪いとさえ言えるかもしれない。何かというとすぐに喧嘩になる二人を「まあまあ」と志保が間に入って取り成すところを、裕でさえ何回か見ていた。

「美香は気が強いんだよ」と志保が言っていたことがある。

「受験の時も、ママがいろいろアドバイスするのにいちいち過敏に反応して言い返したり、お稽古事も、私が習ったものを一通りやったけど、サボってすぐにやめちゃったり」

同じような育て方をしても、一方が従順に母を尊敬し、一方が反発するのは、不思議なものだ。しかし、裕には、それがあまりに表裏一体のように感じられていた。反発と尊敬は、実は紙一重なのではないか。その二つは、実は同じようなものなのではないか。

今年の正月、志保の妹夫婦は、仕事の関係で、裕たちに少し遅れた日程で浦安の実家を訪ねた。「どうせなら志保ちゃんと同じ日に帰ってくればいいのに」と母親から文句を言われながら。

浦安に行く前に、美香たちは、裕と志保の家に寄っていた。

「琉大と莉枝未にお年玉あげなきゃ」

子どものいない二人が、甥っ子と姪っ子をかわいがり、めいっぱい遊んでいってくれたことを裕も覚えている。

——その後、浦安に向けて出かけた妹を見ながら、志保が「たぶん、また私がいないと喧嘩するんだよね、ママと美香」と笑っていた。

そこまでは、裕も知っていた。実際、志保がその後、妹からのＬＩＮＥを見て、「あ、やっぱり喧嘩してる」と言っていたような気もする。

しかし、美香の怒りの原因は、それもまた、実は、琉大にまつわることだった。

「美香から教えてもらったんだよね。ママが本当はお正月、どう思ってたのか」

琉大の言葉の発達を心配していることを、義母はもう一人の娘である美香にも伝えていた。だから美香は、浦安の家で、母に向けて、彼女を安心させる意味も込めて、こう言ったのだという。

「お姉ちゃんの家に寄ってきたけど、琉大、めちゃくちゃしゃべるようになってて驚いたよー、子どもの成長って早いね」

その言葉に、義母は不機嫌そうに顔をしかめた。そして、こう言った。

「だけど、同じ年の他の子に比べればまだまだだよ」

美香は、凍りついた。そして、母親とそれ以上話す気を失った。志保に連絡してきた時も、彼女はまだ相当怒っていたという。

「あの人、昔からそうだったなって思って。──子どものできることを見ようとしないで、できないことの方ばっかり気にする」

その日、美香は実家のパソコンを見てしまったそうだ。調べものがあってパソコンを借り、ネットを見た際にそれまでの検索履歴が現れ、思いがけず目に入ってしまった。

東京都　ことばの教室

二歳　言語発達

目黒区　言葉の教室

渋谷区　言語　治療

検索ワードは、そんなもので埋め尽くされていた。

「悪いけど、私、浦安の家、当分帰りたくないから」

志保にとっても、それは同じ気持ちだった。そして、思い出した。熱心な、子どもに手をかけてくれる志保の大好きな〝ママ〟は、お受験でもなんでも、〝正解〟の範囲が狭い母親だった。

ペーパーテストで八十点を取っても、百点でなければ「お母さん、もっと志保ちゃんはできる子かと思ってた」とがっかりため息をつく、そんなママだった。

だからこそ、自分はゆったりした育児をしたいと思ったのかもしれない、と志保が言った。

妻からそこまで聞いて、裕は、身体の奥底で、何度か震えが起こるような感覚を味わった。

これまで、志保の母親に多少思うところがあったとしても、そんなことは初めてだった。育児方針などないに等しい裕だけど、それでも、決めていることがある。それは、絶対に我が子を他の子と比べてどうこう言わない、ということだ。

「――比べたか、他の子と」

思わず、裕の口から声が洩れた。自分でもびっくりするくらい冷たい声だった。

その声に、それまで沈んだ様子で話をしていた志保が、はっと顔をあげた。

「うちのママ、思いついたことをすぐに口にしちゃうから。深く考えて言ってるわけじゃないし、言葉の選び方が極端に下手なの」

自分自身が傷ついたという話をしていたはずなのに、それでも志保が実母をフォローする口調になっていくのがやるせなかった。夫にママを悪く言われたくない、とこんな時でも彼女が思っているのが伝わってくる。正直、どうして志保がそんな気になるのか、裕には理解ができない。

義母の言葉に配慮が足りないことは確かだろう。

しかし、自分の発言が相手にどう思われるかを考えるより先に、不安や心配、不満をむき出しにぶつけてくるのは暴力ではないのか。その暴力を娘たちが許すと思えばこそ、関係に生じた甘えはどんどん増殖していく。

保活の時、裕の母に反対された志保は、躊躇《ためら》うことなく裕にその不満をぶつけた。当時はひやひやしたものだが、今思えば、そう口にできるのも他人同士、普段は気を遣い合う関係性だからこそだ。嫁姑関係というものは、よくも悪くもそういうものだ。

しかし、娘と実母の間には、その気遣いがない。

そして、台湾の夜の話になる。

商談相手との会食の後、ホテルに戻るタクシーの中で、志保はスマホに義母から不在着信があったことを知る。海外なのだし、放っておけばいい、と裕は思うが、志保は落ち着かない気持ちになって、みんなを先にラウンジに送った後で、自分の部屋から母に折り返し、電話をかけた。

「ああ、志保ちゃん。今、大丈夫？」

「ごめん。今、出張で台湾に来てるんだ。だけど、ちょっとなら大丈夫。何？」

普通であれば、そこで電話を切りそうなものだが、志保が「大丈夫」と答えたからだろう。義母は話し出した。

「三月のお父さんのお誕生日のことなんだけど、もう六十五でしょう。キリがいい年だし、美香たちも呼んで今年はみんなでお祝いしないかなって思って。いい？　計画しても」

「ああ、裕にも聞いてみる。日にちはもう決まってるの？」

「まだだけど、美香たちに聞いてまた連絡するわね。あの子たちの方が遠方だから、都合のいい日を先に聞いてみる」

「うん」

「台湾にいるなんて知らなかったわ。リュウちゃんとリエちゃんは、じゃあ、今は裕くんが日本で一人で見てるの？」

「そう。いいパパだから助かってるよ」

年始に美香から連絡を受けて以来、志保も義母とは連絡を取っていなかった。割り切れない気持ちはまだ残っていたが、この時、志保は努めて平然と話そうとした。

しかし、その時、義母が言った。

「ねえ。琉大、少しは言葉がはっきりしてきた？」

耳の後ろで、血が沸騰するような音を聞いた。世界から、音が消えた気がした。

自分の声さえも遠い。やっとのことで、志保が言った。

「――ママ。私、もう絶対にそのことは聞かないでって、あれだけ言ったよね」

「ああ、もう、ヒステリックにならないで。挨拶代わりに聞いただけなのに、言葉の揚げ足取らないで！」

義母の方でも話題のデリケートさは自覚していたのだろう。志保が言い終えるか否かのうちに、早口にそう言った。

しかし、この時ばかりは志保も収まらなかった。こんな気持ちのまま電話を終われない。続けて言ってしまう。

「お正月に、琉大とたくさん話したでしょう？　ママは、あれでもまだ足りないって思ってるってこと？」

「だって、同じ年でもっと話す子たちもいるから。もう、志保ちゃん、いい加減にしてよ。ママ、お正月だって、本当は言葉のこと言いたかったの、あなたが気にするといけないと思ってずっと我慢してたのよ」

我慢、という言葉がまた志保の背筋を凍らせた。

「前々から言おうと思ってたんだけど」

義母が続ける。

「やっぱり保健センターの無料相談じゃダメだと思うのよ。言葉のための専門の外来を置いてる病院も都内にいくつかあるみたいだし、言語教室だって一度覗いてみたら？　そこに通えば、琉大だって、志保ちゃんだって、気が楽になるんじゃない。ママ、いくつか調べてみたんだけど——」

言葉が出てこなかった。

本当に本当に、怒りとも悲しみとも、情けなさとも——、どれとも違う、あるいはそのどれもを少しずつ含んだ真綿のようなもので喉が締め上げられているようで、どこからどう絞り出そうとしても、声は出てこなかった。

黙ってしまった志保に、電話の向こうで、義母が怪訝そうに尋ねる。

「志保ちゃん？　——志保ちゃん？　やだ、泣いてるの？」

泣いていない、と思っていたのに、義母に聞かれた途端、鼻の奥が沁《し》みるように痛んだ。

涙が噴き出た。

「やだ、泣かないで。わかるわよ。不安なのよね？　どうしよう。ママ、今から行ってあげたいけど、台湾じゃ……」

義母が続ける。猛烈な拒絶の感覚があった。行ってあげたい、と言われても、自分が今、最も会いたくない人間はあなただ。

「違う」

やっとのことで、志保が答えた。もうはっきり、涙声になっていた。

「違うよ、ママ。私は不安じゃない。不安にさせてるのはママだよ。ママからの電話がなければ、私も、琉大も、自分のペースで頑張れてるよ」

電話の向こうで義母が息を呑む気配があった。志保は懸命にスマホを手にしたまま、続ける。

「ママは、琉大に、異常が見つかってほしいの？」

「ええっ⁉」

「保育士さんがダメなら保健師さん。保健師さんがダメならお医者さん。問題が見つかるまで、これは続くの？　琉大は、ママの暇つぶしの道具じゃないんだよ」

暇つぶし、という言葉が、考えるより先につるっと口から出て、志保は自分でも驚きながら、納得する。

そうなのだ。私の母はきっと、心配するのが楽しいのだ。誰かを心配し、口を出して、自分自身もその心配事に道楽のように依存しながら、暇つぶしをしている。

娘がいる時には娘を。

その娘に子どもができたなら、今度は孫を。

「ちょっと、志保ちゃん。心配している親に向かって、暇つぶしっていう言い方はないんじゃない？　この年まで育ててやった娘にそんなこと言われたら、ママだって情けない気持ちになるわ」

義母の口調がさらに熱を帯びる。

「私だって、何も、意地悪で言ってるわけじゃないのよ。リュウちゃんのことが、本当にかわいいから」

無言になって電話口で泣く娘を真似るように、義母もまた、泣き声になる。

「もっと言うなら、ママ、リュウちゃんのことだけじゃなくて、志保のことがかわいい。かわいい！　かわいい！　かわいい！」

同じ言葉を繰り返し、息継ぎをする。

「志保ちゃんは娘だもん。ママ、いつまでだってかわいいよ。だから、心配するんだよ。ママ、志保ちゃんにたとえ嫌われたって、それが志保ちゃんやリュウちゃんのためになるって思えば、これからもいくらだって言いにくいことも言うよ。誰かが言わなきゃいけないことだもの」

しかし、そう言われれば言われるほど、志保の心は冷めていった。台湾のホテルの部屋で電話を受けながら、これは一体何なのだ、と考えていた。

琉大を、これ以上、自分の母の心配事の種にされたくはない。あの子の言葉を心配する気持ちは志保にだってもともとあったはずなのに、義母に騒がれすぎたせいで、もう自分が本当はどのくらい息子を心配していたのかもわからなくなっていた。

義母が命じるから病院に行きたくない、と思うのは、結局、義母の言いなりになることと、たとえ真逆《まぎゃく》であったとしても、彼女に行動を支配されているという点では同じことなのだ。

そして、気づいてしまった。

義母に琉大を会わせたくなければ、本当に、自分の意志ひとつでそれは実際にもう可能なのだと。

自分自身が子どもだった頃と違い、今の自分たち家族は、経済的にも親から自立している。実家を無理に頼ることは何もなく、どちらかといえば、立場が弱いのは年を取った自分の両親の方だ。

これから先、保護者と被保護者の関係は確実に逆転する。志保は、義母に、無理に会わなくてもいい。

見捨てることが、できる。

しかし、それは自分が本当に望んでいることなのか。

噛み合わない言葉の応酬をしながら、無言になった志保は茫然とする。もう孫に会わせないと、強い意志さえあるなら、自分はそう言ってしまうことだってできる。次の言葉の一刺しで、母親を殺してしまうような一撃を浴びせることができる。

気づいてしまったことで志保が一瞬怯《ひる》んだ、その隙を突くようにして、義母の涙声が続いた。

「ママと志保ちゃんは、似てるんだと思う」

親子だから、と荒い息と一緒に、義母が言った。

「他の人だったら気にもならないようなことを、親子だから、ママ、わかっちゃうんだよ。似てるから、志保ちゃんが何を気にしてるのかも見抜いて言えちゃうんだと思う。だって、志保ちゃんとママは親子だもん」

親子だもん、親子だもん、親子だもん。

この一撃で相手を殺せる、と思った言葉を呑み込んだ後で、義母から繰り出される言葉は甘噛みのような、現実感のない言葉の粒だった。

義母がその甘い言葉を感情的に続ければ続けるほど、志保の心が白々としていく。

海外通話だと伝えたはずなのに、言いたいことを言い切るまで電話を切らない母親の姿勢にも、すべてが表れて思えた。電話を始めて、もう一時間以上が経っている。

「ママ」

志保が言った。声が掠《かす》れていた。

「私も言い過ぎた。電話、もう切ってもいい？　仕事相手のこと、待たせちゃってるから、もう行かないと」

「うん。そうね。そうよ、志保ちゃん。この電話のことはもう忘れて。気持ちを切り替えて。ね？　ママも忘れるから」

子どもをあやすような口調だった。無力感に襲われる。忘れられてたまるか、と思う一方で、相手に言葉が圧倒的に届かないことを思い知る。

しかし、義母は電話を切る時、付け加えることも忘れなかった。

「ともかく、言語教室のことは考えてみなさい。いい？　ママと約束して」

志保は無言で電話を切った。

電話を切った後から、猛烈な後悔が湧いてきて、返事をするべきだったかどうか迷う。大人げない態度だったかもしれない、と反省しそうになる。そんな自分のことが、自分でもどうにもならなかった。

——母は、自分に言うことを聞かせたいだけなのかもしれない、と思った。

それが琉大のことでなくてもいい。娘が自分の言いなりにならないことにただもどかしさを募らせ、だからこそ意地になっているのではないか。

けれど、志保も譲れなかった。

それが他でもない、琉大のことだからだ。

いくら大好きな、尊敬していたママの言うことでも、我が子についてだけは口出しさせない。


重たい告白を終えた後の志保が、ダイニングで俯く。

裕はゆっくり、妻の髪を撫でた。何度も、何度も、撫でた。

「これまでずっと、言わなくてごめん」

そう言った妻に、簡単には返事ができなかった。気持ちの上では、いいよ、と言ってあげたい。大変だったね、と労《いたわ》ってやりたい。

しかし、裕の中にも釈然としない思いが燻《くすぶ》っていた。

軽んじられたものだ――と思う。

義母にも、そして、志保にも。

「――さっき言ってた琉大の習い事っていうのは、言語教室のこと？　お義母さんに言われたこと、考え始めてたの？」

「考え始めてたっていうか」

志保の歯切れが少し、悪くなる。

「一度覗《のぞ》いてみるくらいは、してもいいのかなって。私も、ママに言われすぎたせいで依《い》怙地《こじ》になってるのは、琉大のためにはよくないのかなって。可能性のひとつとして、ちょっと考えただけ」

そう告げる妻を、裕は立ち竦《すく》むような気持ちで見つめた。どうしてなのだろう、と思う。あんなに傷つけられたと思っても、志保ほどしっかり物が考えられるはずの人が、結局は実母の言う通りにする道を考えてしまう。夫の裕に気まずそうにしながらも、言語教室のことを考えてしまう。

真面目なのだ、と思う。

志保はきっと、ずっと真面目な〝いい娘〟だったのだ。彼女が自分の母親を、今回のことで間違っていると思っていても、そんな母にまだ縛られ続けている。

義母に反発するたび、彼女から逃れようとするたび、志保が感じているのはおそらく罪悪感とでも呼ぶべきものだ。

単に、育ててもらったから、という単純さを越えた、それ以上の何かもっと厄介な〝罪〟の感覚が、志保をがんじがらめにしている。

「琉大は大丈夫だよ」

裕は言った。できるだけ、はっきりと。

「琉大は大丈夫だ。出てくる単語は少なくても、園の友達や莉枝未とちゃんと意思の疎通ができてるし、自分の気持ちをしっかり伝えてる。俺たちの子どもは、この一年だけでもすごく成長したよ」

「――うん」

志保が頷いた。ようやく少し笑ったようにも見えたが、細めた目の間からまた涙がぽろりとこぼれた。泣き笑いのような顔になる。

「台湾で、ママと、電話して――」

「うん」

「嫌な気持ちで電話を切った次の日、また、商談相手の人たちと会ったの。向こうが用意してくれた通訳さんが間に入ってくれて、これからの仕事のことや、私の会社がこれまでやってきたことを、みんなが話してくれたんだけど――」

通訳さんが伝えてくれる言葉を待つ間がもどかしかった、と志保は言った。

現地のみんなが中国語で話しているのは、確実に志保と、志保の会社のことだ。みんなが自分のために集まってくれているのに、志保は、その内容がすぐにわからない。彼らにだって、もっと自由な、自分の言葉で感謝や思いを伝えたいのにそれができない。

目の前で行き交うコミュニケーションの流れを、無難な笑顔を作って眺めながら、その時、ふと思った。

「――琉大もひょっとしたら、こんな感覚なんじゃないかなって」

目の前をすごい速度で流れる言葉を前に、大人や友達を観察しながら、自分の思いを思うように言葉で伝えられないもどかしさと戦っているのではないかと、そんなふうに思ったのだという。

それでも伝えたい、ちゃんと自分の気持ちを言いたい、と思うところから、子どもの言葉は始まるのではないか。「りゅちゃんのー！」と、全身で主張する姿を、志保もこれまでたくさん見ている。

志保が中国語を勉強したいと思ったように、琉大の中でも自発的な気持ちは育っている。それを無理やり、「わかれ」「しゃべれ」と周りが強《し》いるのは、琉大の気持ちをつぶす、逆効果なことなのかもしれない、と思った。

そして、改めて、心配だ、という気持ちだけを押しつけてくる義母に対する言い様のない怒りが湧いた。

「私」

心の奥底から言葉を探すようにして、志保が吐息のような言葉を吐き出す。頭に置かれた裕の手の重みを嚙みしめるように目を閉じて、そして言った。

「ママみたいに、なりたくないよ」

結婚式の際、志保は新婦の手紙の中で、「お父さんとママのような素敵な家庭を築きたい」と言っていた。その志保が今、正反対の言葉を使ったことがやるせなかった。

たとえ親子であっても、義母と志保の子育ての仕方は違う。それは当然だ。

しかし、一度育児を経験した母親世代は、問答無用に自分のやり方こそが正解だったのだと思い込むものなのかもしれない。だからこそ、それを娘世代に伝えなくてはならない、と思ってしまう。

志保の母だけではなく、裕の母だってそれはそうかもしれない。

姑だから、お嫁さんに遠慮も気兼ねもあるから、直接口に出すことは少ないが、そういう意味でも、母親たちが支配するのはいつだって息子ではなく娘の方なのだ。

「ママから電話で、『この年まで育ててやった』って言われたけど、私はそうは思わない。莉枝未と琉大を産んだのは私の意志だし、私が選んだことだよ。大変なことも多いけど、楽しいこともすごく多い。あの子たちには、むしろ、〝育てさせてもらってる〟って、思ってる」

寝室でダイナミックに両手両足を広げて眠りこける子どもたちの存在を、裕は思った。

裕も、同じ気持ちだった。子どもを持つ人生を選んだのは、他でもない自分だ。そして、今、人生の楽しみを、あの子たちからこんなにももらっている。

「ママは、私や美香を育てる時、楽しまなかったのかな」

「お義母さんたちの年代は、子どもを持つことは今よりずっと当たり前みたいに言われてたから、育児は楽しむっていうより、義務や責任って考え方が強かったんじゃないかな」

自分の子どもに対し、「育てさせてもらってる」なんて思うのは、ライフスタイルが多様になったからこその、随分余裕のある現代的な考えなのかもしれない。義母の世代には、説明しても伝わらない感情なのかもしれない。

裕は苦笑する。

「それに、今は莉枝未も琉大もかわいいけど、思春期になればきっと生意気になるし、そうなったら、俺たちの考えも変わっちゃうかもしれないよ。莉枝未と喧嘩した志保が『育ててやったのに』って言う日だって来るかもしれない」

「だとしても、覚えていたいよ。思春期とか、難しい年頃になったとしても、今、こうやってあの子たちに感謝してること」

志保が言った。ようやくその顔にまともな微笑みが戻ってきつつあった。

「裕も一緒に覚えてて」

「――わかった」

今はまだ想像がつかないが、いつか、裕と志保も子どもたちに手を焼き、莉枝未や琉大と激しい喧嘩をすることもあるだろう。――その時にこの気持ちを覚えていたい、という志保の思いは、裕にもよくわかる。裕だって覚えていたい。

「お義父さんの誕生日、大丈夫？　台湾から来る友達と会えなくても」

「うん。その前の日にランチをする話も出てたから、多分、調整できると思う」

イケメンデザイナーとの関係を疑っていたのが、今はもう嘘みたいに昔のことに思えた。

正直、大事な先約がある日の夜に、どうして実家の方を優先させてしまうのか。裕にはまだわからない。

帰らなくてもいいのに、と思うけれど、志保にはそれもできないのだ。

「実家の方の日程をずらしてもらうことはできないの？」

「それもちょっと言ってみたんだけど、お父さんの誕生日と一番近い週末はそこだし、美香たち夫婦が来られそうな唯一の日程なんだって。直前まで、仕事の都合でわからないみたいだけど」

だけど、逃げるんじゃないかな。

呟くように、志保が言う。無意識に使ったであろう「逃げる」という言葉が耳に残る。

妹はずっとそうしてきたものを、志保はそうしない。

「日程のことで、ママとまた揉めたり、話すことを考えたら、言われた日程をそのまま受け入れた方がよっぽど楽だなって、思っちゃったんだ」

「――それはわかるよ」

裕に詫びるような視線を一瞬向けた志保が、裕の言葉にほっとしたように見えた。しかし、すぐにまた目を伏せる。

「だけど、浦安の家で、私、キレない自信ない。また、琉大のことを言われたら」

「大丈夫だよ」

裕が言う。はっきりと、力を込めて。

志保が顔を上げ、裕を見た。化粧を落としたこの幼い顔とこんなに長く見つめ合うのはひさしぶりだ。裕はもう一度言った。

「絶対に、大丈夫だ」


志保の父は、穏やかな人だ。

妻と、志保と美香姉妹。女だらけの家の中で、適度に妻のことも娘のことも立ててやってきた義父は、結婚する時、「これからは、家の中に男が増えて嬉しいよ」と裕にも言ってくれた。

この家の初めての男児となった琉大が誕生した時には、「かわいいなぁ」と目に涙を浮かべて喜んでいた。

勤めていた生命保険会社を五年前、定年で辞めた後、今は関連の営業所で嘱託扱いで働いている。

「今日は裕くんが運転で飲めなくて残念だなぁ」

裕が瓶ビールをグラスに傾けてお酌するのを受け、寂しそうに言う。眼鏡の奥の目が優しげに笑っていた。

「すいません、お義父さん」

苦笑しながら、今度は裕が彼からアルコールフリーのビールを注いでもらう。

横で琉大が「じいじー」と言いながら、義父の首にまとわりついている。「じいじ、飲むのやめー」とちょっかいを出す孫を、義父が嬉しそうに「なんで？　なんでダメなんだ」と笑って抱っこする。

——志保の話では、今回の琉大の言葉の問題については、義父もまた、裕と同じく義母からは何も聞いていないはずだ、という。

「一度、ママに、お父さんは知ってるの？　って聞いたの」

義父なら、きっと義母を止めるのではないか——というのは、裕も確かに思っていたことだった。孫たちのことは裕くんと志保にまかせなさい、と、この人ならおそらくちゃんと言ってくれた。

しかし、義母はわずかに口を尖《とが》らせ、「言ってない」と答えた。

「お父さんになんか言ったって、わからないもの」

義母もまた、心の奥底ではわかっているのではないか。自分がしている心配について、夫が必ずしも好意的な反応を示さないのではないかということを。義父や裕の目までは気にしても、自分の娘の気持ちは蔑《ないがし》ろにしても構わないと思えるのはどうしてだろうか。

「そういうところも、ママは卑怯だと思う」

志保がぽつりと言った。


義父の誕生祝いはつつがなく終わり、荷物を片付けて家を後にする。

その時になって、最後のやり取りは——起きた。


遊び疲れ、眠そうな琉大と莉枝未を車の後部座席に乗せる。志保が助手席に座り、裕が運転席でエンジンをかけようとしたところで、開いた助手席の窓の向こうから、志保の母が言った。

「じゃあね、志保ちゃん。教室には絶対に行ってね」

声は、素知らぬ様子で投げられた。

窓の外を見ていた志保の顔がはっきりと凍りついたのがわかった。裕の方から見える妻の肩が、石のように固くなる。

車の外に立つ義母は笑顔だった。教室、というだけでは裕にも義父にも伝わらないと思っているのかもしれない。何しろ、この問題について、義母はどこまでも、自分と娘の間だけで抱えることを望み、裕も義父も、そこでは役割を与えられなかった。

志保が「あ――」と何か言いかけるのがわかった。このまま、志保が激したり、泣いたりしてもおかしくない場面だった。

しかし、志保はそのままぎゅっと唇を引き結び、下を向いた。義母に何も答えなかった。

――義母は、どうして我慢できなかったのだろうか。

何も言わずに、自分たち家族をただこのまま見送ってくれればよかったのに。喧嘩になりかねない話題を、それでもどうしても最後に一言告げなければ気が済まないのはなぜなのか。

娘が答えず、無視されたような格好になった義母の表情が、笑顔から一瞬のうちに曇った。「志保ちゃん――」と彼女が言う。

「いい？　今度こそ、約束。ね？」

琉大の言葉は、お正月よりさらに増えていたと思う。義母が眉間に皺を寄せ、娘の返事を待っている。しかし、志保も今度ばかりは答えなかった。

動いたのは、裕だった。

身を乗り出し、助手席の窓の向こうに見える義母に向けて言う。

「お義母さん。ちょっとお聞きしたいんですが、教室に行くと、一体何をしてもらえるんでしょうか」

義母の表情が驚きに目を見開く。そのすぐ後で、志保を見つめた。志保は黙ったまま、同じく、はっと顔を上げ、目を丸くして裕を見ていた。

裕は努めて平然とした声を続ける。

「志保に聞きました」

はっきりと、一語一語が義母の中に残ればいい、と思いながらこたえる。

裕くんに相談なんかしなくてもいい、と言われたことを含め、改めて、怒りに似た感情がこみ上げる。——舐《な》められたものだ。

裕は怒っていた。

結婚して自立したはずの娘に、夫を差し置いても、ただ私の気の済むようにして——、と強いるのは、それは、支配ではないのか。

しかし、忘れてもらっては困る。琉大は志保の息子かもしれないが、同時に、裕の息子だ。

琉大は、確かに義母の孫だ。自分の言うことを従順に聞いてきた娘の志保の子どもであるかもしれない。しかし、琉大を実際に育てているのは、志保と裕だ。自分たちこそが親で、家族だ。

「教えてください。どうして教室に行った方がいいんですか」

するとその時——、裕にはまったく予想もつかなかったことが起きた。義母の目が宙を見て泳ぐ。そこまでは計算通りだった。問題が裕のところまで共有されていることを知って、義母が怯めばいい、と裕は思っていた。

その時義母の目の中に浮かぶのは、決まり悪さや戸惑いの類《たぐい》だと思っていた。娘の夫を疎《うと》むならそれでもいいと思って、あえて言ったのだ。

しかし、そうはならなかった。義母の目に浮かんだもの——それは、ほっとしたような、安堵《あんど》だった。

この目の光と同じものを、裕は仕事で見たことがある。

それは、話が通じない相手とずっと交渉を続けていたクライアントが、担当者が変わった瞬間などに初めて示す表情だ。若輩者の裕がどれだけ言っても話を聞いてくれないクライアントが、大先生が出てきた途端、「ああ——」と嬉しそうに浮かべる表情。

——やっと、話がわかる人が現れた、よかった、という安堵の表情だ。

「まずね」

義母の喉から、あたたかな声が出る。

「まず、言葉が出てこない理由が身体的な問題かそうじゃないかを見てくれるのよ。耳が悪いのか、発音がしにくい舌や口の形をしていないか、顎なんかも見てくれるの。裕くんの家の近くにもあるのよ。私、調べたの」

裕は黙ったまま、息を呑んだ。

義母は続ける。その目の中に、明確な、生き生きとした光が浮かぶ。

無視を決め込み、自分の言葉にヒステリックな反応しかもはや返さない娘と違い、ようやく、自分の正しさを認めて、まともに話を聞いてくれる相手が現れた――。その喜びに、彼女の顔が輝いていく。

「発音器官に問題があるかどうかは早いうちにわかった方がいいことだし、もし性格的な問題だったとしたら、専門性が分かれた別の教室をきっとそこが紹介してくれると思うから」

よかった。裕くんはちゃんと聞いてくれる――、義母が自分の正しさを微塵《みじん》も疑っていないことが、口調から伝わる。

その時になって、初めて気づいた。

彼女もまた――、クローバーナイトの一人なのだ。

四つ葉や三つ葉のような構成の家族の中で、その平穏を守るために戦う、クローバーナイト。

かつて、この人もまた、その一人だった。

お受験や保活と同じく、自分の子どもに得をさせたいわけではなくて、自分のせいで損をさせてしまうんじゃないかと怯《おび》えながら子育てする、他の多くの家族と同じ。

家族にとって一番いい方法を探し、調べ、相手に迷惑がられても、それが正しいと信じている。琉大への心配事を、今自分が口にしなかったら後々大変なことになるかもしれない。自分のせいでそれが起こってしまったらどうしようと過剰なほどに心配する、真面目なクローバーナイトなのだ。

時に、支配に見えるほど強引に、時には反発されながら、娘たちをそうやって守ってきた。その自負が彼女を今も支えている。義母の中で、自分が悪者になることは、だからあり得ない。

なぜなら自分は絶対に正しいから。

相手のことを、思っているから。

その気持ちを真っ当だと信じるからこそ、その理論が相手にも受け入れられて当然だと思っている。

それはある意味では非常に楽観的で都合のいい、義母に優しい世界だ。その自分に優しい世界で彼女はずっと生きてきた。

裕は深呼吸をする。

生き生きと言葉を語り始めた義母を、志保と義父が、呆気に取られたように見ている。志保の横顔が、痛々しいものを見るように歪《ゆが》んでいく。

その時、裕ははっきりこう思った。

志保を——かつては確かに義母というクローバーナイトに守られてきた、彼女の娘であった自分の妻を、守りたい。

自分の妻と、そして、子どもたちを。

「お義母さん、すいません」

相手の言葉を止めるために出した声は、大声にはならず、むしろ静かに響いた。

義母の話が止まった。途中で言葉を止められたことを微かに不満そうにしながらも、あら、なあに？　という気軽な目線で裕を見る。

裕は言った。

「申し訳ないですが、琉大のことは、僕と志保にもう任せてください。琉大の母親は志保です。志保の決めたことにしか、僕は大事な息子を託せません」

義母の表情が——、今度こそ固まった。

それまで横顔だった志保が、息を呑んでこっちを見ていた。

——辛辣《しんらつ》な本音は、本当はどれだけだって言える。

義母の不躾な心配は暴力だ。

彼女に対して、声を荒らげて、あなたは間違っている、言われたことが不愉快だ、と他人の裕が言うことはできる。容易に——できる。第三者として、義母の生きている、彼女に優しい正義の世界を壊すことだってできる。

しかし、それではダメなのだ。

血の繋がりのない、義母の甘えの通用しない第三者にそれをやられたら、義母は一時は落ち込むかもしれない。少しはこたえるかもしれない。しかし、それはきっと一時だけのことだ。

遠慮のない本音を聞かせた娘の夫は、ほとぼりが冷めれば、義母にとっては第三者ではなくなる。志保と同じ問題の当事者になってしまい、そうなれば、義母は今度はただ裕に対しても遠慮しなくなるだけだ。私は正しいのに、あの人たちがヒステリックになってい る、と裕のことも当事者として同じ土俵で責めるようになる。

そして、おそらくは忘れてしまう。

台湾での志保との電話を「ママも忘れるから」と言ったように、今度は裕にも甘えて、やりとりをなかったことにしてしまうようになる。

家族の問題にとって、他人というのは一度限りの強い薬なのだ。

使えば、確かに効果はあるかもしれない。しかし、一度他人を介入させることを許してしまえば、あとは、だんだんと効き目が薄くなる。人の目を気にして第三者に遠慮するという、かろうじて守られている一線が壊れ、そうなれば、もう使える薬がなくなってしまう。

裕は何も、これから先の自分と義母の関係が悪くなることを危惧《きぐ》して、今、この人に遠慮しているわけではないのだ。

　ただ、自分が当事者になってはいけないことを知っているだけだ。他人だからこそ、義母だって裕の目を気にする。――自分を正しいと信じ、周りもそれを受け入れることを確信しているのに矛盾するようだが、義母だって無意識のうちに後ろめたい気持ちがあるからこそ、裕や義父の知らないところで娘にだけ電話をするのだ。その後ろめたさは、これからも彼女に持っていてもらわなければならない。

　義母が、問題を娘との間でだけ囲いこみ、裕にも義父にも明かさないことは卑怯なようでいて、ちゃんと意味があるのだ。これからも、裕は他人だからこそ義母に対して存在感を示し、彼女たちの親子関係に対してできることが残される。

　声を荒らげたりはしない。面と向かって非難したり、糾弾したりはしない。怒っている気持ちはあるが、それをぶつけようとも思わない。

　ただ、自分はあなたの味方でも、賛同者でもない。それだけは伝わるように、裕はできるだけ毅然とした目で、義母を見つめた。

　あなたは確かに、かつて、幼い志保や子どもたち、家を守るクローバーナイトであったかもしれない。今もそう、ありたいのかもしれない。

　しかし、志保と莉枝未、琉大は、裕の家族だ。彼女たちを守るクローバーナイトは、あなたではなく、僕だ。

「志保と僕で、よく考えます。琉大の家族は、僕たちですから」

義母は今度こそ怯んでいた。驚いた顔をして裕を見ている。

子どもたちの身に何があったとしても、それは、あなたの責任ではないですよ、と裕は思う。

心配を口にしなかったことを後悔したくない。だから、娘にぶつけてしまおう。不安で破裂しそうな風船をリレーするように。

しかし、あなたにそんなことを思う権利はない。なぜなら、実家であっても、祖父母であっても、義母は裕たちの家族ではないからだ。

育児の孤立化などでしばしば問題になる〝核家族〟だけど、自分たちは、胸を張って〝核家族〟をやっている。妻と子どもたちを守るのは、裕だ。

助手席の志保の目が潤んでいた。懸命に目を瞬《またた》き、涙がこぼれ落ちないように頑張っている。

――義母と裕が面と向かって揉めたら、志保は困るだろう。義母のフォローに彼女が必死になることが想像できる。

そのことを責めるつもりはなかった。だけど、志保にも知っておいてほしかった。義母と志保のやりとりで傷つくのは志保だけではない。裕だってそうだ。

「あ――、と、じゃあ、わかったわ」

義母が言った。あっさりとした、呆気ないほどの声だった。急に気が抜けたようになって、一人で小さく、顎を引いて頷く。

「はいはい。まかせます。裕くん、琉大をよろしくね」


浦安の家の駐車場を出て、車が広い通りに出るまで、志保も裕も、口を利かなかった。後部座席では、さっきまで、「ばあば、ばいばーい」「また来るねー」と言っていた琉大と莉枝未が静かになっている。高速道路に入る前に、この分では寝てしまうかもしれない。国道のファミレスとコンビニの明かりが、車窓に入り込む。志保がようやく口を利いた。

「ママ、ああ言ったけど、また電話してくるだろうな。——裕に言われたことは、さすがにショックだったと思うけど、逆に言えば、裕のいないところで私にまだまだ言いたいこと、あると思う」

「だろうね」

裕もそれは覚悟していた。

義母のさっきの引き方は、面倒なことを避け、分が悪くなって無視をするような感じだった。まるで子どものようだ。自分の正義が通用しないとわかったら、無視して逃げる。

「ありがとう」

志保の声が震えていた。運転する裕の、ハンドルに置いた手に、志保が手を重ねる。その手もまた、声同様に震えていた。

裕はハンドルから片手を外し、志保のその手を握る。強く、手を繋ぐ。

そういえばこの間、最近手を繋いでいないと思ったことがあったのを、ふいに思い出した。

二十代の恋人同士だった頃の、指をすべて絡めて握るような繋ぎ方とは確かに違う。異性として志保を魅力的だと思っていた頃とは、妻への接し方は確実に変わっているのだろう。

けれど、志保の手は柔らかで、愛おしかった。大事なこの手を、絶対に離すまいと思う。

「大丈夫だ」

恋人として、ではもうない。恋愛感情だけで互いを見ていた頃のときめきは、裕にも志保にも、もう二度と帰ってこないかもしれない。

しかし、これまでで一番強く、しっかりと志保と繋がった思いで、裕は今、妻の手を握り返す。

季節は、春を迎える準備をしている。

保育園の前の桜が綻《ほころ》び始めたのは、浦安の家から戻った、もう翌日からだった。園でも進級の準備が始まり、特に、年長さんになる莉枝未は「保育園で一番お姉さんのクラスになるんだよ！」と張り切っていた。


後に、裕は志保に向けて、例のイケメンデザイナーのことを聞いてみたことがある。

今考えると、あれは恥ずかしい、そして図々しい疑惑と心配だった。海の向こうのスターである李さん相手に申し訳なかった。

ママ友の杉田さんにからかわれたり、一緒に台湾に行った紀子から二時間の不在の話を聞いた時には、一瞬、現地でイケメンとデートでもしてたんじゃないかと思ったよ——と、そんなふうに冗談めかして聞いた裕に、思わぬオマケの話が待っていた。

「うーん。李くんに口説かれはしたけどね」

志保がそんなふうにあっさりと、そしてのほほんとした口調で言ってのけて、裕は思わず「えっ！」と大声を上げた。げ、と、え、が混ざったような濁った声が出た。

尤《もっと》も、志保がすぐにあはは、と笑って訂正する。

「二人だけで飲みに行きませんかって程度の話だよ。私は中国語もできないし、二人だけなんて無理無理。やっぱりスターなんだなぁって思ったよ。自分にそうされて不愉快に思う女はいないだろうって確信してる感じ。彼にとったら挨拶みたいなもんなんでしょう」

「嬉しくなかったの?」

「嬉しかったよ。ひさびさに女の子扱いしてもらえた気がしたし、きゃーってはしゃいだ」

あっけらかんとそう言う志保の顔は明るく、屈託がなかった。裕は、どう答えたものかわからず、「へえ……」とだけ言ったが、しばらくして、口元が自然と緩むのを感じた。

若いイケメンに口説かれるなんて、うちの妻もまあ、なかなかやるじゃないか。

こんな余裕のある、危機感が薄い考え方では、また杉田さんあたりに叱られるかもしれないが、どうしてもそんなふうに思ってしまう。

口説かれたことを堂々と夫に明かしてしまうような色気のない夫婦関係だけど、それでも、この平和を裕は愛している。

件《くだん》の李さんと志保は、こちらのアパレル関係者や紀子も含めて、みんなであれからも頻繁にやりとりをしているらしい。来日した時のスポーツ新聞に、彼と共演した若手女優が、彼の〝最近できた大事な人〟だったらしいことが発覚したと書かれていた。

「すごーい、あの子とつきあってるんだ!」

志保がわざわざ新聞を買ってきて読んでいるのを、裕もなんとなく眺めた。


季節は流れる。

四月になり、バナナ組に進級した琉大は、あっという間に口が達者になった。嶋野先生に「ある日水がたまるみたいにして一気に言葉が溢れだす」と言われていたそれは、嘘でも気休めでもなかった。

「パパー、見てこれ。りゅちゃんね、自分でやろうとね、思っちゃたんだけど、壊れてね」

一体何をしようとしたのか、台所で小麦粉の袋を手に中身を盛大にぶちまけて、自分自身も真っ白になった状態で、裕にそう申告してくる。

暖かくなり、園庭で見つけた蟻《あり》や芋虫《いもむし》に向かって、琉大が、まるでひとつなぎのセリフをしゃべるように、

「おー、虫かあ。会えて嬉しいよ、よろしくー！」

と言っていたと保育園からの連絡帳に書いてあった。

尤も、その分、男子に特有の下ネタ期も近づいたようで、TVアニメの影響か、親にも「おしりですー」などと言って尻を振るダンスを披露し、一度人前でやられた際には、志保が「やめて！」とあわてて止めていた。対等に言葉でやりあえるようになった分、姉との喧嘩も激化して、莉枝未と琉大の双方が、「わーん、ねえねがー」「琉大がー」と泣かされ合っていることも多い。

新しい問題もたくさん起きる気配があるが、それでも、「大丈夫だった」と、裕と志保

は安堵する。

心配しなくても、子どもの成長が自分たちの不安を、時間と一緒になって、ちゃんと救ってくれた。

何かできないか、と動いてしまいそうになるのは親心からかもしれないが、時には信じて待つことの方だって大事なのだ。

「今日、琉大が、『あの子にはまた会わないの？』って聞いてきたの」

「あの子？」

「どの子のこと？　って聞いたら、いろいろ特徴を言ってて、どうやらそれ、くーちゃんのところの美然ちゃんのことみたい」

志保が微笑む。

「『りゅちゃんがちっちゃい時、むかし、会ったよねぇ？』って言われて、ああ、そっか、言葉でしゃべってなかった時のことも、全部覚えてるんだなって、思った。話してなかっただけで、やっぱりみんなわかってたんだって」

琉大と話していて、そういうことが増えているという。

「あの時の琉大とも、今まとめて話してるような気持ち」

志保が、嬉しそうに言った。

そこまで話すようになった琉大に対しては、義母ももはや言語教室云々について言いだすことがなくなった。

義母が何事もなかったかのように「琉大、しゃべるようになったじゃない。驚いちゃった」と平然と言ってきて、志保が「呆れた」と言っていた。

「気まずいからフォローみたいに言ってるわけじゃなくて、本当に普通の感想みたいにしてそう言うの。自分があれだけ大騒ぎしてたこと忘れたみたいに。琉大にも私にも謝れよって思う。裕にも」

「まあまあ」

妻をなだめる声を出しつつも、裕にも内心呆れる思いは確かにある。

しかし、家族の問題は、きっとそういうものなのだろう。大騒ぎしていたことも、娘夫婦を自分の心配に巻き込んで振り回し、泣かせたことも、義母はきっと忘れてしまう。彼女が当時の自分を反省したり、改めて謝ってきたりすることは多分ない。

なぜなら、自分はよかれと思ってやったのだから。

娘や孫のためを思ってしたことが、間違っていたはずがないから。

どれだけ激しくぶつかり合っても、家族というのは甘え合うのだ。自分も忘れるし、相手にも、忘れてもらえると信じている。

ぶつぶつと文句を言いながらも、志保がまだ義母に子どもを連れて会いに行くことだって、そのひとつだ。

ゴールデンウィークになって、義父母がまた銀座のデパートに買い物に来て、裕たちもそれにつきあった。

途中、カフェでお茶をした後、莉枝未のブラウスを買いに行く、という志保と莉枝未の二人を売り場に送り出し、トイレの前のベンチに、琉大と裕の二人で並んで座る。義母たちも、義父のゴルフウェアを見てくる、と行ってしまったので、二人だけで彼らを待つ形になった。

「パパー、買い物、みんなながいねー」

不満げに唇を尖らせた琉大が「おんなごとたちがおそいよー」と退屈そうに足をぶらつかせる。〝おんなごと〟は、おそらく〝女の子〟のことだろう。

「ママも女の子なの？」

「ママもおんなごとだよ。りゅちゃんとパパはおとこのこ」

琉大が答える。

その言葉を聞いて、ふと、なんとなく、いつか裕と琉大が、志保と莉枝未の母娘の喧嘩で何か役割を果たすこともあるのかな、と思った。

今回の義母と志保ほど強烈なことはないかもしれないけど、それでも、莉枝未と志保の間だって、これから先、何か起こらないとも限らない。女の子は難しい。――そして、琉大だって、反抗期も思春期も、これからまだまだやってくる。〝難しい年頃〟は、これからだ。

裕は静かに、ふうっと息を吐く。

育児にはいろんなことがつきものだ。お受験や保活みたいに、我が子の進路で悩んだり、他人の価値観に揺さぶられ、迷ったり、悩んだり。――それが高じて、他人に秘密が増えてしまったり、周りを振り回したり。

本来は味方だと思っていたはずのママ友や実母までもが、時には敵に見えることだってある。

――しかし、まあ。

「あー、パパ。琉大！」

莉枝未が、志保の手をぐいぐい引いて、こっちに向かってやってくる。ブラウスのいいのがあったのか、紙袋を持つその顔がにこーっと笑っていた。

「お待たせ、ごめんね。裕」

「いいよ。大丈夫」

答える裕の横で、琉大はといえば、「もう、まったくー」とどこで覚えたのかわからない、不満の声を上げている。生意気な、そんな言葉使いがかわいかった。

関係性や、今の思いが変わることは、これからもきっとある。

新しいトラブルに巻き込まれることももちろんあるだろう。けれど、この家のクローバーナイトは、少なくとも今、裕だ。

「行こうか」と声をかけて、立ち上がる。

琉大と莉枝未の小さな手を握り、志保の横に並ぶ。

顔を上げると、正面の売り場に春の花が飾りつけられていた。まばゆい光で照らされたフロアに向かって、四人でゆっくり、そのまま歩いていく。

解説

杉江松恋《すぎえまつこい》
（書評家）

私はどこまで私なのだろうか。

辻村深月はいつもそのことを考えている作家だ。

私という存在の境界は曖昧で、過去から現在、そして未来へと続いていく時間の流れがすべて含まれる。過去が含まれるということは、自分を自分たらしめてくれたもの、すなわち記憶や、家族や友人との関係も私の一部だということになる。また未来に目をやれば、自分が作り上げたものがいかに伝承されるか、家族がいかに自分の存在を引き継いでくれるかといったことも、重要な構成素ということになるだろう。

言い方を変えれば、あなたにとっていちばん大事なものは何、という問いの答えに含まれるものは、すべて私なのである。

それは家族です、と答える人のために辻村は『クローバーナイト』を書いた。

本書の初出は雑誌「ＶＥＲＹ」二〇一四年四月号～二〇一六年六月号であり、二〇一六年十一月二十日に単行本が刊行された。今回が初の文庫化である。

初読のときは予備知識なしに本を手に取ったので、クローバーの夜ってなんだろう、と題名についても首を捻ったものである。night ではなくて knight、つまり騎士だ。視点人物の鶴峯裕は三十五歳で会計事務所に勤務、その妻の志保は merci というオーガニックコットンの専門ブランドを自力で創業した、個人経営者である。二人には五歳の長女・莉枝未と二歳の長男・琉大という子供がいる。親子四人の、典型的な核家族だ。第一話「イケダン、見つけた？」にはこの家族の形を四つ葉のクローバーに見立てるくだりがある。四つ葉を守る存在だから、クローバーナイトなのだ。ナイトとしてがんばって、と志保に励まされて裕が照れながらもまんざらではない表情をする場面でこの話は終わる。

一口で言ってしまえば『クローバーナイト』は、家族が家族としていられるための努力を描いた連作集ということになるだろう。人にそれぞれ顔があり、個性があるのと同じことで、似たように見える家族も一つひとつが違う。その家族だけの歴史があり、事情があり、他の人たちとは共有しにくい常識やルールがある。「私」を描く作家である辻村が、境界を拡げ、家族である「私」あるいは私たちとはどういう存在かをこの作品では書いた。

各話のエピソードに共通するのは、その「あたりまえ」は本当にあたりまえなのか、という疑義が呈されることだ。第一話のタイトルになっている「イケダン」は「イケてる旦那さま」の略で、「育児をするメンズ」の「イクメン」と似たような使われ方をする言葉であるらしい。要するに「育児に協力的な男性配偶者」を賛美しているわけなのだが、そもそも家事や育児をパートナーが分担するのは当然のこと、と考える裕にとっては、有難迷惑な称号に過ぎない。背景にある「育児や家事は女性の分担」という「あたりまえ」が透けて見えるからだろう。しかしその過去の遺物のような常識が今でも存在し、家族のありように影響を及ぼしていることが「イケダン、見つけた？」では描かれる。

次の「ホカツの国」は「保育園活動」についての話である。我が子を保育園に預けるために奔走した体験のある方なら、読みながらきりきり胃が痛むのではないだろうか。一歳になってからではすでに遅く、ゼロ歳児から考えないと預け先が見つからなくなる、なんなら空いている時期も考えて産み月も計算しないと、といった昨今の保育園事情が、経験者である裕や志保と保育園探し難航中の荒木夫妻との会話によって浮き彫りにされていく。続く「お受験の城」が、国立・私立小学校へ我が子を挑戦させる「お受験」の話であり、「お誕生会の島」がお誕生会という行事が小さなコミュニティの中では一大事になりうるということを指摘した話であるなど、育児中の人間ならば気にせずにはいられないトピックが各話で扱われる。

印象的なのは、作者が必ずその当事者の気持ちになって考えていることである。現時点では鶴峯夫妻は「お受験」には消極的であり、裕は否定的な気持ちさえ抱いているようなのだが、志保の旧友である由依が我が子と共にその努力をして意外の念に駆られる。

――まだ子どもが十分に物心つく前に親の決定で飛び込むお受験は、どうしても「子どもがやらされている」という批判がつきものだ。けれど、そんなふうに子どもと親で一緒に楽しむ、という場合もあるのか。

このあたりが作者の姿勢のぶれない点であり、イクメン、イケダンやお受験といった、外野からは興味本位で言及されることの多い話題をあえて入れつつも、当事者の思いをそこに汲み取り、なるべく視野が広がるように物語を展開していく。もちろん読者にもそれぞれの考えがあるのだから、作中人物と相容れない部分も出てくるだろう。しかしそんな読み手であっても、「お受験」について聞いた裕のように、そんな場合もあるのか、と蒙《もう》を啓《ひら》かれる瞬間があるはずである。そういった、世界を広げて心を和《やわ》らげる作用を本書は持っている。

非常に個人的なことを書かせてもらえれば、私は我が子が公立小学校に在籍時に、三年間PTA会長を務めたことがある。いろいろな事情があってそうなったのだが、会長を引き受けた最大の理由は、自分がまだ成長できるのではないか、ということだった。保護者の世界、PTAという社会の中では自分が常識と思い込んでいることが通用しない場合が多い。彼らには彼らの常識があるのである。そのことに気づき、家族にはそれぞれの形があるのだ、あたりまえはあたりまえじゃない、と気づけたことは収穫だった。

このときの校長とは相性がよかったのも幸いした。覚えているのはその校長との雑談で、

「私立に行かせて受験戦争から楽にしてやりたい、と思っている親は、実は自分が楽になりたいんじゃないですかね」とぽつりと言われたことである。これは我が子との向き合い方の中でも一つの指針になった。だから「お受験の城」も、いや、自分はこう思うなあ、などと登場人物たちと頭の中で議論をしながら読んだのだった。そういう風に持論と作中で書かれていることを比べてみるのもおもしろいと思う。裕や志保と対話することで、もしかすると意外な発見があるかもしれない。

各話の構成がミステリー仕立てである点も興味深い。たとえば「イケダン、見つけた？」では、ある事情から他の保護者と疎遠になっている美來ちゃんママについて、裕が一つの可能性に気づくことから話が動いていく。「お誕生会の島」も同様で、転園してきた琳ちゃんの何気ない言葉から、その母親である明日実が何に困っているのかを見抜くことになる。〈日常の謎〉を解決する物語形式の連作ミステリーなのである。これは辻村作品の特徴で、不可思議であったり不自然に見えたりする事態に論理的な解釈が施されることが物語を締めくくる上でのきっかけになることが多い。ミステリーという叙述の形が、作家の骨肉に刻み込まれているのである。

また個人的な体験になってしまう。全日本大学ミステリー連合という学生の団体があり、毎年八月の大会で、ゲスト作家の講演会を開いているのだが、そこに辻村が招待されたことがあるのである。講演が終わって質疑応答になったとき、学生から「最近はミステリー以外の作品も多くなりましたが、普通小説とミステリーを並行して書いていかれるのでしょうか」というような質問が出たのである。あれはいつごろのことだったろう。学園ミステリーを主軸にした初期作品から、作風が変化し多様化し始めた二〇〇〇年代後半ではなかったかと思うのだが、たしかにそのころの辻村は、ミステリーというジャンルに頼る必要がない強度の作品を発表しつつあった。語句は正確ではないが、その質問に対して辻村はこう答えた記憶がある。

私を育ててくれたものはミステリーですから、今もミステリーを書いているし、これから書くものもミステリーだと思っています。

それは辻村深月の本質を衝いた発言であったように思う。ジャンルのような外形ではなく、自分が何を問題視し、どのような形でそれを小説として表現していくかということに心を砕く作家だ。ミステリーのように自身の中で骨肉化している要素は、その表現活動の中に自然に出てくるのだろう。

では、その辻村の核にあるものは何かといえば、それはやはり冒頭に書いた、私はどこまで私なのだろうか、という問いなのではないかと思うのである。

辻村のデビュー作は第31回メフィスト賞を獲得した二〇〇四年の『冷たい校舎の時は止まる』(講談社文庫)だが、ここからしばらく、成長の途中段階にある若者を主人公にした青春小説が続いた。『冷たい校舎の時は止まる』が時間の止まった校舎内に閉じ込められた男女が、そこから解放されるために自身の過去になんらかの躓《つまず》きがないかを各自探していく話で、自分の不完全さに向き合うことが主題となる物語である。二〇〇八年の『太陽の坐る場所』（文春文庫）では、教室という狭いコミュニティの中で居場所を失った者が主人公となり、二〇一一年の『オーダーメイド殺人クラブ』（集英社文庫）ではそれが、自身か他者か、いずれかの存在を無にしなければならないというところまで追いつめられた状況として描かれる。

個を突き詰めていくだけではなく、常にそれを他者との関係性で考えてきたのが辻村作品の特徴であった。第32回吉川英治文学新人賞を受賞した二〇一〇年の連作集『ツナグ』（新潮文庫）は初期の代表作で、死者と生者を再会させる使者を狂言回しとして用い、自分のうちから欠落しているものを他の誰かとの関係の中から発見するという形の話が描かれる。アニメーション制作の現場を描いてお仕事小説の側面が強いように見える二〇一四年の『ハケンアニメ！』（マガジンハウス文庫）なども、読み返してみると一つの作品を形にしていく人々を描いた群像劇なのであり、彼らを結び付けている志《こころざし》こそが、すなわち同作品における「私」の核であった。建物自体が主人公であるかにも見える二〇一六年の『東京會舘とわたし』（文春文庫）なども、実は東京會舘に帰依する心を持っている人々の「私」のありようを描いたものであることがわかる。そこに心の拠り所を持っている者にとっては東京會舘の歴史こそが「私」なのである。

そうした中で辻村は、「私」を規定する関係性は自分で選択しうるということをたびたび作品中で表明してきた。たとえば二〇一五年の話題作となった『朝が来る』(文春文庫)は養母と生母の二人が子どもを挟んで対立する内容で、作品全体が親子の関係における血のつながりは絶対なのかという問いかけにもなっている。この問いは唐突に出てきたのではなく、ごく初期の自分探し、居場所探しの作品を書いていた時期から、辻村の中には潜在的にあったものだろう。自分の運命は自分で選択しなければならない、という強い意志は、二〇一七年に単行本化されたファンタジー『かがみの孤城』(ポプラ社)など、多くの近作から読み取ることができるが、本書の「秘密のない夫婦」もそういう話の一つなのである。

『クローバーナイト』の掉尾《とうび》を飾る「秘密のない夫婦」では、一つ対決が描かれる。どちらかに非があるというよりは、双方に正義があるからこそ譲れないのだ。裕はある選択を行うが、それこそが本書における最も大事な要素だろう。「胸を張って〝核家族〟をやっていい」くために、外野からの声を気にしないために、それこそ時代や世間の風潮などといった正体のないものに惑わされないために、何が必要かということの答えがここにある。

家族は私を必要としてくれているのだろうか。私にとって家族とは何なのだろうか。そんな答えの出ない疑問を抱いたことがある人のための一冊である。日々の暮らしの中で疲れてしまうことは誰にでもある。比べなくてもいい相手と自分を比べてしまい、惨めな思いにもなるだろう。正解などありえず、常に不安は背後にある。もしも心に影が射すようなことがあったら、ぜひ『クローバーナイト』を。あなたの肩の力が抜けますように。

初出
「VERY」（光文社）二〇一四年四月号〜二〇一六年六月号連載
二〇一六年　光文社刊

光文社文庫

クローバーナイト

著 者　辻《つじ》 村《むら》 深《み》 月《づき》

2019年11月20日　初版1刷発行

発行者　鈴 木 広 和
印 刷　萩 原 印 刷
製 本　ナショナル製本

発行所　株式会社 光 文 社
〒112-8011　東京都文京区音羽1-16-6
電話 (03)5395-8149　編 集 部
8116　書籍販売部
8125　業 務 部

落丁本・乱丁本は業務部にご連絡くだされば、お取替えいたします。
ISBN978-4-334-77929-0　Printed in Japan

組版　萩原印刷